谷間
再びルイへ。
hayashi kyōko
林京子
講談社
文芸文庫

JN259012

目次

谷間　再びルイへ。

三界の家

　布製旅行かばんの底についている車が、固い回転音をたてている。石畳と、鉄の車が響きあう音である。自然石を敷いた石道は、敷きつめられた石がさまざまで硬質なのか、アスファルトやコンクリートの道より反響が複雑である。旅行かばんを引いている私も、腹に響く音をもてあましている。朝が早いので、私たちの他に歩いている人はいない。野良犬が一匹、先を歩いている。その野良犬がふり返った。原因がわかると野良犬は、首を元に戻して、坂を上っていく。旅行かばんには車が四個ついていて、カーキ色をしている。この旅行かばんは、二年前に、上海旅行に必要なので買った。旅行日数分の着換えをつめて、成田空港までいく電車のなかやホームや道を引いて歩いた。それ以後、旅に出かけるごとに、引っぱって歩いている。

いま私は、母と姉が住んでいる町から、私の家がある町に、帰る途中である。私が乗る上り特急列車は、昼すぎに母たちの町を発つ。駅にいくには遠廻りになるが、帰る前に一度、父の墓に参っておかなければならない。短い旅の期間中、連日のように雨が降った。雨降りの石畳は滑りやすい。年老いた母を連れて歩くのは危険なので、晴れる日まで、待ったのだ。しかし雨上がりの二月にしては、暖かい朝である。母をなかに、並んで歩いている私たちが吐く息は白いが、ぼんやり薄れている。父の墓は、坂の上の寺の、納骨堂にある。納骨堂に移してから、まだ一年も経っていない。母と、長女である姉と私は、石畳の坂道を、寺に向かって歩いているのだ。坂の横道から出てきた野良犬は、散歩の途中らしい。よく肥っている。肥りすぎているので、欠けた石畳の穴につまずいて、よろけた。わたしといっしょね、と母がいった。母も、坂を上りはじめてから、何度か石畳の窪みに足をとられて、よろめいている。腕を組んでいる姉が、そのたびに肩に力を入れて、母の体を支えている。二、三年後には、姉も還暦を迎える。三女である私も、五十歳を越した。

だからとうさんの草履にすればよかったのよ、と私がいった。母は、体格にあわない、細い表の草履をはいている。布の草履なので滑る心配はないが、足袋をはいた足の両脇が、草履から随分はみ出している。出がけに母は、おろしたての草履の鼻緒が、少しきついといっていた。私は下駄箱から、縦も横もたっぷり幅のある畳表の草履を探し出して、これをはいたら、といった。一瞥した母は、わたしはおんな、とにべもなく断った。草履は、父が遺していった、男物の草履である。おそれいりました、と私はおどけたが、ショールのなかにあごを埋めてみていた姉が、にやっと笑った。母は八十一歳になった。ねこやなぎの花穂のような銀髪を、断髪にしている。体重は、最近肉が落ちて六十七、八キログらいである。

先を歩いていた犬が、寺の境内に入っていった。私たちも犬について、境内に入った。本堂の左横手に、棟続きの住まいがある。姉が、住まいの格子戸を開けた。格子戸を開けると、右手の白壁に二、三段、横木が渡してある。そこに、束ねた鍵が幾つもさげてある。母と姉は、前にも寺に参っているので、様子を知っている。姉の背後から、お参りさせてもらいます、と母が、奥に向かって声をかけた。どうぞお、と奥から、女の声が返ってきた。その間に野良犬が、母と姉の足許をすり抜けて、家のなかに入ってしまった。あらあら犬の、と母が姉をみていった。姉は、壁にかけてある鍵の一束をとった。鋳物の黒い鍵が二十個ばかり、穴をあけた木の札に針金でまとめてある。納骨堂の鍵のようだ。なかに一つだけ、形の大きい鍵がある。犬のはいったよ、と母が、姉にまたいった。姉はかまわずに、格子戸を閉める。よかとかしら、と母が独り言をいった。追っ払わないからいいんじゃない、と私がいった。

納骨堂は本堂から離れて、鐘撞き堂と向きあって建っていた。太い、四角い木で組まれた鐘撞き堂である。風雨にさらされた柱は、木目も消えかけている。対照的に、納骨堂は真新しい鉄筋コンクリートの、高床式の建物である。白壁の納骨堂の裏は山で、斜面は、檀家の墓地になっている。乱杭のように墓石が立っており、新しく墓地を設ける余地は、みあたらない。年々にふえる檀家の死者たちに急き立てられて、寺は御堂を建てたのだろう。御堂に参るには、鉄の階段を十二、三段、上がらなければならなかった。本堂から納骨堂へ、コンクリートの狭い道がつけてある。私は階段の下まで、旅行かばんを引きずっていった。姉の後から階段を上っていた母が、音のすごかねえ、といった。そのとき私は、前にも同じ音と言葉を、何処かで聞いたような気がした。私は母にそういって、聞いてみた。そんげんことのあったかねえ、と母がいった。

鍵をもった姉が、納骨堂の扉の前に立っている。母に続いて私も、階段を上がっていった。階段を上がりきった左手に、赤い実を群がりつけた大木があった。見上げたときにはさほど感じなかった木の実は、筋子の袋をさいて枝に貼り付けたような、放埒ななりかたである。梢は、納骨堂の屋根よりも高く、茂った木の葉と実の間から、港がみえる。真っ蒼な海面である。この、冬の蒼い色にも、私の記憶はひっかかりがあった。

姉が、一番大きい鍵で扉の錠を開けた。開くのを待って、母が先に入った。そして、ここよ、よかろう、とにっこり笑って、「角家」と紙の名札が差してあるロッカーの前に立って、いった。それから母は、いっそう笑顔をつくって、三十万円で未来永劫げなさ、といった。どういうこと、と私は聞いた。三十万円払うとれば、いつまでもおってよかってこと、と母がいった。

大人の身幅と背丈にあわせて作られたロッカー式墓は、上下、二つに区切られている。上段は位牌などを安置する、一尺四方よりやや広めの棚。下段は、黒塗りの扉がついたロッカーである。ちょっとみると、納骨堂は、駅のロッカールームの感じである。ロッカーの扉を母が開けて、ね、と私にいった。内部は上中下と、三段の棚に分かれていた。上段の棚の中央に、青味がかったあめ色の壺が一つ、おいてあった。中と下の棚は空っぽである。壺は、金襴の袋にも納めず、白布にも包まないで、裸のままおいてある。とうさん、と私は母に聞いた。とうさんよ、と母は答えて、何人でもはいるるよ、奥も深かろう、といった。それから母は、和尚さんに、まだわたしの娘が二人おりますからって頼んであるけん、あんたもきてよかとよ、と私の顔をみていった。

あんたもきてよかとよ、と母がいう角家の墓は、御堂の中央の列の、正面の阿弥陀仏から数えて八番目、入口から数えて三番目にあった。同じ形式と広さのロッカー式墓が、父と向きあって立っており、背中あわせにも、ロッカーの墓が並んでいる。数えると、一列の数は二十個ある。そして、どのロッカーの前に立っても、阿弥陀仏が拝めるように作られている。しかし父の位置からが、阿弥陀さまの金色のお顔は、もっともよくみえた。阿弥陀仏の両脇にも、ロッカー式の墓が、並んでいた。そこは、ロッカーの幅が父たちのより、広くとってあった。あそこは五十万円げなさ、と母がいった。そう、といって見較べているると、分相応でよかろう、と母がいった。けっこうよ、と私は答えて、だけどむかしはもう少し、とうさま偉かったけれどね、といった。むかし私たちの家族が上海に住んでいたころ、父は、とうさま、と呼ばれていた。敗戦後、財閥解体のあおりをくって失業者になった父は、いつの間にか、とうさんと呼ばれるようになった。戦後の分相応の評価が、入口から三番目の位置であるらしかった。阿弥陀さまと同列って、おこがましいでしょう、と母が標準語でいって、あらもう、仏さまのはいっとんなる、と阿弥陀仏の右隣のロッカーをみていった。去年の暮れに墓参りにきたときは、そこはまだ空いていたらしかった。あの世ぐらい気楽でもいいと思うけれど、と私がいった。婚家先の野中の墓に、夫と息子たちと賑やかに納まるつもりでいる姉が、ふっ、と小さい声で笑った。あの世とこの世の釣りあいはあるものよ、と母がいった。母は感情をあらわにしたくない話には、上海から引き揚げて帰った当座もしゃべっていた、標準語をいまでもつかう。

線香、ロウソク、と火を使う納骨堂の床は、防火のためコンクリートで塗り固めてある。ロッカーもブリキで、寺が取り換えてくれる花は、肉の厚い香港フラワーである。父の位牌の前には半開きの、ピンクと黄色の香港フラワーが差してあった。生花は駄目なの、と私がいった。生けてもよからしかけれど、なまの花は花びらの散ろうが、腐りもするけん、まめに参られる人以外はご遠慮くださいって、と母がいった。年間二、三千円の維持費を支払えば、寺は、色あせた香港フラワーの取り換えから、仏たちの命日の、水の取り換えまで世話をしてくれるらしい。供え物も、野ざらしの風が吹き抜ける墓ではないから、腐敗しにくい品物、ということである。父の位牌には、果物よりもシロップを好んで飲んだパイナップルの罐詰が、造花と並んで供えてあった。暮れに、母と姉が上げたものである。桃の罐詰を買ってこようと思いながら、忘れたねえ、と母がいった。罐詰もお花も、未来永劫じゃないの、と私がいった。とうさんも厭きなさるさ、と浮き浮きした声で、母がいった。母は、いつまでもいていい、と和尚さんの許しを得て、すっかり安心している。四人の娘たちを連れて、戦争がおきるたびに母は、父の任地である上海と祖国の間を、逃げ廻っている。敗戦後は、住む家まで転々と変えなければならなかった。追い立てをくわないロッカーは、母にとって、理想の地に思えるのだろう。

とうさんとかあさんと、あさ子とあんたと、四人で住むにはちょうどよかろう、と母がいった。私は、あの世とこの世の、のぞき窓のような空間に首を突っ込んで、ロッカーの隅々までを見廻した。生きた人間の生活感覚で作られたロッカーは、骨壺の四人が住むには広すぎるようであり、まだ生きている者の目からみれば、狭いようにも思えた。しかしいずれ母も死に私も死に、まだ父と母の娘のままでいる妹のあさ子も、三段に分けられたこの世の棚を借りて、住むことになる。

一年ばかり前から、母は、父の墓を新しくしたい、といいはじめた。それまで父の骨は、父の家代々の、山の頂にある墓地に納められていた。山の墓地からも海は眺められて、冬も夏も、冷たい風が吹いていた。父は勿論だが、母も、父の家の墓地に納まるつもりでいたのである。父の十三回忌の法事も、一年前に、生家の墓地でお経をあげてもらって、済ませている。母はそのとき、十三年ぶりに墓地の地下室から父の骨壺を出してもらい、壺に溜まっていた水を捨てて、改めて納めた。姉もついていって、畳一枚ばかりの広さの地下室から、三十数個ある骨壺を、全部地上に出してもらったという。コンクリートの箱のような地下室にもぐったのは、父の末弟である。骨壺は、ほとんどのものが、泥をかぶっていたという。母は、墓地がある山の登り口から汲んでいった水で、壺を洗った。舅や姑たちの骨壺は、もっていった新しいタオルで、丁寧に汚れを拭きとった。壺の蓋や底に書いてある名前も、確かめた。その人たちの、生前の噂話を姉に聞かせながら、母は十三回忌の供養を済ませたという。

とうさんのお墓を別に作りたい、と母がいい出したのは、それからである。墓地から帰るタクシーのなかで、母は姉に、新しくお墓を建てるとすれば、幾らぐらいかかるだろうねえ、と相談したという。土地を買って墓を作るとなると、百万円ではきかないだろう。姉がそう答えると、母は思案顔に、黙ってしまった。母は、老齢年金や、ときたま私たちが渡す小遣い銭を郵便貯金にして、三十万円ばかり貯めている。母は、私に長距離電話をかけてきて、あんたもはいるお墓のなかろうし、あさ子もいく処のなかしね、といった。骨なんかどうだっていいじゃないの、山のてっぺんから吹き飛ばしてもらうつもり、と私はいった。許されればそれもよかろうばってん、と母はいって、自分が死ねば墓の草むしりもままならないから、何処かの寺の、納骨堂の一区劃を買いたい、といった。三十万円ぐらいであるらしかけん、といった。じゃあそうしたら、と私は簡単に答えて、もしお金が足りなければ、あさ子と二人で考えるから、と母が安心するようにいった。それぐらいならもっとるよ、と母は明るくいって、うちは真宗だから、真宗の寺を探さなければいけないのだ、といった。いけないといっても、父と母は、真宗の教えに従って生きてきた人たちではない。いくら、信じて念仏もうさんとおもいたつこころの、が教えであっても、生前に二、三回、マントルピースの上に飾ってあった祖父母の位牌に手をあわせて、ナムアミダブツああ、あ、と幼児のように頭をさげていた父を、私はみただけである。含蓄のあるお経をあげてもらっても、却って往生が定まらないのではないか。

あれやこれやと、死者の世界にも制約があるようだった。埋葬した骨を、個人が勝手に移動させるのは、法律で禁じられているという。改葬許可申請書の書類を役場からもらってきて、墓の管理者と寺から移動許可の承認印をとり、役所に提出する。手続きの後、はじめて骨は、自由の身になれる。土葬の習慣から生まれた決まりなのかもしれないが、人の世のしきたりは、地下の世界にまでついてまわった。地上と地下の、形式としてもつながりを残す関係を知って、母はよけいに、父の墓を別に作りたく思ったようである。真宗の寺の納骨堂がなければ、日蓮宗でもかまわないといい出した。死者の宗旨変えも面倒なので、母の希望通り、真宗の寺の納骨堂を、姉がみつけてくれた。それが、このロッカー式の納骨堂だった。母はあり金をはたいて、買ったのである。生涯で、もっとも金額のはった、母の買い物だった。

母は、一本の線香を二つに折って、火をつけている。倒れて、火事を出す恐れからである。ロウソクは灯さないほうがいいわね、と姉が、ロッカーの棚にしまってあった、ロウソクの箱に手を出した母にいった。しかし、線香やロウソクの火が燃え移りそうな繊細な物は、見当たらない。燃える危険性があるのは、パイナップルの罐詰の、ラベルぐらいである。

私は母にならって、線香を一本とった。真ん中から折って火をつけて、とうさんこんにちは、と簡単に手をあわせた。姉は正面の阿弥陀仏に、ロウソクをあげている。線香も、火鉢大の線香立てに折らないで灯している。万が一火を出しても、寺の阿弥陀仏にあげた燈明からの出火なら、信心と、大目にみてもらえる気でいるようだ。ロウソクの火が灯ると、納骨堂は、やっと仏たちの住まいにふさわしい、物の影がゆらめく曖昧な場所になった。天井に近い壁面に、明かりとりの窓があった。すりガラスから射す光に向かって、線香の細い煙が昇っていく。この情景にも、記憶があった。

線香に火をつけて手をあわせれば、もう父にしてあげられることは、なかった。私は散歩でもするように、ロッカーとロッカーの間を、歩いてみた。ビニール袋の封を切らないせんべいが、供えてあるロッカーがあった。パラフィン紙で包んだ、きらきら光るあめ玉もあった。一つだけ、生の花がいけてあるロッカーがあった。そこだけに空気が匂っているようで、私は息を吸った。生の花を買ってくればよかった、と私は思った。父に供えて、母に持って帰ってもらえばいいのだ。

父の家代々の、山頂の墓地に父が納められていたとき、私は、山の登り口の雑貨屋で花を買った。雑貨屋はずっとむかしから、墓に参る人たちのために、花と線香を売っていた。生前には父も、登り口の雑貨屋で墓花を買って、山に登っていった。ついでに好きなあんパンを買って、墓掃除が終わると、ついていった私たちにも一つずつくれた。私も父と同じように花を買い、バケツとひしゃくを、雑貨屋で借りた。バケツもひしゃくも店先においてあり、花や線香を買った人には、無料で貸してくれた。水は、雑貨屋と向きあった、登り口をはさんだ角の共同井戸から汲んだ。墓地に登る坂は急勾配だったので、バケツに半分しか水は汲まない。それでも水は揺れて、道にこぼれた。墓地に着いて、息が静まるのを待って墓石に水をかけ、枯れた花を抜きとって、竹の花筒を洗ったりした。掃除をしながら、面と向かっては話せなかった悩みを、私は父に話した。血の見境いもない夫である男の女性関係も、墓石の父に話した。父と母に教えられた、一般的な道徳の外にいる者との生活を話しながら、離婚する決心を父に告げた。話は、話す片端から風に吹き散らされていったが、私の気持ちは救われた。

ロッカー式の墓には、手順も安らぎもなかった。黒いラッカーを吹きつけたブリキの扉を開けば、すぐに父の骨壺がある。聞き耳をたてられる身近さで、棚にある骨壺は、台所の棚の味噌壺と変わるところがない。手持ち無沙汰でぶらぶら歩いている私に、手もかからんし草も生えんし、よかろう、と母がいった。私は頷いて、父の骨をみてもいいか、と聞いた。よかよお、あけてごらん、と死体とか人骨とか、人間の残骸を怖れる母が、おおらかに許した。私は、棚の上の骨壺の蓋をとった。蓋と身の白い肌がすれて、ぎしっと鳴った。瀬戸物の安い壺である。壺は、家族の誰かが父のために選んだものではなく、葬式の日、板の薄い棺桶とともに、葬儀屋が用意した壺である。もう少し焼きのいい壺に、父を移し換えてあげたい。それぐらいの贅沢は、父にさせたかった。ふと、生きているうちに沢山眠っていようと思ってね、と臨終のきわにいった父の言葉を、私は思い出した。萩焼のように、きめの細かい壺があるといいわね、と私はいった。水のしみろう？　と母が聞いた。焼き物の知識のない私は、朝晩使っている湯飲み茶碗の、淡い桃色と乳色の肌ざわりが気に入っているだけで、それ以上のことは知らない。しかし死者にふさわしい肌ざわりに思えて、出来れば母の骨壺も私の骨壺も、あさ子の壺も、萩焼の柔らかい壺にしたい、私は思ったが、黙っていた。

渋茶色をした骨が、傘のように重なって、壺の口まで詰まっていた。上にある一片を、私はとった。薄うなっとろう、と母がいった。父の骨は、かすかな暖かさと湿り気があった。体のどの部分なのか、骨は、手ざわりも形も、海辺に打ち上げられた巻貝の、破片のようである。雨水が壺の口まで溜まっとったとよ、と母がいった。澄んだきれいなお水だったわね、と姉がいった。骨から出たお水、と私が聞いた。母が、雨水さ、と断言して、蓋をしていても、雨水は自然に溜まるものなのだ、といった。山に降った雨は墓地の地表にしみ、コンクリートの箱の壁にしみ、地下室にある父たちの骨壺にもしみ込んで、長い年月をかけて、水を溜めていくらしかった。死者たちが住む地下の、あり余る時をかかえた密かな世界にありそうな、母の話だった。

おっかさんの壺にもいっぱい水の溜まっとったもん、ばってんおっかさんの骨は、もう底にひらみついとったね、五十年になるけんねえ、と母が姉にいった。地下の仏たちの骨は、年々痩せていっているようだった。

それにしても父の骨は、少しも減っていなかった。むしろ、多すぎるように思える。火葬を終えて骨を拾った日、火力で脆くなっている父の骨を崩さないように、一片ずつそっと、重ねて壺に納めた。拾ったのは一部で、壺の口から二、三分、すき間を残して蓋をしたはずである。ふじ絹のハンカチしか使わなかった体裁屋の父に、それがふさわしく思えたからである。あれから十四年が経っている。母は、父の骨が薄く痩せているというが、私がみる限りでは、骨はむしろ嵩を増している。みんな父の骨なのだろうか。それとも骨は、崩れる前にふくらむのだろうか。

蓋の内側をみると、父の姓名と死亡時の年齢が、サインペンで書いてあった。壺の骨は、誰かが間違って蓋を取り違えないかぎり、父であった。十四年の年月を過ぎながら、なお風化のない骨に、私は始末の悪さを感じた。土葬が理想ね、と私は、姉にだけ聞きとれる声でいった。姉が、埋葬して三、四年経って、お墓の土が落ち込んでいるのをみるのも、気持ちのいいものじゃないわよ、といった。私たちの話が聞こえていたらしく、おばあちゃんのときがそうだったたねえ、とうとう腐んなったって、と生々しい言葉で母がいった。おばあちゃんとは、母の母親である。いまはどうなの、と私がいった。お墓ね、と母は問い、おばあちゃんの骨を拾うて、あとは兄さんがコンクリートで固めてしまった、といった。

父の位牌がある棚に、薄い埃がつもっている。雑巾もバケツの用意もしてこなかったので、私は、バッグからちり紙を出した。一枚をまるめて、埃を拭きとった。四、五回手先を往復させると、位牌の棚が光った。姉が、花瓶から造花を抜きとって、花を下に向けてハンケチではたいている。半開きの蕾は、ふくらみを崩さないで揺れている。もういい、と姉が母に聞いた。母が頷くと、姉はロッカーの扉を閉めた。鍵束の小さい鍵は、それぞれの家のロッカーの、鍵のようである。鍵かけないの、と私がいった。盗る人いないでしょう、と姉がいった。母が、またきますからね、といって、父のロッカーの扉を叩いた。

納骨堂を出て、私はあと一度、御堂の内をみた。阿弥陀仏の前のロウソクは、まだ燃えている。炎は直立して、区別なく香港フラワーを飾られた仏たちは、静かである。仏が住まない、空家のロッカーにも、造花が差してあった。納骨堂の重い扉を、姉が閉めた。私も手を添えて、扉を押した。閉まっていく扉のすき間から、阿弥陀仏の前の炎だけが、真っ正面にみえる。炎の前には、扉から通じる細い通路がみえるだけで、入口に近い父のロッカーは、もうみえなくなっている。私は手を止めて、暫く炎をみつめていた。母が、なん、と耳許で聞いた。二月だったわね、と私がいった。寒かったねえあの朝は、と母がいった。

父が死んだ十四年前の二月七日も、その冬初めての雨が降っていた。雨はいつか氷雨に変わり、病室の窓を僅かに開けて、あめよ、と父に私は知らせた。眠っていた父は薄く目をあけて、風の方向をみた。その夜、父は息を引きとった。氷雨は翌朝になって初雪に変わったが、すぐに晴天になった。

扉のすき間からみえる納骨堂の情景は、あの日の朝の、霊安室のほの暗い静寂さをかもし出していた。阿弥陀仏の前の道は、解剖室から霊安室に向かう、病院の長い渡り廊下であった。解剖を終えた父は、脚の長い手押し車に乗せられて、霊安室に運ばれてきた。吹きさらしの渡り廊下に車の音を響かせて、白木の棺に寝かされた父は、私たちが待っている霊安室にやってきた。母と、私たち四人の娘は、父に一本ずつ、線香をあげた。線香の白い灰に目をやりながら、私は、父の手押し車の回転音を、繰り返し耳の奥で聞いていた。

私は納骨堂の扉を閉めた。手押し車の回転音と、私の旅行かばんの音が瞬間重なって、鳴り響いたように思った。

寺の裏門を出ると、狭い空地があった。そこに木の長椅子がおいてあった。まだ寺の敷地の内らしかった。私たちも腰をおろした。すこし休ませてもらおう、と母がいって、椅子に坐った。母の両脇に、私たちも腰をおろした。背後が墓地から続く斜面のせいか、風の動きのない日だまりである。正面に、さっき赤い実の間からみた海がみえる。寺の坂の下を流れる、川もみえる。左手にみえる川の縁に、かつての父の生家はある。現在は、どこかの会社の、社員寮になっている。私がみている眼下の町は、子供時代の、父の遊び場だった。おばあちゃんのお墓はどのあたり、と私が聞いた。姉が歩いてきた寺をふり返って、あの川の向こう側でしょう、だからお寺の裏手の山かしら、といった。どんの山、と私が聞いた。むかし正午になると、摺り鉢底の町全体に響く空砲が、山のてっぺんから発射された。戦争で内地に逃げてきていた私は、この町の子供たちと同じように、ドンプーの山、とその山を呼んでいた。母が首をふって、ほらその山よ、といって、鉄鍋を伏せた恰好の山は、記憶に強く残っていた。小学校一年生のときだったが、目に入る範囲では一番高い山をさした。左手にある山の中腹に、四階建てのビルディングがある。小学校である。どんが正午を知らせていた戦前には、山には人家はほとんどなかった。それが今は、小学校の校庭と、軒が松かさのようにせりあった山の頂の僅かな緑地だけが、空地である。緑のなかに並ぶ墓石の群れが、祖母たちの墓がある墓地らしかった。やはり草と木と土と、光も風もある野山の墓地は晴れ晴れとして、私は好きだった。太陽に暖められた湿り気のある土、地面から離れた、ひんやりと冷たい大地。季節に従って変化をみせる大地に抱かれて、上海で生活していたころのように父と母の子供に還って、無性の少女として大地に消えていく。出来るなら、この世にあって子孫を残す機能を終えたときから、人を愛することも精神的でありたい。そして無知で無垢だった少女時代の、性のない存在として、死に至るまでの年月を徐々に消していきたい。これが私が希う死であり、死につくまでの生だった。しかしこのようなことを、以前から考えていたわけではなかった。死後とか、死ぬ日までの未来について考えるようになったのは、母が、新しい墓を探しはじめたころからである。それまで私は、死後も老後も考えたことはなかった。離婚後は特に生きているいまが総てで、総ての終わりが死だと考えていた。それが、あんたもはいるお墓のなかろうし、といった母の言葉で、この世で終わり、と落ちついて生活してきた私の気持ちは、宙に浮きあがった。死に至るまでの心構えまで、考えさせられるようになった。その結果、私が死を自分の終わりとするからには、火葬の後の骨の始末も、考えておかなければならないだろう、と思いはじめるようになった。来世の居所探しという、自分では理解出来ない、気持ちの動きになっていた。具体的には骨の置き場を探す。単純な行為である。

しかし丁度同じころ、子孫を残す生理的な機能からも、私は解き放された。産む性として、私はこの世に用のない存在になってしまった。いっそう私は、父と母の子に戻りたい願望に、とらわれるようになった。この世に在るいいわけも、それが最も正当に思われた。また本能の義務から放された者として、精神的で在りたい願望を押しすすめる目標としても、父と母の子に還る願いは、都合よかった。希望をがむしゃらに達成するためには、目標とする場所が要った。死後より、現在を安心するために、むしろ場所は必要だったのである。だから父と母がいる所定の場であれば、松の木の根本でも、ブリキのロッカーでも、何処でもよかった。そう思いながら、しかしブリキの墓は、現実的でありすぎた。ラッカーを吹きつけるロッカー工場の風景まで浮かんで、無心になれるどころか、永劫に、雑念に悩まされそうに思えた。まず私は、半永久的に、骨としてこの世に在り続けなければならないだろう。ブリキの墓は私との同化を拒み、鑵詰と香港フラワーも、日々変わらずに在る。緑が茂る山の頂の墓も、父を十四年間、保ち続けてきている。だがいつか、野山にある墓地なら、骨は、地上から射す僅かな光や熱や雨水によって、祖母のように、壺の底にかすかな存在になる日がくるだろう。父はいま安らかなのだろうか。

とうさん、生きているうちに眠っていようっていってたわね、と私がいった。安物の骨壺から、肌の柔らかい萩焼の壺に移し換えてあげたいと考えたとき、私は感傷的に、父の臨終の言葉を思い出していた。だがブリキの墓であれ大地の墓であれ、考えてみると父の言葉は、謎めいて思えた。

父は死ぬまでの一週間ばかりを、眠ってばかりいた。とうさん、おきてお話ししよう、と父の掌を叩くと、父は、生きているうちに沢山眠っていようと思ってね、といって、また眠った。臨終のころを思い出して、死んでしまえば永久に眠れるのにね、と母がいった。私がこだわっているのは、母がいう死者の眠りではなく、父がむさぼり眠っていた、あの眠りへの疑問だった。母が、いまとうさんは誰にも邪魔されずに、好きなだけ眠っとりなさるよ、といった。母は単純に、父の最後の言葉を解釈したいらしかった。本当に、そう思っているのかもしれなかった。無造作に聞き流してきた父の言葉だったが、母が考えているほど、浅い意味ではないように、私には思えた。父は癌で死んだが、病人の苦痛は避けられないとしても、残る者たちと死に逝く者との葛藤は、すさまじかった。父はそれを忘れるために、眠りに多くの時を求めていたのかもしれない。そして眠っているうちに、眠りにある真の安らぎを、父は知ったのではないだろうか。同時に、生者にしか眠りがないことも、知ったのかもしれない。安らぎと眠りが、この世限りのものであるのを悟った父は、無意識にある眠りを眠り、鮮やかな目覚めを意識して、自分の残り少ない生を、味わっていたのではないだろうか。そう疑いはじめると、たとえロッカー工場の騒音に心を乱されたとしても、一応、未来永劫の地と決めて落ち着きを取り戻してきていた私の心は、また宙に、浮きあがっていった。

あれはとうさんの一世一代の名せりふ、と私はいった。母は笑って、海にいけっていえば山にいくっていう人だったから、といった。なぜお墓を移す気になったの、と私は聞いた。理由はないけれど、と母がいった。おっかさんたちの墓も、義兄さんや義姉さんたちで満員だし、新しく分けるのが本筋だしね、といった。おっかさんとは父の母親で、私たち姉妹の祖母である。母が父に嫁いできたとき、私たちの祖父は死んでいた。そのせいか、婚家の人たちにかかわる話をするとき、母は、父の一族の代表者に、祖母をおく。

祖母と母は、仲のいい嫁と姑ではなかったようである。二人が一緒に暮らした時代は大正の末期から、昭和の初期にかけてである。時代的に、表面上は争いのない、平和な嫁と姑の仲だったようだ。が母も祖母も、気の強い女である。同居した当座は、母も嫁らしく仕えていたらしい。しかし我慢の限度がくると、父とともに母は、祖母の家を出た。父は跡取りだった。祖母の家を出た理由を、母は、私たちが幼いころから、おとぎ話のように話してくれていた。祖母は抜け目のない老婆役にされていたが、祖母と生活をしたことがない私たちは、憎しみはもたなかった。

祖母の家を出た理由は、私たち娘を教育するのに好ましくない環境にあったため、である。大義名分はそうだが、実際は、嫁と姑の不仲である。母がよく話すいざこざ話のなかに、祖母の投げ銭事件がある。父は肋膜炎にかかって、自宅療養していた。投げ銭事件は、そのころの話である。子供は、姉たち二人が産まれていた。二つ違いだった。祖母は、結核に異様な恐怖心をもっていたらしい。父の肋膜炎も不安だったらしく、病室に入ってこないで、部屋の外から病状を訊ねたりしていた。客商売だったこともあるのだろう。

父の生家は代々港町で、ホテルを経営していた。ホテルといっても、三階建ての木造である。客は入港する船の、船員たちだった。外国船の船員が多く、金遣いの荒い外国船員たちは、上得意だったという。港には各国の軍艦も入港して、アメリカ兵やフランス兵などの下級水兵たちが、遊んで泊まって帰っていった。水兵たちの要求で、ホテルの料理は洋風料理が主で、いつの間にか日本人の間でも、ステーキがうまい店、と評判になっていた。そのころに覚えたフレンチトーストを、母は、私たち子供のおやつに、よく焼いてくれた。ステーキには必ずフレンチポテトと、玉葱を薄切りにしたバターいためをつけた。

母の料理には何でもフレンチがつき、聞きかじりの英語の歌も、ときに歌ってくれた。イツ、ロングロングロング、といつまでもロングロングが続いていたように思う。外国船員たちが馴染みのダンサーにくれたレコードを聴いていて、覚えたのである。外国船員のために、ホテルにはダンスホールもあった。電車道に面したダンスホールの入口には、色つきの豆電球がさがり、夜になると、ホールの前の川面に光が映えて、安手でも雰囲気はあったという。

人気があったのは、ダンサーたちである。周辺の島から、最盛期は二十人ばかりの娘たちが、働きにきていた。農家の娘たちで、日焼けした健康体の娘たちは、外国船員の気に入っていたようである。娘たちはダンサーであり、売春もしていた。母は、売春をする女たちと、父の家の家業を嫌っていた。見て見ぬふりをしている祖母と、嬌声が絶えない雰囲気には、なじめなかったようである。跡取りである父も、女たちの売春を黙認している一人だったが、娘たちが物心つく前にホテルを出るという約束で、父だけは特別扱いしていたようである。父が会社勤めをしていて、親子四人の生活が、女たちから得る収入に関係のない金銭で成りたっていたことも、あったのだろう。

母は、女たちが入る祖母の家の風呂に入るのを嫌って、銭湯にいっていた。父が発病して収入が減っても、二人の子供を連れた銭湯通いは、やめなかった。そのうち、銭湯にいく金に困るようになった。ある日母は、母子三人の風呂代を、貸してください、と祖母に頼んだ。台所に立って料理の指図をしていた祖母は、銅貨を一枚、床に投げて渡したという。五銭か十銭だったらしい。お金を貸してくださいって頼んだのは、そのときだけなのよ、と母は話すたびにいった。話すうちに気分がたかまってくるようで、おっかさん投げ銭は物乞いにやるときでしょう、って突き返したわ、と目を光らせていった。私たちが年ごろになってからも、投げ銭の話は繰り返し話された。筋書き通りに話が終わると、女手一つであれだけの商売を続けてきた人だもの、わからないでもないけれどね、孝行息子だったとうさんを、嫁にとられた淋しさもあったのでしょうね、と同情していった。しかし祖母は、家業に批判的な嫁に、腹をたてていたのかもしれない。祖母は五十四、五歳だったらしい。

祖母と母の仲を、話に聞いて知っている私は、祖母の骨が納められている同じ墓地に、母が入るのを嫌っているのだと思った。そんなことはないけれど、と母がいった。おっかさんはよかけれど、おとっつぁんは事故死だし、といい、あと一つ、事故死の男の骨が入っていた、といった。骨になってしまっている者たちの死因に、いちいちこだわっている母が、私はおかしかった。今日までに、幾十人の死者たちが、山の上の地下室に納められてきたのか、長い年月に一人や二人、自然死出来ない者がいても不思議ではない。事故死ではないが、広島に投下された原子爆弾で、父の末弟の子供が二人、死んでいる。その子供たちの骨も、終戦後、祖母の墓に納められているはずである。母は、あの二人は子供だもの、といった。

母が気にしている、事故死した祖父は、町内会で消防の責任者をしていた。火事の現場に駆けつける途中、電車と消防車にはさまれて、圧死してしまった。港の方から川沿いに走ってきた電車と、祖父が引いていた消防車が、正面衝突したのである。大正十二年ごろという。消防車は手押しポンプをのせた、リヤカー式消防車だった。リヤカー式の消防車を、町内の若主人たちが後押しして、川口に向かって走っていた。商売がら祖父は威勢のいい男で、先頭にたってリヤカーを引いていたらしい。昼火事で、祖父の住む町内だったから、祖父は気負っていたのだろう。家に担がれてきたときは、かろうじて息があったという。手押しポンプをのせたリヤカーは、若主人たちの火事場の力で、弾みがつきすぎていた。走ってくる電車を正面に認めながら、止められなかったのだ。目前に自分の死をみながら、祖父は死んでいったのである。悲惨な死だが、生前に逢ったことのない舅の死は、母と父の生活に影響はなかった。町内会で出された葬儀は、木造ホテルの主人にしては分に過ぎた立派さで、一族にとって、華やかな事件であったようだ。葬式の日、偶然母は、川沿いの町をいく長い葬列に、出逢っている。揃いの印半纏を着た大勢の男たちが、祖父のホテルの前から港の先まで、延々と列をなしていたという。印半纏を着た男たちの列をみて、よほど偉い人が死んだのだろう、と母は、立ち止まって眺めていたという。そうしたらその人の息子にお嫁入りして、おとっつぁんは小頭だったの、と母はいった。あまり偉い人ではなかったようである。しかし平凡な一族にとって、語り伝えるにたる事件である。母も自慢気であった。

おとっつぁんも事故死だし、と問題にしながら、母は、祖父の事故死はさほど気にかけていない様子だった。問題なのは、あと一人の事故死をした男、塩田の遺骨である。塩田とは誰か、と聞くと、母は、まさよさんのご主人、といった。姉は、まさよも塩田も知っていて、塩田さんとあと一人のご主人も、お墓にはいっていたわね、と母にいった。何人でも主人を持ち変えた人だから、と母がいった。持ち変えたわけじゃないでしょう、と姉がいった。わたしはとうさん一人で沢山、と母がいった。あたりまえでしょう、と私はいった。父は七十一歳で死んでいる。母は、六十七、八歳になっていたはずだ。そんなことじゃなくて、と母がいった。愛してたから、と姉がからかっていった。母は笑って、男はってことさ、といった。

まさよが、私たち一家とどんな関係にある女なのか、私は知らなかった。ぼんやり、名前に記憶があったが、祖母の家のダンサーたちの名前は、まきよだのはるよだのと、似た名前が多かった。母の話には、似たような名前がたびたび出た。しかし祖母の墓地に、二人の男の骨を従えて納まっている女の話は、聞いたことがなかった。私は、まさよという女に、興味を覚えた。暗い小さい穴のなかに、二人の夫たちを従えて納まっているまさよは、よほど精神の強靱な女だったのだろう。夫たちも、どんな思いで、まさよを取り囲んでいるのだろう。後に死んだ夫は、前の夫が、山頂の墓地にいるのを知っていたのだろうか。自分も同じ墓地に入るのを、承知していたのだろうか。先に死んだのは塩田なのか、あと一人の男なのか。そしてまさよは、いつ死んだのだろう。塩田もあと一人の男も、まさより先に死んで、男たちを山の頂の墓に納めてから、ゆっくり、まさよは地下に逝ったのか。親戚なの、と私は母に聞いた。おっかさんの店で働いていた女給さん、と母がいった。終戦直前に死んだ女だ、と母がいった。女給だった女たちも祖母の墓に入っているのか、と私は聞いた。まさよさんだけやろう、と母がいった。どうして、と私が訊ねると、身寄りのない女だったようだから、といった。祖母の後で死んだまさよの骨を、誰が墓地に納めたのだろう、と私は聞いた。母が面倒臭そうに、知らんさ、といって、どさくさにまぎれて、はいんなったとやろうね、といった。骨になった者が、どさくさにまぎれて、墓地にもぐり込めるはずはなかった。

塩田さんの骨は、まさよさんが納めたのでしょう、と姉が確かめた。母は、それも知らないといった。塩田は、揚子江に飛び込んで死んだ人ではないか、と思い出したので、私は訊ねてみた。港を出ていくランチを目で追っていた母が、へえ、と答えた。そして、生きているときの目つきがいやでね、お墓のなかでまで、あの目でみられたくないもの、といった。どんな目つきなのかと聞くと、男が女をみる目、と母がいった。二十歳代の若い年ごろならそれも嬉しいだろうが、歳をとるとだんだん怖ろしくなるものだ、と母がいった。その人が戸板で運ばれてきたの覚えている、と私がいった。私が、五歳か六歳のときである。昭和十年前後で、母は三十歳の半ばである。

船員だった塩田は、昭和十年ごろ船を降りていた。父の親戚の男たち四、五人と組んで、上海にドル買いにきたのである。男たちは、上海の私の家に泊まる予定になっていた。それ以前に二、三年、上海に塩田は住んでおり、上海の事情に詳しい彼が、男たちの案内を引き受けていたらしい。当時は世界的に経済不況の時代で、塩田も男たちも、ドル買いの成功を夢みていたはずである。その塩田が、上海上陸の寸前に、揚子江に投身自殺したのだ。塩田は、泳ぎが達者だった。父も母も、泳ぎの達人である塩田が、水に飛び込んでよく死ねたものだ、と思ったらしい。入水前に大量の酒を飲んだか、睡眠薬でも飲んで飛び込んだのだろう。乗客の知らせで、連絡船はボートを降ろした。塩田は水死体になって上海に連れてこられた。覚悟の自殺だ、と死体検査官は説明したらしい。原因はわからなかった。

まさよさんが上海で待っていたのにね、と母がいった。上海で所帯をもつために、塩田が着くのを、まさよは上海で待っていたのだという。泣いていたひとじゃない、と私が母に聞いた。

塩田の遺体が私の家に着いた日、二階の部屋の壁に張りついて、泣いていた女がいた。背が高い、太い棒縞の和服を着ていたような記憶がある。覚えているのは、大人でありながら、声を出して泣いていたからである。立ったまま、女は泣いていた。母の他に女は、和服を着たその女しかいなかった。

それがまさよさんでしょう、と母がいった。塩田は、まさよの二度目の夫だったようである。墓地のなかの、あと一つの骨壺の男は、前夫か、塩田の後でまさよと暮らした男である。骨壺に姓名が記してあったが、その名が前夫のものか三番目の男の名前か、母は覚えていなかった。まさよの夫になった男たちは、母が逢っただけでも三人いる。まさよは、二度目の夫になるはずだった塩田と、添い遂げたかったようである。まさよさんも落ち着きたかったようだったから、と母がいった。母はそういってから、ああ塩田さんの後の人よ、といった。後の人とは、三番目の夫の意味で、祖母の墓地に納まっている男である。はじめの人には離縁されたのだから、と母がいった。

まさよが祖母の家に働きにきたのは、祖父が事故死をする前である。身寄りがないというまさよは十五、六歳の少女だった。肩のいかった、長い腕と長い脛をしていた。漁師の娘だと噂があったが、伸びやかな肢体は、土を耕すより、海に潜る女たちの体形かもしれなかった。最初祖母は、色の浅黒いまさよを、台所の下働きに使っていた。まさよはしかし、働くのが嫌いな娘だったようだ。祖母が仕事をいいつけると、店の前を掃いてきますけん、といって表に出ていく。竹箒をもって、ダンスホールの入口に立って、港のほうから走ってくる電車を眺めている。電車道の向こう側は川になっているが、石炭ガラを積んだはしけが、ときどき上り下りする。石炭舟に水上生活者の子供たちが遊んでいると、まさよは勝手な名前をつけて呼びかける。子供だけではなく、大人たちにも愛想がよかった。外国船の船員たちが、通りの店を物色しながら歩いてくると、パパさーん、と声をかける。船員たちは寄ってきて、まさよの肩を抱いて、ダンスホールに入ってきたという。まさよは、外国人たちの男のステップにのって、またたく間に、ダンスがうまくなった。ホールの客もふえて、祖母も黙認のまま、まさよはダンサーに仕事換えしていた。開けっ広げで上背があるので、外国船の船員たちに人気があったという。

母が父のもとに嫁入りしたのは、まさよがダンスホールの売れっ子になってからである。流行の短い髪にパーマネントをかけて、頰を包むように、大きなウェーブをつけていた。絹の洋服が似合ってね、品はよくなかったけれど美人だった、と母がいった。上海の家で泣いていたまさよからは、想像の出来ない髪型と雰囲気である。

ダンスホールには、日本人の若い男たちも、酒を飲みにきていた。そのなかの一人が、まさよに結婚を申し込んだ。男は、呉服屋の主人だった。身寄りはなく、行商からたたきあげて店を構えた男である。小さい店だったが、孤児といわれるまさよには、恵まれた縁である。祖母が親代わりになって、まさよを嫁入りさせた。母よりも二つ三つ年上で、二十五、六歳で嫁にいっている。

祖母の家で、台所仕事を手伝っていたころとちがって、店の掃除、客の対応と、まさよはよく働いた。和服の衿をきっちりつめて着て、母が店の前を通ると、若おくさん寄っていってください、とダンサー時代のように、店から駆け出してきたという。嫁入りして二年目に、呉服屋は火事になった。夜明けの二時ごろである。半鐘で目を覚ました母は、ダンサーたちから、まさよの店らしいときいた。まだ祖母の家に同居していた母は、祖母と、まさよの家に駆けつけた。もう店の棟が、落ちかけていたという。消防車も間にあわない火勢だった。まさよを探すと、寝間着姿の野次馬が遠巻きにしている火事場の真ん中に立っている。まさよは一人で、夫である男はみあたらなかった。火の粉が降る道に、まさよは和服におたいこを結んでいた。町中が寝静まった時刻の火事なのに、帯までしめている身繕いを、母は変だと思った。祖母も不審に感じたらしい。人垣の外にまさよを連れ出して、出火の原因を聞いた。うちが火をつけました、といったという。

独占欲の強い女だったからね、と母がいった。呉服屋の夫に、まさよ以外の女がいたらしい。ダンサーのころは人の旦那さんでも、平気で遊んでいたのにね、と母がいった。立場が違っているもの、と姉がいった。母が、商売していたひとでしょう、多少は罪ほろぼしに我慢せんばね、といった。かあさんなら我慢する、と私が聞いた。母は不快な顔をした。わたしたちとまさよさんたちとは、ちがうさ、といった。これは母の持説で、差別を嫌う母がいつも平然といった。母にとって妻の座にある女たちは、絶対であるらしかった。食べるためでしょう、と私は、月並みな言葉をはいた。母が、商売で肉体が売れる女は、生まれつき体質がちがうのよ、食べるだけならダンサーの収入で充分だもの、娼婦は楽かとやろうね、といった。行きずりの男と寝る仕事を楽だという母に、かあさんは裕福な奥さんだったから、と私はいった。とうさんは浮気をしない正直者だったし、と姉がいった。あの人は、女ばかりのなかに幾晩放っていても、浮気の出来る人じゃなかったものね、と母がいった。知らなかっただけじゃないの、と私が母にいった。母が、いいえ、そんな心配は一度もなかった、といった。

まさよは放火の罪で、服役した。呉服屋の夫は、まさよと離婚した。刑期を終えて出所したまさよは、父を頼って上海に渡った。まさよは生活をはじめた。母は近所の中国人の、油屋の二階の一部屋を借りてやった。板の間に布団を敷いて、まさよは生活をはじめた。夜になると、フランス租界のダンスホールに出かけていって、紳士たちの爪磨きをしていたという。手と足の爪を磨き、足の指やかかとに出来た固い皮や、まめを削る仕事である。剃刀で、雲母をはがす慎重さで、角質化した皮を削っていく。決められた料金より、チップの収入のほうが多かった。塩田と知りあったのは、爪磨きをしていた時代である。塩田との結婚が決まったまさよは、おくさん、おむこさんのご飯が一番安心して食べられますねぇ、といったという。

塩田の遺骨は、まさよが日本にもち帰ったのだろう。内地に戻ったまさよは、港町で知りあった男と結婚した。終戦の直前に、二人とも死んでいる。まさよは、五十歳になっていなかったはずである。

山頂の墓地の整理をしたとき、祖父と祖母の骨壺が並んだ隣に、まさよと夫たちの骨壺はあった。誰の骨だろうと話しながら、母は蓋を開けたという。灰色の壺が、まさよの骨だった。赤い釉がかかった壺が、塩田だった。壺は泥をかぶりながら、鈍い光を放っていた。塩田とは知らず、母は丹念に壺を拭いた。まるい、まさよの壺よりこぶりの骨壺は、乾いたタオルで拭くと、朱色の珊瑚玉のように光っていく。母は、女か子供の骨が納められているのだろうと思って、珍しい骨壺を磨いたという。蓋を開けた母は、想像もしていなかった男の骨に、息がつまった。あわてて、地下室のなかで背をこごめている父の末弟に、どうして塩田の骨が祖母の墓にあるのか、と訊ねた。まさよの骨壺は納得したとしても、塩田の骨は場違いではないか、と母はいった。父の末弟は、赤い壺を受けとりながら、よかですたい、仲よう眠っとんなるけん、といって、三つの壺を並べて、地下の奥に返したという。

塩田さんの目は粘っこくってね、墓のなかでまで、あの目でみられるのはたまらない、と同じことをいった。思い出すと、朱色の壺も気味が悪いといった。とうさんとあんたたちと、親子だけが煩わしゅうのうしてよかよ、と母がいった。母には、山の頂の墓地は、この世での男と女の絡み合いが多すぎるのだろう。まさよさんだって、おとっつぁんの子供かもしれないしね、と母が突然いった。私たちが驚いて聞き返すと、ひょっとすればの話、といった。

父がいるロッカー式の墓は、さまざまなことを、私に考えさせた。現実の問題では、逝くべき場所の選択。そして、逝くべき場所へ逝くまでと、そのときの私の心身のありかた。前にも書いたように、私の願望は、無性に還ることである。父のロッカー式墓は、そうなるための、そしてそうなったときの、最終の地なのだ。無性への願望は、願望のままで終わるかもしれない。しかし、過去にも現在にも未来にも、住む家のない体であるのなら、目的に向かって、いまを安心して生きるための、私の便宜上の場でもある。私には子供がいる。私と子供の縁は、この世で終わる縁だと私は決めている。心静かに納まる手段としても、そのほうがいい。そして私は、親でありたくないのだ。親の感情は、子供が結婚した時点で切り離したつもりでいる。まつわる感情は捨てがたいが、これも死ぬまでの年月をかけて消していきたい。死後も子の親であり続ければ、子供を介して、父親だった男とのつながりが出てくる。それは耐えられないことである。また、父と母の子供に還るためには、私の子供との縁は、この世で断ち切っていなければならない。ロッカーに在る父も、時も眠りもない死の世界で、無性のものとして納まっているだろう。いまは生身の情を落として、ロッカーに在るのだろう。死の前の父の意識的な眠りは、生を知るための眠りであったようだが、ほかにも眠り続けていた理由が、父にはあったのではないか。それは、生きているうちに沢山眠っていようと思って、といった父の言葉に引き出された、あと一つの疑問だった。

死期が近づいた父は、母の名を呼び続けた。声をあげる体力もなくなった父は、全身の力をこめて、母の名を呼んだ。母は返事をしなかった。切れ目なく、読経のように母の名を呼ぶ父に、母は答えない。ベッドの鉄枠を叩いて、父は母の注意を誘おうとする。それでも母は答えなかった。父の目にふれないように、父のベッドの脚に身をすり寄せて、床に体を横たえていた。病室を出るときは、床をはって外に出る。たまりかねて、返事をしてあげて、と私たちは母に頼んだ。母は、わたしが返事をすれば、とうさんの甘ゆるけん、あんたたちが代わって答えてちょうだい、と哀願する口調でいった。私は呆気にとられた。父が哀れであり、ふがいなく思えた。私は母を呼ぶ父に、とうさん、かあさんは床に寝てますよ、私たちがいるからいいでしょう、といった。父に呼ばれても眠ったふりが出来る母を、しっかり父に、みていて欲しいと思ったのだ。四十余年連れ添ってきた妻のあと一つの姿を、知ってもらいたかったのである。多分、戦後を、母の陰で生きてきた父への不満が、私に、出すぎた真似をさせたのだろう。ときどき、ほっほ、と口をすぼめて笑う気弱な父に、強くなってもらいたかったのだ。世の中をごまかさないで、目を見開いて、独りである自覚ももって欲しかったのである。また、妻の座を金科玉条としてきた母への、底意地悪い、私の反抗だったのかもしれない。

薄く目をあけて私の言葉を聞いていた父は、落ち窪んだ目に、何ともいえない表情をみせた。不快さと、聞かせないでくれという、やりきれない目の表情だった。その目で私をみていた父は、話を聞き終わると、目を閉じた。父は母を呼ばなくなった。ただ眠るようになった。

眠りながら父は、何を考えていたのだろうか。傲慢にも私が希望した、母を切り離す努力を、父はしていたのだろうか。生きることも死ぬことも独りであるのを、眠り目覚めるなかで、探っていたのかもしれない。あるいは母にも私にも、この世にも愛想をつかして、疲れを癒しながら最後に、穏やかな生を、探りあてたのではあるまいか。

母も、死相のあらわれた父をみて、夫として男としての生身の思いを残されるのが、怖かったのではないか。愛したり憎んだりした過去の生活が甦ってきて、先に逝く父の思いを断ちきらせるために、母は床を四つん這いになってまで、姿を消そうとしていたのだろう。あのとき私は、自分本位に動く母につらくあたったが、いまは、母の気持ちがわからないでもない。

とうさんとかあさんのお墓に、ほんとうに私の骨をおいてもいいの、と私は聞いてみった。

た。母が、よかよお、あんたもあさ子も、とうさんとかあさんの子だもの、とあっさりい

しかし母が、父の愛情を怖れだしたのは、三十年も以前から、母の心に潜んでいたことのように思えた。三十年ほど前といえば、母が五十歳前後のころである。現在の私と、同じ年ごろである。終戦から間のない時代だった。街は焼け野原になって、トタン板と木切れを打ちつけたバラックが、建ちはじめていた。闇市も出ていた。街は闇市を中心に、活気を広げていった。そのうち朝鮮戦争の噂も立ちはじめて、都会では失業者が減っていた。私たちが住んでいる田舎の小都市は、相変わらず不景気だった。私の勤め口もなかった。女学校を卒業した私は、小遣い銭をくれて月謝のいらない、全寮制の職業学校に入学していたが、その学校から逃げ帰っていた。退学届けも出さずに、無断で寄宿舎を出た私に、それまで私にかかった一さいの費用を、返済するように手紙がきていた。開校以来の不祥事、と書き添えてあり、両親に顔向けの出来ない立場にあった。二人の姉は嫁にいっていたが、家には、高校生のあさ子がいた。

財閥解体で失業者になった父は、履歴書を書く毎日を続けていた。朝食を終えるとすぐ、履歴書を書きはじめる。書いた履歴書を茶封筒に入れて、町に出かけていく。たまに求人広告の貼り紙が出ていると、使ってくれますか、と履歴書を渡す。醤油屋でも海産物

問屋でもかまわず、おいてくる。その限りでは、父は勤め先の選り好みをしなくなってい
た。呼び出しがあると、母も私も大喜びで、父を送り出した。父はすぐに帰ってきた。雑
用もしろっていうからね、断ってきた、といった。仕事のない父は、部屋の隅にうずくま
って、頭から毛布をかぶって寝るようになった。朝も昼も、明るい部屋のなかで毛布をか
ぶって、まるまって寝ている。母は遠くからじっと、寝ている父をみていた。家族を養う
義務感があるのなら、どんな仕事でも出来るはずだ、と母は父にいった。父は、僕には出
来ないね、といった。職業を選り好みするときではないでしょう、と母はいった。父は意
外に落ち着いて、君は偉いから君がやりなさい、といった。母は、父に職探しをすすめな
くなった。父には雑役でもいいではないかと責めながら、母も、父に代わって外に出て働
く決心を、つけかねていた。狭い部屋に、健康で働ける大人たちがごろごろしていた。あ
さ子だけが元気に、外との接触をもった生活をしていた。
　ある日外出先から帰ってきた母が、お城の下の家に、家政婦斡旋所の看板が出ていたけ
れど、と私にいった。玄関の土間に立って、いってみようかしら、といった。いいながら
母は、私の反対を待っているらしかった。いっしょにいってみる、と私は母にいった。勤
まる家事の手伝いがあれば、私も勤める気でいた。母が、あんたは駄目、かあさん一人で
たくさん、といって、家を出ていった。十分も経たないうちに母は帰ってきて、いってみ
るものね、と晴れやかな表情でいった。仕事はいくらでもあるらしいの、病人の看護は素

人には大変だから、ご隠居さんの食事の世話からはじめなさいって、と家政婦会でいわれてきた通りに、母がいった。農家はいまお金持ちでしょう、だからそんな仕事が沢山あるんですって、といった。いつから働くの、と私は聞いた。二、三日中に連絡をとるから待機しているようにいわれた、と母がいった。無意識に口をついて出た待機という言葉は、母に改めて、働く覚悟をさせたようだった。箪笥から下着とモンぺと、割烹着をだした。せっけん、はぶらし、てぬぐい、と声に出して確かめながら、広げた木綿風呂敷の上においていく。揃えられる日常の品は、これからはじまる、母の仕事の内容にふさわしくこまごまと、雑然としていた。自分さえしっかりしていれば、仕事は何でもいいのよ、と母はいった。

いつものように、ラクダ色の毛布にくるまって寝ていた父は、私たちの会話を聞いているらしかった。が、微動もしなかった。母も父に声をかけなかった。その日のうちに、家政婦会から使いの少女がきた。三日間だけ、農家の老人の、食事の世話をする仕事である。使いを受けるとすぐ母は、用意していた風呂敷包みを抱いて、出かけていった。出がけに父のほうをみて、お願いね、と私にいった。三日間の働き先は、町はずれの水田のなかにあった。母は住所を書き残して、父には断らずに出かけていった。母が出かけた後も、父は毛布をかぶっていた。

三日後の夜遅く、母は帰ってきた。ただいま、と大きな声でいって、白い木綿袋に入った米を、ほれ、といって、上がりがまちにおいた。米は二升ほどあった。すぐに炊く、と母が私に聞いた。私たちは、夕飯を済ませていた。父は、布団を敷いて眠っていた。勉強をしていたあさ子が、食べたい、といった。母は嬉しそうに笑って、おいしいお米よ、あんたたちに早く食べさせたくってね、急いで帰ってきたの、といった。お金ももらったのよ、神棚にあげて頂戴、と裸で渡されたらしい札の折り目を伸ばしながら、母が私に渡した。神棚の下に、父が眠っていた。母が、とうさん起きてご飯をたべませんか、と台所から声をかけた。父は、う？　と寝返りをうって、帰っていたのかい、といった。

母の初仕事は、家政婦として働く抵抗を、ふっきらせたようだった。働けばお金になるもの、もっと早く働けばよかったのにね、といった。農家の主婦がみやげにくれた野菜を、台所の床に並べて、母は私にみせた。転がっていくじゃがいもを籠にとりながら、あした塩鯨と煮てあげるからね、といった。母の仕事は忙しくなった。父の職はみつからなかったが、父と母の仲は、穏やかになった。いいじゃないですか、ゆっくり探してください、と母はいった。家政婦会でも母の料理の腕をかって、味にうるさい老人の世話を、割りあてるようになった。おっかさんのおかげ、と母は、墓地の祖母まで連れ出してきて、金を得られる喜びをあらわした。祖母や、ホテルのコックたちの料理をみているうちに、味つけのコツを覚えたらしい。やりくりを心配しないで済む他人の台所に立って、母は楽しみながら和洋折衷の料理を作って、食べさせていたようである。一週間の約束だったたのが気に入られて、一ヵ月二ヵ月になる家があった。期間が長引くと、十日に一回の割りあいで、母は休みをとって、帰ってきた。家政婦会へ、報告もしなければならないようだった。十日分の賃金を計算してもらって、必要な生活費をそのなかから、留守番役の私に渡し、夕方まで休んで、母は仕事先に戻っていった。

あるとき、期限のない病人の世話を、家政婦会からいってきた。結核患者で、自宅で療養生活をしている老人だった。七十歳になる患者は、かつて地方大学の教授をしていた。私たちが住んでいる町の、資産家の主人だった。小都市の名門の主人は、殊さらに味にうるさい老人らしかった。何人か家政婦が派遣されたらしいが、一週間もたない。幾人目かの家政婦として、母は出されたのである。口うるさい老人の味覚と、母の味付けは合ったようで、健康体に戻るまで付き添っていてくれ、と老人から母は頼まれた。結核患者の看病は、感染の危険があるので賃金が高い。もう感染の危険が少ない年ごろにある母は、喜んだ。短期間の仕事先を移り歩くのに、そろそろ疲れていたようである。老人の家が、私たちの家から歩いていける距離にあるのも、母には都合がよかった。

そのころ父は、半日近く家を空けることがあった。下駄ばきで、普段着で出かけていく。履歴書を持たないで出かける父に、どこに、と聞くと、ちょっとぶらぶら歩いてくる、という。散歩から帰ってきた父は、ネーブルや水蜜などを、私たちにくれる。珍しい果物なのでわけを聞くと、かあさんが、といった。妹と私は、喜んで食べた。父と母は、外で逢っているようだった。高級な果物は、老紳士の見舞い品のおすそわけ、だったのだろう。

いつものように休みをとって帰ってきた母が、父に、働き先にこないでください、といった。父は口ごもって、聞き取れない言葉を、口のなかでいった。お勝手口からはいってくるとうさんも、おみやげをもらって帰るとうさんも、わたしはみたくありません、と激しい口調でいった。おっかぶせるように、とうさんまで家政婦の夫になる必要はないのです、といった。散歩の途中に寄っただけだ、と父がいった。とにかく、わたしの働き先に訪ねてくるのは止してください、といった。父は、目尻を引きつらせて怒鳴ろうとしたが、黙った。話はそれで終わった。

夕方、働き先に戻る母について、私は町はずれの道を歩いていた。働いて、金を得る生活に慣れてきた母は、前よりまとまった金銭を受けても、感動しなくなっていた。やっぱり仕事に上下はあるようね、と母がいった。お金を払う分だけ人は罵倒するもの、ののしられてもかまわないけれど、これも料金の一部って考えているうちに、そんな顔つきになっていくのね、といった。とうさんには、だからみじめになって欲しくないのに、と母はいって、気がついたら、とうさんが病室の窓の外に立っているの、と眉を寄せた。身震いするほどいやらしかった、と母がいった。私は思わず立ち止まった。母の言葉には、父への生理的な嫌悪が含まれていた。お前の顔をみにきたって、と父の口調を真似て、あんな人じゃなかったのに、といった。私は、ここで帰る、と母にいった。暗くなるから気をつけてね、と母がいった。

暮れかけた田舎道を歩きながら、一瞬の間に私の内部で男と女に変わってしまった父と母を、私はもてあましていた。父と母は、これまでのように、父と母であって欲しかった。まだ知らない男と女の世界を、みせてもらいたくなかった。私は、父の顔も母の顔もみたくなかった。

寒うなったね、と母がいった。お寺の下の喫茶店でコーヒー飲まない、と姉がいった。わたしはココアにしよう、と母がいった。上海で生活していたころから、母はココアが好物である。父はコーヒーが好きだった。パーコレーターでぼこぼこ煮沸して、音と色の移りを楽しんでいた。ロマンチストだったから、と母がいった。お前の顔をみにきたとかね、と私が母にいった。母が、だれの、と聞いた。かあさんが働いていたころ、と私がいった。ああ、と母は思い出して、とうさん意気地なくなってね、といった。愛されていたのよ、と私がいった。母が真面目な顔をして、とうさんは、あんたたちのとうさんでいてくれるだけでいいの、といった。だから働き先にまで訪ねてこられると、身が震えたの、と母がいった。嫁にいっていて、当時の事情を知らない姉が、何のこと、と聞いた。尼さんにでもなろうかって思ったころの話、と母が、はぐらかしていった。姉が、そんな深刻な時期がかあさんにもあったの、といった。母は笑って、男と女の生活はあんたたちを産んだ時期だけで沢山、まさよさんのごとはなれんさ、といった。

母は目を細めて、港をみていた。身震いするほどいやらしい、と身を震わせた母は、気のいい老婆の横顔を、私にみせていた。産む機能を終えた肉体で、夫婦生活を続ける罪悪感を、母は淡々と話した。母の話を聞きながら、母の肉体が、産めなくなった時期はいつごろだったのだろう、と私は考えていた。父を、いやらしいと感じだした時期が、母の女の、終わりだったのかもしれなかった。母はあのころ、男としてある父を、徐々に切り離していたのだろうか。田舎道で、私は母を不快に思ったが、母も同じ不快さを、父に抱いていたのだろう。女の出発点にあった私は、終わりを迎えつつある母の気持ちなど、理解出来るはずはなかった。が、女のはじまりと終わりの両端に立ちながら、同じ思いで私たちは女をみ、男をみていたのだ。未知だから純粋を希い、歩いてきた道をふり返りながら、母は心身の浄化を願っていたのだろう。

私たち三人は、喫茶店のある路地へ、石段を下りていった。石段の角に一段ごと、旅行かばんの車がぶつかった。下りるにしたがって、音は坂の町に反響して、こもってくる。母は、弾みがついた体を前に出して、石段を下りていく。余分な力を、自分で抑えることが出来なくなっている。姉が腕を組んで、母の力の調節をしている。片手で私も、母の手首をつかんでいた。袖口からのぞいた母の手首は、白い肌が、さざ波のように波うっている。二、三年前まで、まだ皮下に脂肪の艶が浮き出ていた。

更年期になると、自分の肉体がいとおしくなるんですって、と私が、他人ごとのようにいった。姉が、どういう意味で、と聞いた。かあさんが話したお話と似ているけれど、もう少し具体的ね、と私はいった。生ぐさか話はもう聞きとうなかよ、と母がいった。神秘的でもあるし絶望的でもあるおはなし、と私はいった。すべてが終わっても、肉体は三十年繰り返してきた習慣を忘れないんですって、と私がいった。そんな話を、大きな声で道々話すものではない、と母は、いままでの話は忘れたような顔をして、勝手な注意をした。私はかまわず、さっきかあさん、わたしは女っていったでしょう、雀百までの話よ、といった。女は死ぬまで女さ、と母がいった。

月に二、三日腹痛や腰痛がおきる、なぜだろうって考えているうちに、痛みの時期にね、一定の周期があるのがわかったんですって、と私はいった。だれのお話、と姉が聞いた。お友だち、と私は答えた。それに気づいたとき涙がにじんだんですって、と私は続けた。あくまで産もうと準備する肉体がいとおしくって、両手で幾度も、自分の肩を撫でてあげたんですって、と私はいった。友人は、だから、産む機能を終えた肉体を自然に従って大切にして、神さまにお返ししたい気持ち、といった。

女の晩年に、そんなにはかない、可憐さが残されていたのか、と私は感動した。しかし現実には人の妻であり、産む機能を終えた肉体も受け身であらねばならない友人に同情して、別れる、と私は聞いてみた。友人は、それはそれ、女の晩年にも感情こまやかな肉体のリズムがあって、捨てたものじゃないってこと、いいえ、それどころか、いっそう女性的じゃない、といった。姉が、そんなものだったかしら、と探りを入れる目で私をみた。

つかれたろう、と母がいった。私は頷いた。旅行かばんを早く何処かにおいて、私は楽になりたかった。

谷間

一九七九年八月X日

谷間の朝の十時すぎ。再び陽が射してきました。東の山際の道に車が二台。オレンジ色のブルドーザーとアームを立てたショベルカーが、頭を谷の奥に向けて停めてあります。そこは山裾に道が喰い込んで、乗用車なら三台、並んで駐車出来る。

なつこは床に散らかった本のなかに坐って、雨の後の暑さにみじろぎもせずに立っている山の樫の木を、みています。

いまなつこの視線がある辺り、ショベルカーが停めてある入り組んだ山裾から登った斜面に、六年前まで泥板岩の一枚岩がありました。書斎の窓からみると、山頂からどんすの帯が垂れてるようにみえた。その上を清水が流れていました。流れの幅は五十センチばかり。岩幅は流れの約四倍。梅雨時や大雨の後は、流れに削られて中窪みに窪んだ岩面を、赤茶に濁った水がうねって落ちる。夏の渇水期にも岩は濡れて、落葉の下に水を溜めていました。代々谷間に住んでいる人たちは、蝮が清水を飲みに集まってくるのを、みたといいます。蝮が好む谷間一帯は、蝮ヶ谷の異名で呼ばれることもあります。そしていまも、真夏の庭に忍び込んでくる。

鎌首をもたげた銭形模様の蝮を、草男は二匹殺しました。一匹は、柄の短い米軍の野戦用スコップで。一匹は、なつこが東の山で拾ってきた火山礫の混ざった岩のかけらを、投げつけて。

ブルドーザーとショベルカーは、道から一気に、頂に登るつもりでしょうか。赤土の表面に野苺のつるが延びて、外見は穏やかな斜面ですが、あの下はかつて蝮が集まってきた一枚岩。六年前の集中豪雨で山の斜面はずれ落ち、水は渇き、流れは消えた。知っているのは地元の者たちだけ。清水は山裾の道を湿らせて、道脇の小川に落ちていました。陽が沈む右の山裾も小川です。これは大人なら楽に飛び越せる。その代わり川底は広がって、深い。なつこの家は陽が沈む右の山と杉、樫、山桜の大木が自生する左の山との谷間、狭い平地に南を向いて建っています。

残すところ一年ばかりでしょうか、やがてなつこも新しい住まいを求めて、谷間を出ていかなければならない。

谷間に朝陽が射すのは八時ごろ。左の山の頂に抜き出て立つ杉の梢から、太陽は昇ります。冬は二十分遅くなる。現在谷間にある家は、なつこの家とその裏の家だけ。二年後に完成が予定される高速道路の工事のために、五軒の家は移転しました。立ち退いた家々の裏も山で、谷は南の一方がひらけた自然の袋小路。高速道路は東の山から北の裏山に廻り込み、西の山をかすめて都心に出る。

二台の車は、工事のため谷間に入ってきたのです。少し前に俄か雨が降って作業は小休止。

谷の地層は凝灰岩ということです。数ヵ月前に、左の山に沿って道路公団の作業員が、鑿岩（さくがん）機で穴を掘りました。簡単な作業なのですが、山の地層は堅く、機械を受け付けない。空廻りする金属音が終日谷に響いて、作業は難航。鑿岩機をもった作業員は、歯が立ちそうな地面を探し歩いていました。

ボーリングは、防護壁の鉄柱を打ち込むためです。山に沿って板の壁を立てて、作業中に起こる可能性がある山崩れと落石を防ぐ。作業の第一段階である鉄柱はすでに山裾を囲んで打たれ、二列に、交互に立てられた柱と柱の間に、厚い板が横にはめ込んである。早々と蕾をもっていた紅紫の萩は、板壁のなか。葉裏にべったり胞子をつけた羊歯類も、粘液質の舌を垂らしたムラサキマムシグサの花も、もうみることは出来ません。隣りの幼女は、ムラサキマムシグサの花の前を通るたびに指をさして、泣きました。幼女の家は取り壊されて、敷石と、桃色の〝九州製菓〟のりんかけビスケットに似たタイルが散らばっている。

谷の入口から、黄色いヘルメットをかぶった男たちが歩いてきます。十一人います。雨が上がったので作業開始。足許に散らかっている本と段ボール箱をまたいで、なつこは書斎の出窓に腰掛けました。今日一日窓辺に坐って、車のキャタピラで山が踏みしだかれ、削られていく過程を見届けるつもりです。自然の崩壊――それよりもなつこは、在るものが無くなっていく過程を見ていたい。例えば昭和十六年十二月八日未明の、黄浦江上で鳴り響いた開戦の咆哮と、朝、英・米・仏旗に代わっていっせいに飜ったバンドの通りの、日章旗を見ていたときのように。

おはようございます。先頭を歩いている男は、道作りの専門家です。なつこをみかけて、道から挨拶をしました。三十四、五歳でしょうか。

まだ降りそうですね、なつこは空を見て挨拶を返す。男たちが谷に出入りするようになって半年が経ち、顔見知りの仲です。

暫くうるさくなります、よろしく。先頭の男がいう。

なつこは曖昧に笑う。道路工事に全面賛成ではないという、姑息な意思表示です。

谷間に人が生活をはじめるようになった縄文時代の、そのまたむかしから山はここにあるそうです。その山を人が崩す。分水嶺から半ぺら、谷側を切り取る計画らしい。どのようにして山の半身を、山頂から中腹の辺りまで直角に、剝ぎ取ろうというのか。

車の運転席に人が乗り込みました。東の山の勾配は、三十五度角の斜面。それに道のない山。山に車のキャタピラがかかれば、運転席の男は大空と相対する恰好になる。なつこはつっ掛けをはいて、駈け出しました。

近寄ると危険ですよ。道作りの専門家が叫ぶ。本気で山を削るのですか、なつこが大声で聞く。男は、当たり前ですヨ、と大声で答える。何ヵ月かかります、山を削るの。天気さえよければ二日です。

たった二日？

こんな山二日で充分です。

やじろ兵衛ってご存知ですか。

バランスをとる、あれでしょう。そうじゃないんです、お天気のよい日に昼すぎ山に登るんです、そして山のてっぺんでかかしの恰好をする、そうするとずっと向こうの空に、かかし姿の自分の影が映るんです、テレビで観たのです。

陽に向かって立って？　それがどうかしましたか、

別に……この家を建てたころ夫と山に登って、やじろ兵衛の真似したんです。なつこが話している間に、ショベルカーのキャタピラが斜面にかかり、山を登りはじめました。車体の長さだけ、車は苦もなく登りました。それ以上は滑り落ちるようで、アームを一杯に伸ばすと、手の届く樫の木の幹に爪をたてる。なつこは狼狽てて家に戻り、出窓に腰掛けました。木の皮がむけて、青い、湿った木肌が露出する。梢が大揺れに揺れる。それを引き倒し、今度は山肌に爪を打ち込んではい上がる。樫の木はなつこが愛した木です。その木も、樫の木が創った夏の木陰も、数秒でこの世から消えてしまいました。

ショベルカーがはい上がると、ブルドーザーが、滑り落ちないように尻を支える。エンジンをふかして押し上げながら、自身も登っていく。鋼鉄の排土板で斜面を押さえ、じりじり頂ににじり寄っていく。一枚岩の左側にあたります。ショベルカーが四、五本の木を倒すと、あとは簡単。倒された木の枝葉がキャタピラの廻転を助けて、山へ山へ、運び上げる。山はさながら、一匹の蟻に喰い付かれた芋虫のよう。

中腹に僅かな平地があるらしく、ショベルカーは車体をかしげて、停まりました。ブルドーザーも裂けた生木の上に、谷側の肩をいからせて一服している。この調子で作業がすすめば、山頂まで登るのに三十分もかからない。なつこは書斎のガラス窓を閉めました。

夕方山をみると、谷の入口の山頂に、二台の車が並べて置いてありました。一枚岩の辺りからジグザグに、急勾配の斜面をゆるくとって、斜めに登っていったようです。朝陽が昇る谷の入口から北に向かって、山は削られていくらしい。北の山は、なつこの家の裏山にあたります。ブルドーザーとショベルカーは、作業に必要な機材を山に運び上げるための、先発隊。彼らが山に登った以上、山の崩壊は時間の問題です。山肌にせよ木の肌にせよ、表皮のない湿った肌が陽にさらされる光景を、なつこはみたくない。山の頭が切られて台地にならないうちに谷を去ろう、夕凪の庭に出て、なつこはなつこの家を見上げました。二階建ての、山小屋風な家です。草男となつこがまだ夫婦だったころに建てた、最初で最後の家。家が完成するまでの数ヵ月間に、草男の体重は七キロ減りました。建築資金の工面と、家持ちになる不快からです。草男は定住が嫌いな男です。束縛も嫌い。子供が生まれ、小学校に通いはじめても、転々と住居を変えました。

海辺の街なので、夏になると借家は海の家に変わる。平常の五、六倍に家賃は上がり、余分な金のない者は、海岸から遠く離れた山際の地へ引っ越さなければならない。夏ごとの移動を承知で海辺の街に住み続けたのは、子供を育てるのに適した空気と、光があるからでした。だが子供が学齢に達すれば、放浪者は気取れない。説き伏せて、小さい家を建てたのです。

一九六七年の八月、西の山が茜に染まった山間に立って、骨組みばかりの我が家を、なつこは眺めていました。榊をつけた魔除けの御幣が、屋台骨のてっぺんに立ててある。紅白の水引きをかけた御幣が翻る棟上げの日の家は、立派でした。なつこはあまりの立派さに、震え出しました。二十坪足らずの、木組みだけの家がとてつもなく大きく映る。だいそれた買い物をしてしまった。いや、最後の釘一本まで買いおおせるか。

いやいや、大変なことになっちまったね、横に立って、草男がいいました。
草男は約七年、谷間の家に住みました。なつこが山を眺めている書斎は、草男の仕事場でした。客間のつもりで設計した洋間に座り机を置いて、夜遅くまで草男は原稿を書いていました。

草男となつこが出逢ったのは、一九四八年の冬か、九年の冬です。長崎県の南風崎という漁村でした。ハエノサキ、はやんさきともいう。砂浜に櫓漕ぎの木船が二、三艘、引き揚げてありました。その日は海風が冷たく、耳たぶの霜焼けが痛がゆかったのを覚えています。なつこは、我流で仕立てたハーフコートを着ていました。戦後、衣料切符で買ってもらった綿の多い、ホームスパンです。髪は三つ編にして、細い三つ編の先を、焦茶のリボンで結んでいました。手には何ももたず、ポケットに両手を突っ込んでいる。母親と一緒で、母親は木口(きぐち)の袋に数個のみかんと塩むすびをもっていました。上海から引き揚げてくる叔母を、出迎えにきたのです。引き揚げ船はそれまで鹿児島などに入港していたが、いつごろからか、大村湾に面した南風崎や針尾島にも、入港するようになっていました。

南風崎は、なつこが両親と住んでいるI市から、汽車で約二時間。正午近くに南風崎に着いた母親となつこは、引き揚げ者が上陸するらしい海岸の土手に立って、叔母を待ちました。内海ですから、波はほとんどない。壊れかけた吊り橋状の木の桟橋が海に延びて、その先に、浮桟橋があったような記憶もあります。桟橋は細く長く、古いアコーディオンのように中央が斜めによじれて、弛むほど。木橋の底は、海面にひたっていました。海に、引き揚げ船の姿は、ありませんでした。土手を通りかかった農夫に訊ねると、船はとっくに入港している、という。何処か、島陰にでも停泊しているのか。海には汽船が着岸できそうな岸壁もブイもない。それに浅瀬のようで、時折小魚が跳ねている。

母親となつこは土手に坐って、塩むすびを食べはじめました。正午はとっくに過ぎている。引き揚げ者たちも、いつか、何処からか現れてくるでしょう。

土手の枯れ草は湿って暖かく、塩むすびを食べ終わったころから、海風が強くなりました。海面も波立ってくる。しかし引き揚げ者らしい姿はない。浜で網を繕っている村人が、伝染病患者の出たとかもしれん、入港してもあん人たちの上陸の遅るっことは、ままですばい、という。一時間二時間、海風に首を縮めてなつこたちは、叔母の上陸を待ちました。

叔母は船影のない海から、上陸してきたのでしょうか。波のうねりに飛沫をはねて揺れる桟橋を、飛びながら駈けてきたような記憶があります。またいきなり土手の背後から、義姉さん、と母親の肩を叩いたようでもある。なつこの瞼に残るその日の海に、引き揚げ船の姿はないのです。

叔母は、餞別に中国人のアマが編んでくれたあずき色の、市松模様のカーデガンを着ていました。叔母に食べさせるために用意してきた握りめしとみかんを渡すと、それをもって、また何処かに駈けていってしまう。三十分ほど待っていると、背の高い、少しばかり猫背のやせた男を連れて、叔母は戻ってきました。

新しい恋人かしら、叔母たちに唇を読まれないようにもぞもぞ、母親が話しかける。叔母には夫がいる。叔父は上海です。

いたって平気な人だから、と母親は独り言をいう。近づいてきた男は、なつこと母親を見較べて、軽く頭をさげてみせました。嫂(あによめ)です、叔母が母親を紹介し、このひと引き揚者の団長さんで、新聞記者さん、と引きあわす。

昨〇日〇時〇分、全員無事に〇〇港の〇番埠頭に上陸しました、と新聞記者。新聞記者が草男でした。草男は、明るい茶の革ジャンパーにグレイのフラノのズボン。それに焦茶のバックスキンの靴。上海の伊達男たちが好んだ、英国の諜報員スタイルです。逆三角形の顔の額は広く、狂気こそ表情にありませんが、自殺した作家に似ている。昭和二十年八月九日の被爆以後、区切りのない時間を生きているなつこは、ことさらな日時の刻みに反撥を覚え、大人たちの会話には入らずに白い波頭が立つ海を眺めていました。

姪です、と叔母がなつこを紹介しました。草男はなつこをみて、やあ、と頭をさげ、日本は寒いですね、といいました。

船中で世話になった話を、叔母が母親に報告する。草男は話の途中で、いやいやと寒そうに肩をすぼめて否定し、僕にはなにも出来ませんよ、ね、と叔母をみる。巧みに話題を引き出していく合いの手は、新聞記者だからでしょうか。

D・D・Tを首筋から背中に吹きかけられましてね、肌に直にです、シラミ退治だそうです、動物扱いです奴ら進駐軍は。

ご婦人はかんべんしてくださいって、このひとが申し入れたのだけれど、駄目なの、ほら、と叔母はD・D・Tで白くなったパーマネントの髪を引っ張ってみせる。

われわれを一列縦隊に並べておいて順々にD・D・Tの筒を衿首につっ込む、若いアメリカの将校が見張っていて、将校の腕に、人を喰ってきたような真っ赤なルージュの日本女がぶらさがっている、笑って見物です、敗戦国で生きるには感傷は不用のようですな。祖国と日本の女性に絶望ですって、横から叔母が、からかい口調で草男にいいました。

旦那さんお元気、と母親が叔母に聞きました。草男が、

氏は元気でした、店の呉服物の整理が予想外に手間どって、それで夫人をK市までお連れしてくれと、僕はお供です、と答える。このひともK市出身なの、と叔母。風は冷たさを加え、なつこは手で両の耳を庇う。草男が、その耳、どうしたの、となつこに聞きました。霜焼けです、とヨシヤ膏を塗っている右の耳たぶを隠して、なつこが答える。長崎ってそんなに寒いの、と草男。

いいえ霜焼けではありません、娘は原爆の生き残りですの、耳たぶの化膿は治りきれな

い傷です。草男は一瞬黙りました。まじまじとなつこの顔をみて、君はヒバクシャですか、といいました。

この娘は浦上の先にある三菱兵器工場で働いておりましてね、ええ学徒動員です、建物の下敷になりました、それでも火傷一つありませんでした、九日には。柿の葉、どくだみ、雪の下、げんのしょうこ、効くと噂された薬草は煎じたり焼いたり、ことごとく試しました。母親の話に、叔母は涙ぐんでいる。母親も声をうるませている。草男は違いました。君はヒバクシャですか、と遠慮がちに確かめながら、目つきは質問を構える姿勢にある。なつこは草男に向かって、構えました。草男が吐いたヒバクシャという言葉が、耳の底に、石ころのように転がっていました。

被爆者という言葉は、いつごろから一般的に使われるようになったのでしょう。当時としては、耳慣れない言葉でした。報道用語として、狭い範囲で特に六日九日の原子爆弾による被爆者を、被爆者と呼んでいたように思います。そして恐らく、なつこに面と向かってヒバクシャといったのは、草男が最初の人間ではなかったか。

君はヒバクシャですか、草男は改めて聞きました。なつこは答えない。はい、とも、そうです被爆者です、とも答えたくない。

ふーむ、とズボンのポケットに入れていた両手を出して、草男は腕組みしました。そんなに感心する話じゃないでしょう、このひとは若い娘のことだと目が光ってくるの、と叔

母。草男は苦笑して、
　僕は昭和十三年の夏に一回、上海に特派されましてね、二度目が十七年の春、二度目の特派から敗戦の日まで支那方面艦隊報道部の正式嘱託として、新聞社から出向していました、六日も九日も、情報は微細に入手していました、だが海軍もわれわれ記者も、ひたすら沈黙を守るしかなかった。もっとも、艦隊報道部の積極的な沈黙は、ミッドウェイ海戦以後ずっとですが。原子爆弾による被害状況の情報は、おそらくお嬢さんが体験された以上のデータが僕の頭にはあります。しかし、ショックです、駈け出し記者のころ先輩にしごかれたものです、記事は足で書けと。ご本人を目の前にして失礼ですが、お嬢さんというヒバクシャに逢って、六日と九日の情報が現実に定着した思いがします、あなたをみていると気持ちが滅入っていく、おいくつですか。

　かぞえで十九歳だったかしら、母親が答える。

　耳たぶだけですか、傷は。

　ズボンですのでみえませんけれど、両足の脛からふくらはぎも、一面のおできです、治った傷跡は黒い斑点と真紅の斑点になって、空気に触れたほうが傷口が乾いて治りは早いんですけれど、スカートをはきなさいといっても、言う事をきかないんです、と母親がいう。

　どうしてです、と草男。田舎の子供たちはあけすけでしてね、繃帯をまいている両足をみて凱旋将軍って、よく観察しているものですね、と母親が苦笑する。そんなこと、くだらんです、傷を治すのが第一だ、しかしよく助かったなあ。閃光はみましたか、と問いかけて、草男は、現在健康ですか、と聞き直しました。元気です、となつこは答えました。いつかゆっくり、話を聞かせて欲しいな、と誰にともなく草男がいいました。

潮風に吹かれながら面会が終わると、叔母と草男は、入国の手続きが残っているからといって、再び何処かへ、帰っていきました。なつこと母親は駅に向かいました。午後の四時近く。駅の付近まで歩いていくと、黄昏の光のなかに、下船した引き揚げ者たちの姿が、目につくようになりました。一見して、村人と見分けがつきます。上海から引き揚げてきた者たちは、高級品を身につけている。満州、朝鮮からの引き揚げ者に較べ、上海は、蔣介石総統の命令で日本人居留民の財産はほぼ守られてきた。荷物制限はあるが、財産の最高級品を身につけているわけです。貴金属は無論ありませんが。枯れた、麦藁状の雑草が風にからから鳴る石ころ道を、キッドの靴をはいた女たちが行き来する。

身につけている品物は上等だが薄汚れてみえて、引き揚げ者たちは寒そうでした。引き揚げ者たちとすれ違うとき母親は、ご苦労さまでした、と頭をさげる。なつこはハーフコートのポケットに両手を入れたまま、無表情で歩く。ときどき、年ごろが似通った娘が通ると、相手の顔をみる。女学校二年の三学期まで上海で育ったなつこは、友だちではないかと、その瞬間胸がときめくのです。

もう少し女の子は愛敬がなくては、と母親がなつこにいいました。草男への応待をさしているのです。なつこは八月九日を話題にされるのが苦痛でした。今日の側より、より八月九日の側へ、なつこの肉体と精神はまだあったのですから。母親の饒舌は、娘が九死に一生を得て、なお生きているのが嬉しいからです。そのたびに、なつこの脳裏が白光に曝され、焼けていることを知らないのです。またたとえ耳の端でも、肉体を話題にされるのを、なつこは好まない。まして異性に、部分的に傷を見詰められる不快さ。食物を食べることも排泄につながって、目の前で咀嚼するのを、そのころのなつこは好みませんでした。

農道を、ゆっくりトラックが走ってきました。左右に大揺れして、荷台に乗った人びとは互いに肩に手をかけて、支えあって立っている。後部に、草男が立っていました。長い足を踏ん張って、やあ、と片手をあげる。お元気で、と母親は荷台に向かって頭をさげ、おみかんあげなさい、と早口でいう。ポケットのなかにもっていたみかんを一個、なつこはトラックに放り投げる。草男は片手で招くように受け、ありがとう、あったかいよ、とみかんを頬にあててみせる。土煙りをあげて去るトラックを見送りながら、あの方は女たらし、と母親は言明しました。それから、お若いのに歯が一本もないの、嚙むにご不自由でしょうに、と。

母親の観察の的確さを、後日なつこは知りました。あの方は女たらし、これはいささか違う。まめ人、時々誠実なのです。

歯は一回目の特派のときに、親類の、決断の早い歯医者と相談して、残らず虫歯を抜いてしまった。中国の奥地に特派されて、戦場で歯が痛み出してはたまらない。物心ついて以来、虫歯の痛みに泣かされてきた草男も、治療より抜いたほうがいいと決断したのです。それ以後、義歯をあつらえない。好物のせんべいも歯ぐきで食べる。唾液で軟かくし、気長に食べる。嚙み切る要をなくした草男の歯ぐきは、いつか草男の人格にまで昇華されていました。

草男が新聞社に入社したのは、ある大学の政治経済学部を卒業した翌年でした。昭和十三年の中国特派時は、大東亜共栄の国策に沿って設けられた東亜部の新米記者。昭和十三年、西暦一九三八年、上海で生活していたなつこは、そのとき八歳。草男との年齢差は、二昔あります。

敗戦を上海で迎えた草男は、日本への帰国を希望していなかった。軍の報道部に所属して、対中国情報工作を手がけていた草男には、中国人の友人が大勢いました。仕事の一環として、実際に力をそそいでいたのは、中国の新聞人たちの指導と、個人的な月刊誌Sの発行。月刊誌Sは、中国語の総合雑誌です。編集員は草男と、中国人の大学教授二、三人とその学生たち。草男を中心に総勢十数人。四千部で創刊した雑誌は、一年後に六万部を発行する人気を得ておりました。発行部数が伸びた理由を、

編集にあたった僕と中国の人たちが、常に日本人でもない中国人でもない、人間性を強調したせいだろう、同志などという吝嗇な枠もない、和気藹々、ちがうね、いつの時代だってそうだが、人間性を強調するってことは権力に逆らうことでもあるからね、命の危険は覚悟しなければね、日本人の僕が命をねらわれるのはあたりまえのことで、編集に協力した中国人たちは殊にそうだ。勝ち負けに明け暮れていると、人間の優しさが恋しくなる、自分自身の優しさが恋しくなる、雑誌の芯にかかげた理想は、忘れていた自分自身の内なる優しさの追求でね、それが人びとの共感を得たのだろう、という。あの時代に、雑誌の主旨である対等、平等、自由が貫かれていたのならば、上海に住む日中両国の知識人たち、殊に中国の学生たちは好んで読者になったろうと、想像がつきます。戦争中の上海の街に溢れていた文字と言葉は「抗日」「東洋鬼」。日本側からは「鬼畜米英」と「蔣介石打倒」。さらに南方戦線の勝利に次ぐ勝利のニュース。そして密かに路地の奥でささやかれる大日本帝国敗戦の噂。日本人も中国人も、国と国の両極の宣伝合戦にうんざりして、真相を知りたく思っていたときです。月刊誌Sの出版は、無価値になっている人間と人間性を認めることで、読者という相手を得、その意味で期を得ていたのです。しかし、広大な中国大陸を占領して、国土と人を隷属させようと考える軍部が、見逃すはずがない。憲

兵隊から発売禁止の命令が出る。意外に、雑誌の保護に力を貸してくれたのが、海軍でした。そのため月刊誌Sは、敗戦の年の八月まで、発行が続けられたといいます。いつの時代も絶望するにあたらずだよ、と草男はいいました。

草男の考えに賛同して、月刊誌Sに集まった中国の人たち。その反面、草男が草男の祖国のために宣撫した中国人の記者たち、学生たち。草男の二重性です。が草男は、そうじゃないね、といいます。大事なものってあるんだよ、そのためなら枝葉は問題にしない、僕は。

敗戦の二年前、内地の本社から草男に帰国命令が出ました。「支那戦線」に見切りをつけたのです。草男は社命に従って、日本内地に引き揚げる準備をはじめた。家族も一緒です。家族は妻と、生まれたばかりの娘。

送別の宴は盛大でした。フランスタウンの草男のマンションに集まった新聞、雑誌関係の中国人たちは、日頃は口にしない酒を飲み、彼らが信奉する祖国の歌を歌い、別れを惜しんでくれました。明け方まで話し笑い、はるか彼方の黄浦江上に朝の気配が感じられたころ、草男は一人バルコニーに出ました。空は白み、市場に野菜や卵を運ぶらしい荷車の鉄輪の音が、ビルディングの下からはい上がってくる。高級マンションのビルディングの根元には、木立に包まれた洋館が並んでいる。それらの木立や家は物音をたてず、まだ寝静まっている。草男は騒然と重なりあう音のなかから、幾つかの音を拾い上げて、上海の早朝の風景を想像するのが好きでした。荒い目の竹籠に、両足をしばった生きた鶏を入れて、天秤棒でかついでいく農夫の姿など。ときには騒音のなかに降りていって、彼らと一緒に朝食のおこわをほおばり、一杯の白湯を買ってすすって、帰る。草男は日本人の仲間といるより、中国人のなかにいるときのほうが、気が安まりました。

川風に吹かれていると、ガラス戸が開くレールの音がして、シーサン、と草男に呼びかける声がする。背広を着た、若い中国人の新聞記者でした。青年は振り返った草男に、シーサンには戦争に負けても逃げて帰れる国があっていいですね、といいました。我々には帰る場所がない、青年はいいました。

日本に協力して大東亜共栄を書き続けた彼らには、日本が戦いに負ければ、帰っていく国はない。月刊誌Sの編集者とて同じです。蔣介石総統の勢力が国を統治しても、蔣介石総統の背を押す恰好で勢力を張る中共軍が国の実権を握っても、日本人に協力した行為は背信。草男も社の命令に背いて上海に残れば、中国側から戦争犯罪人の指名はまぬがれない。日本の敗戦は明らかでした。

妻と娘を予定通り帰国させると、草男は上海に留まりました。草男は彼らと、生死をともにすることに決めた。鉄と石と騒音と、悪臭と貧富で成り立つ上海と運命をともにしてもいいと思った。行動は悲壮ですが、草男は、死ぬ気はなかった。決心の裏には、個人的な理由もあったのです。肺結核を患っていた草男は、体力には自信がなかった。食糧難と医療不足の内地に帰れば、まず死ぬでしょう。そしてあと一つの理由。C・Mの頭文字をもつ女性記者の存在です。C・Mは二十七、八歳の日本人で、自由奔放に育てられ、そう生きた女性です。中国人より北京語が上手といわれた女性で、草男とC・Mは愛人関係にありました。C・Mの肺結核は悪化しており、再発でした。

草男はC・Mとの関係を否定しますが、証人はいる。叔母も証人で、このひとの尽くしようったらなかった、といいます。草男の結核もC・Mからの感染だと叔母はいいます。それはしかし疑問です。大学生のころ結核性の肋膜炎にかかり、八ヵ月療養している。

南風崎で草男にはじめて逢った日、草男はC・Mの遺骨を抱いて帰国していたのです。K市に叔母を送り届けるのはついでで、帰国の目的は東京に住むC・Mの両親へ、遺骨を届けることでした。妻と娘は、K市の草男の実家で生活しており、妻と子が待つ祖国に、草男は他の女性の骨を抱いて帰ってきたのです。

C・Mの死は敗戦の翌年。旧正月の爆竹のなかで草男はC・Mの遺体を清め、中国人の友人たちと茶毗に付した。帰国まで仕事机の上に遺骨をおき、C・Mが好んで喫ったルビクインの缶入りを、欠かさず供えていたといいます。

仕事仲間だったし、家庭的な女性じゃないけど立派な仕事をしましたよ、異郷で死んだ人への、生き残った者の義務だと思っているよ、といつか、なつこに話したことがあります。

Ｋ市に着いた草男から、なつこの母親に礼状がきました。叔母を無事に夫の生家に届けた報告と、上陸してはじめて口にした握りめしのうまさ。内地の米は実にうまいですね、あの米は有名なＳ米ですか、それとも御地の薫風ゆたかな平野の産ですか、口のなかで握りがほどけて、嚙むと芯から甘味がにじみ出る、長い年月、祖国の芳醇な米の味を忘れていました、と記してありました。米は配給米で、遅配になりがちな配給米を、芋も麦も混ぜずに炊きあげ、掌を真っ赤にして、母親が握ったおむすびです。手紙の最後になつこの耳たぶの化膿にふれて、

薬が効かぬというお話でしたが、毒蛇ハブに対する解毒剤のごとく、何らかの発見がなされるでしょう、つい二、三年前まで死病であった僕の結核でさえ、今日金さえあれば何とかなります、人間が病気で死ねないとなると、これはちょっと悲劇ですが、世の中は日進月歩です、とありました。

最初、母親の宛名できた草男からの便りは、二度目の便りからなつこ宛に変わりました。返事の代筆を、母親がなつこにさせたからです。

寒冷の候、如何お過ごしでいらっしゃいますか、手紙用語の辞書を引いて書いたハガキが、きっかけでした。寒冷の候といえば十二月の決まり文句。叔母たちが引き揚げてきたのは、一九四八年か九年の十二月、ということになります。

なつこが代筆を引き受けたのは、ハブの解毒剤の譬えを不適切と考えたからでした。万能薬といわれてきたヨシヤ膏を塗ってもタコノスイダシをつけても、この傷は治らない、これは二十世紀が産み出した病である、とハガキに書きました。反応はなく、小説の題名をあげて、この本を読みなさいと指示してくる。草男の所有印のある古本を送ってくる。またあるときは、傷が癒えたら堂々とこのストッキングをはきなさい、とダークグレイのナイロンストッキングを送ってきました。封筒にぞろっと入れて、一足。横につれた疵が無数にある四、五回水をくぐった靴下でした。なつこがナイロンストッキングの感触を掌で楽しんでいると、お返ししなさい、と母親がいいました。なつこは草男宛に返送しました。

なつこが住む街の闇市にも、ナイロンストッキングは売っていました。進駐軍の関係者から流れた品で、新品は少ない。アメリカの婦人たちがはき古した、糸のつれがあるストッキングを、闇商人が買い取って売る。踵に靴墨のしみがあるストッキングでも、なつこには買えない値段でした。近況報告をかねた長文の手紙が、折り返し草男から届きました。

家が古いせいでもあるが、とにかく冷えます。住みついて三百数十年を経た家は年々の夜気を吸って、火鉢に炭火を真っ赤に熾しても冷えは和らがない。畳の下から、床下の地の底から冷気と湿気が昇ってきて、背筋を凍らす、この寒さは骨身にこたえます。僕のようにやせている人間には特にです。それに現在まとまった金銭収入のないオヤジの家は、オフクロや妹たちから炭火一本くべるにも、苦情が出る仕末です。これが元村長一家の現状です。もっとも僕は目下居候ですから、食わせてもらっているだけで有難いわけです。しかし世知辛い日本です。

靴下受け取りました、以上のようにK市の冬は寒く、糸目の細いストッキングなどをはく日本女性はまれで、ちょっとした事でお礼に頂戴したものです。気にすることはなかったのですが。本はみんな僕が学生のころに読んだ古本、これは心配ご無用。

叔母さんはお元気です。ときどき遊びにみえ、僕の三人の妹たち、殊にささと仲好くやっています。ささは僕より五歳年下で三十四かな。結婚相手になる男たちが戦場にあった時代で、妹たちは三人とも独身です。僕の妻は、娘を僕のもとにおいて家を出ていきました。戦争のつけがいろいろと、一挙に押し寄せてきたって感じです。

南風崎から帰った直後のことから、少し僕の身辺を詳しく話してみようと思います。これは僕の、引き揚げてきてから今日までの、約三ヵ月間の整理のためでもあります。読むのが面倒でしたら、破り捨ててください。僕はご承知かもしれないが引き揚げのとき、ある女性の遺骨を預かってきた。上海に知人のいない女性で——C・Mというが——新聞社の上司のお嬢さんだった。仕事仲間でもある。遺骨をご両親の許に還すのは僕の他にいなかったわけです。まあ、そのことはどうでもいいことですが、遺骨を抱いて帰国したのは事実です。見馴れたK市の私鉄の駅に下りて、疏水沿いの道を歩き、生家のあるなだらかな坂の登り口で、ふと立ち止まりました。僕は少年のころから俯いて歩く癖があってね、村長の息子は下を向かぬものだ、とオヤジに叱られたものです。治らないもののようですね、歩きながら考える癖もあるのだが。これは新聞記者時代の癖でね、取材した帰り道、電車のなか車のなかで、集めた材料のどの部分を中心に据えて書くか、どう書けば編集者の大きな見出しを付けさせることが出来るか、そのことばかり考えていてね。目的をもった取材なら社を出た瞬間から中心は見据えているつもりなのだが、記事は生きものです、集めた材料も生きていて、机の前で考えていたようにはいかないわけです。

オヤジは生まれたときから村長だったような人間で、二十五歳で正式に村長に就任した。職を退いた後も、まだ村長であろうとする男です。名誉欲、それもあるだろうが、人より少々頭がいい。背も高く、禿げた大きな頭が目立ちます。何しろ二十七歳のときに撮った写真をみても、もう頭髪は一本も残っていないのですから。中学生から青年期にかけて、オヤジの頭が僕の最大の悩みだった、さいわい僕は禿げませんでしたが。

さてあの日も俯いて疏水沿いの道を歩いてきて、無意識に、坂の下に立ち止まっていたらしい。目の端に冬の鉛色の疏水のうねりがあり、君は疏水を知っていますか、上海のクリークのようなものです。人工的に地面を掘って通された川で、流れは早い。水量も豊かです。子供のころ、買ってもらったばかりのゴムボールを、疎水に落として追っかけた覚えがあります。ボールが橋の下にかかると、暗い橋架の下をのぞいて、流れ出てくるボールを待つ。はじめは流れに乗らず、ぷかぷかと浮いているだけのボールも、流れに乗ってしまうと、もう僕の足では叶わない。とうとう追っかけるのを断念したが、オヤジはひどくおこった。腹を立てる判断の基準がなくってね、その日の気分次第です。ボールをなくしたことより、腹を立てた理由は、村に唯一つのゴムボールだったこと。唯一という栄誉と特権を不用意に流してしまったことが原因だったようです。大男のオヤジが僕はこわかった。

坂の下で立ち止まったのは、僅かな躊躇かもしれない。胸の遺骨もあるが、それにもまして僕は、家族や家をかえりみなかったからです。両親も妻も娘も含めてです。ゆっくり坂を登りかけたとき、僕の名を呼ぶ声がする。みるとオヤジです。着流しの大島の肩に半纏をひっかけて立って、出迎えている。こんなことはしない男だったのですが。

羽二重のしごき帯の両脇に指をかけて、坂の下から見上げたせいもあるが、仁王さまのようだった。僕は立ち止まって、ただいま帰りました、と思わず子供のころのように深く一礼してしまった。おかげで僕は、近所で評判がいい。——の坊ちゃんは負けても礼儀正しい、とね。坂の両側は僕の家の貸家なのだが、格子戸の内からのぞきみしていたんだね、誰か。坂にはオヤジ一人きりだったのだから。このことは憶測ではない。九分九厘事実です。なぜならば、僕のオフクロはいつもそうでしたから。坂に面した五十畳ばかりの家の土間から、坂を行き来する女たちをみていて、あ、新しゅうみえるけどあれは染め更やわ、と着物の品定めをする。摘んできた茶や、収穫した野菜などの選別をおとこしたちに指示しながらだから、凄い。

オヤジは頷いて、よう帰ってきたな、といった。そして僕を待っていて玄関を開けてくれた。重い木の枠の、大きなガラス戸です。家の構えは子供のころと変化ないが、家紋が入ったガラス戸に泥がはねて、ガラスの光りが消えていた。むかしはこの大戸のガラスに、青空と真綿のような雲が鮮明に映っていたものです。

大きいだけの家は侘しい限りです。先に立って家に入ったオヤジは、客間に坐って僕を待っていました。遺骨には気づいているはずですが、何も訊ねない。訊ねる要もないのです、家族の言訳は聞かないオヤジだから。

家の者たちは揃っていました。母も妹たちも、僕の小さい娘も。しかし妻は姿をみせない。聞くと、僕がK市に着く前日、実家に戻った、とオヤジが答えた。家を留守にしていた戦争のつけは、ここで一挙にきたわけです。妻がオヤジに伝言していた離婚の申し出。膨大なオヤジの借金、無収入の家計。背丈だけは他者を抜き出ているが、金も力もない僕に、これからの生活の総てがおっかぶさってきた次第。彼らは待っていたのです、跡継ぎである一人息子の長男が帰ってくれれば、万事解決すると。オヤジは奇想天外な人間でね、彼のスケールの大きさ、向こうみずという点では、僕は叶わない。それはことごとくマイナスにつながることではありますが。

　引き揚げてきた僕は僕で、一年ばかり何も思い煩わずにオヤジによりかかって、心身の英気を養いたかった。僕の肺は予想のほか悪いらしいです。親類の、虫歯の穴から内臓をのぞこうという歯医者の診断ですから当てにはなりませんが。心情的には彼の診断以上に追い込まれています。治して、働ける肉体が欲しい、微熱には参ります。親族のなかでは最も気の合う歯医者の男は、なあに草ちゃん、肺の一つぐらい取っちゃえば終わりだよ、と僕を元気づけてくれます。僕の虫歯を抜いた奴で、そうかねえ、と僕は、歯のない歯ぐきで笑ってみせました。彼はじろりと僕の洞窟のような口内を一瞥して、痛まなかったろ、と平然としている。この男は息子の僕よりも、オヤジに風貌、性格が似ている。

　新聞社のほうは復職を考えてくれています。敗戦間近に僕は辞表を提出していたから。戻る気はありません。目下失業者です、職探しから祖国の一歩をはじめることになります、書くことしか能のない男です僕は。書く仕事は頭脳よりも体力です。中国の奥地に幾度も特派されながら生きていられたのも、体力。判断も体力です。僕の天性の生命力は強靱なものらしい。どうもオヤジから受けついだ体力らしいです、これは。オヤジは大地主で百姓ですから。

　驚いたのは、若い日本女性の変わりようばかりではない。むかしは自分の意見を口にしなかった——ぐちはよくいっていたが——オフクロまでが、もうどうしようもないから、あんたに養うてもらわなならん、と僕に要求してくる人間に変わっていました。気の強いオフクロだが、意見はいわなかった。オヤジのほうがその時盗みみる目で、済まなそうに僕をみました。慎しみは潤滑油であるようです、日本女性の美徳でもあります。僕の主義は男も女も人として対等で平等、ですが、慎しみはあからさまな言動以上に対等になり得る要素、そんな気がします。一つの意思表示ですから。思い出したことがあります、僕があなたに手紙を書き送る理由の一つは、それは南風崎での君の装いです。地味な灰色と白い糸を織り合わせたホームスパン風の半コートと紺地のズボン。お世辞にも豊かとはいえない薄い髪の三つ編。ズボンは上質の——おそらく父上の上海仕立てのズボンの更生品だと思うが——紺サージなのに、失礼だがコートの粗末さ、いや、つつましさ。あれは戦時中か戦後の布地でしょう、多分。それを大事そうに衿をたてて君は着ていた。ひょっとすると、耳の化膿を隠そうとして衿をたてていたのですか。

無用のことです、ハブの解毒剤に譬えて君の不快をかったようですが、地獄をみてきたのでしょう、君は。感情と判断は、その一線におくべきです。君には事の本質をみる訓練が必要のようです、また怒りをかうかな。僕もべきとか必要とか、決めつけるのは嫌いです。心は相当に強い人のようだけれど、潮風に吹かれている君をみて、も一つの、敗戦が産み出した日本の女性をみた気がしました。化粧気のない、血の気すらない顔、寒さのせいばかりではなかったと思います。唇を真紅に塗って生きるか、あるいは君のように表情を引きつらせて生きるか、敗戦国の、特に若い女たちの生き方はどっちかだろうね、しかし僕はほっとしました、まだ日本にもこんな顔つきをした娘たちがいる、白い塗り薬の下から、傷口の脂じみた液が盛り上がっていた耳たぶは、戦争が娘たちに残した傷跡として、忘れられない情景でした。その意味でなら、僕はむやみに進駐軍の相手になっている日本の娘たちを責めるが、あれも娘たちの深い疵なのだね。国破レテ山河在リ、淋しい眺めだ。

戦争は起こさないことです、万が一に起こしたら何が何でも勝つ、これしかない。手段も選ばずです。中国人の娘たち、そして君たち日本人の女たち、男も女も、不幸を沢山みてきました。だから起こさぬことです。

妻との離婚は避けようのないことです。やり直してみよう、という僕の申し出を、彼女は断ってきました。そして僕より数歩も早く、敗戦国の日本を生きはじめている。

C・Mの遺骨を東京に届ける日は、ずっと後になりそうです。食糧事情、鉄道など意のままになりませんので。しかしいつまでもC・Mの遺骨を、この古い家のなかにおいているわけにはいきません。仏間に置くのが納まりがいいのですが、オフクロの強硬な拒否です。家族でも親族でもない者の骨を先祖と一緒に出来ない、というわけ。いわれればなるほどC・Mの骨は、K市の家の仏間にはそぐわない。オフクロが反対するようにC・Mは他人です。クリスチャンでもあるのですが。

上海で計画した、家族に誰にも煩わされずに決めた計画と予定は、障害だらけで身動きなりません。働く場所もK市より東京が有利ですが、ここ暫くK市で生活するしかないでしょう。

全くよく考えたものですが、オヤジは自分を禁治産者にしろといい出しました。彼は大胆な行動をとる男ですが小心な面もあって、失う事を恐れるのです。農地改革で、先祖から伝わってきた田畑は根こそぎ失ってしまいました。役に立たない雑木ばかりの山が幾つかと、日照の悪い、畑にも宅地にも不向きの飛び飛びの農地が千坪ばかり、家の所有地として残されている。それに住んでいるこの家と庭、坂の両側に建つ長屋が三十軒。農作物の取り立ては厳しかったオヤジですが、人情家で、戦争末期ごろから生活が苦しくなって売り喰いの状態になっても、日当たりの悪い土地を抵当に高利の金を借りて、小作人の農作地には手をつけなかった、これは地主であるオヤジの利益ばかりではない、土を命に生きる彼らのためでもあるのです、小作人の土地に対する執着心は予想を越えます。朝起きてみると畔道の位置が変わっている、夜中のうちに、隣接する他人の畑のなかに畔道を繰り込んでしまうわけです。そういう種類の争いは年中で、村長のオヤジは名奉行大岡越前ってところでした。消極的に、しかも返済可能な金を少額ずつ土地を代償に借金して、結局返済出来ない。二束三文でそれらの土地は高利貸しの手に落ちた、現在住んでいる家屋敷も、僅かに三万円で人手に渡ろうとしている。しかしこれは控訴中で、跡継ぎである僕が帰国したのを幸い、オヤジを禁治産者として宣告要求をしろというわけです。「禁治産者ノ行為ハ之ヲ取消スコトヲ得」お前これだよ、とけろっとしていうのです。親類の者たち、火付け役はどうも例の歯医者のようですが、みんな賛成だそうで、残った資産を取り戻す方法としてこれしかない、オフクロも驚いたことに賛成だそうです、僕がこの妙案に賛成してオヤジを一時的に禁治産者に仕立て、彼を訴える。禁治産者として認められれば、彼は精神が常態ではないのだから、実刑は受けまい、廃人届けですからね、禁治産者の請求は。請求が通れば、少なくとも一千万の資産は手許に返る。お前は返った資産を管理していればいい、〝あんじょう休養もとれるしな〟だそうです。馬鹿気た理窟の通らぬ計画です。オヤジが高利貸しに渡した担保物件には僕名義の土地もありますが、僕は執着がない。とにかくオヤジは真剣です。オヤジは中央の政治家になるのが生涯の夢で、財産を使い果たした大きな原因は政治狂いにあるのです、要するに彼が村長から脱け出せなかったのは、根底にある根性が山師だからです。いや僕は、彼の山師根性を愛するのですが、彼は残念ながら自分の器量に気づいていない。山師の賭は村を治めるのが限度で、この才をいかんなく発揮して、村から中央の消費地に通じる道を、村に駐屯する軍隊と小作人を動員して、無償で作り上げた。鍬ともっこと手押し車で、です。軍隊は演習という名目だったらしい。

村で農作物を生産しても売りさばく流通の、名実ともに道がなかった。道が開通したために、笹藪ばかりの山間の村から町へ、物売りに出かけられるようになった、村人は感謝してオヤジの銅像を道の端に建てると申し出、彼はその除幕式の日のためにフロックコートまで新調した。これは僕が中学生のころ、大正も末期です。銅像は礎石さえ未だ成らずです。彼は腹を立てて、申し出てきた代表者の家の出入り口に、家の小作人であり、オヤジの貸家に住んでいた関係上出来たのですが、板っ切れを打ちつけて、出入り出来ない状態にしてしまった。さすがに警察沙汰になったようです。

僕は、人を信じてしまうオヤジの人のよさに好意をもっている。期待を裏切られると攻撃に出る直情も、人体に危害は加えないからまあまあだ。禁治産者になれる要素は揃っているのです。しかし悪知恵もあって、僕はオヤジの悪知恵に好感はもてない。

僕の生活も、あるいはうまくいけば左うちわになる可能性もあるかもしれないが、断りました。いまは安住できる国土が僕に在ることを感謝しています。理想はボヘミアンでありたいのですが。これも無条件で迎えいれてくれる母国があるからいえることでしょう。共栄圏の夢破れた者の実感です。日本を頂点とした共栄ではなくね。

敗戦は自己を家を国を、零に還して考える好機です。零から出直しなさい、と僕はオヤジにいいました。考え直してみるのもいい、こんな米倉のような家は空け渡して、長屋の二、三軒をつぶして移りなさい、そういった。オヤジは先祖代々の家を他人に渡して、長屋の壁をぶち抜いて住めといった、と怒っている。それでもその気になりつつあるようです。進駐軍の多い街に出て靴磨きでもしてみてはどうですか……これは老齢のオヤジには酷すぎる言葉だったようです。が僕は、いよいよの場合、それもいいと考えています、生きるのに変わりありません。邪魔なのはプライドですが、それは敗戦と同時に捨てました。僕の人生は千円で片付けられた引き揚げ者ですから。何に使ったか、忘れてしまいました。勇敢なご婦人がいてね、上陸の際に国から渡された千円をもって、あの南風崎でパーマネントをかけていた。気持ちはわかります。年月をかけて築いた外地の財産の代償が、千円なのですから。しかし財産を無くすのは、戦争責任のとりかたでもあるのです。有り余る時にまかせて書きました。これからが出発です。暖かくなったら上京します。預かっている遺骨を届けなければ再出発もままならない。ついでに職も探してみるつもりです、暫くオヤジの家にいなければと考えつつ、血族のいない地へ思いは向きます。K市は、僕までも因習のなかへからめ込みます。

草男の手紙でした。トラックの上で、受け取ったみかんを頬にあててみせた草男は、おおざっぱな自己紹介を加えて、なつこの内部で厚味を増しつつありました。

三十分前まで夕陽に映えていたショベルカーとブルドーザーのオレンジ色の車体は、闇のなかに消えています。夏もそろそろ終わりです。

明日の朝の八時すぎ、谷間に陽が射しはじめるころ、彼らはアームを振りあげて山にいどみかかる。作業員は東北地方の訛で話しあっています。姓は十人中八、九人までが同姓。道作りの専門家はこの人たちの監督も兼ねていて、話によると、顔見知りの者、同じ部落の者、村の者とまとめて同族者の班作りをしているとか。血の近い者たちで一班をまとめていると、作業は事故もなく円滑にすすむ、監督がさしずする必要はなく、班のリーダーは自然に生まれ、従う。作業中は助けあって、他人をうかがわずに自発的に働く。谷間の道を飯場に帰っていくときも、彼らは一団になっている。なかには所属したがらない者もいるが、責任ある仕事はまかせないことにしているという。道作りの作業に個性は不用だそうです。

工事用のランプが灯る道を四、五人の作業員が帰っていきます。作業が予定より遅れているのか、谷間は闇です。二年後には、下草の豊かな樹木の闇はインターチェンジのループに巻きつかれ、四車線の高速道路を、白光の灯とテールランプが交差する。開通すれば都心まで、現在の半分の所要時間でいけるとか。

谷間の幾つか先の谷の土地から縄文式土器、弥生式土器が発掘されています。街の一帯は、縄文時代には海が深く入り込んでいたらしい。郷土史には、その海は弥生時代になると沖に引いて沼地になった、と記してあります。谷間一帯の井戸水は塩っ辛く、土のなかから貝殻が出る、直刀、金屎（かなくそ）も出土しているという話です。古墳時代の人びとは谷間に槌音を響かせて、谷に朝陽が射しはじめると、活動をはじめたことでしょう。陽がさす時刻も、なつこが生活している今と変わらず、太陽は左に山の端から昇る。そしておそらくなつこの家が建つ辺りは、東の山と西の山の木がからみあって、くずやつたの蔓が垂れている。谷間の平地は木洩れ陽に揺れ、男たちは樹皮で織った衣をつけ、女たちは髪に竹の櫛をさして、狩猟に出た男たちの帰りを待っている。子供たちは野山を駈け廻り、北の山懐の溜まり水に生える芹を、春早く摘む。夕餉の煙が昇り、またたく間に夜の闇が谷に訪れる。

ショベルカーが登った東の山の奥は深く、リス、野兎が住んでいます。
最近、海辺を走る高速道路で、狸の親子がタクシーに轢かれて死んだそうです。日本の山に住む小動物を追ってカメラに収めている、タクシーの運転手の話です。轢いたのは他のタクシーの運転手。母狸を最初に撥ね、母狸は即死。見馴れない動物なので車を停めて、近づいて死体を靴の先でつついていた。母狸の腹に抱きついていた子狸が、母親の体をつついている運転手の足首に、いきなり喰らいついた。側に子狸がいることを知らなかった運転手は、驚いて蹴飛ばした。可哀想に、子狸も死んだ。本物の狸をみたことのないタクシーやトラックの運転手たちが寄ってきて、何だろうと詮議している所へ、カメラマンの運転手が通りかかった。そこではじめて狸とわかり、子狸を足蹴にした運転手は、噛みつきやがるからよう、と子狸の死を悔やんでいたらしいです。兎、リスは珍しい話ではないが、車が疾走する道路際の山に、いまも狸の母子が生活している、山の幸に恵まれた山です。谷間一帯の支配者たちは直刀を振りあげて山を駈け、兎を追い狸を追い、家族を養っていたのでしょう。

草男となつこの夫婦仲がどうにもならなくなったとき、出張の旅先から、白亜の、マリア観音像の額入り写真を、草男が買ってきました。胸に抱いた嬰児をみる、観音さまの姿を借りたマリアのまなざし。御子の愛くるしい目と、マリアの胸にあてる小さな両手。夜遅く帰宅した草男は、夜のうちに出窓の上の壁に釘を打ち、額を掛けたのです。翌朝、清冽な陽が射す窓辺にマリア観音の写真をみたなつこは、立ちすくみました。あの草男が救いを求めている。無宗教で無神論者で、自分自身の心さえ、わからんねえ、と首をふる草男です。しかし草男ほど、自身の精神を支えに生きている人間を、なつこは知らない。これも矛盾に思えますが、人間の脆さ——肉体も精神も——を肝に銘じて承知しているのも草男です。他者に期待しない諦観は宗教的でさえあります。そしてなつこは時折り、ああいいよ、と無抵抗に他人を認める草男を、ものぐさだけなのかもしれない、と疑ってみるのです。

立ちすくむなつこを、マリア観音像のマリアは見下ろしておりました。深々と見詰めて、憐れんでいるようです。なぜマリアの目になつこが憐れみを感じとるのか、向きあっているうちなつこは、無性に腹だたしくなってきました。草男は意気地がなさすぎます。マリア観音など、なぜこの家に持ち込むのでしょう。ささのこと、ささの娘とのこと、そして迎えようとしているなつことの結末のこと。お慈悲にすがろうというのでしょうか。それほどの痛手なら、無垢なマリアさまになどすがらず、己の酷薄の思いを凝視して耐えることです。

しかしいつかなつこも、マリア観音に手をあわせていました。草男もなつこも哀れでした。なつこははじめて、草男の孤独に気づいたのです。なつこが立ちすくんだのは、草男の孤独をつきつけられた気がしたからです。

そのマリア観音像が掛けてあった窓の左横の本棚に、草男が残していった本があります。中共工業経済論、中国共産党の眼は日本に向かう、照魔鏡……と雑多に。背表紙の文字が判読不可能な、硬い表紙の本も数十冊。ほとんど中国に関連のある書籍。肉体の門。これはなつこに草男が、読みなさい、と買ってくれた本です。観る、書くということは、こういうことだよ、と。これも整理しなければならない。立ち退く日まで充分日数はあります。整理しながらこれらの本を一行一行、読みとってみましょう。不明のまま離別していった草男の精神の一部が、のぞけるかもしれません。K市の僕の家の環境は特殊なんだよ、とそれを自己の行動の規範においた特殊な事情の上に、なお重ねられた草男の精神の遍歴を。

食糧難のK市にいる草男は、両親と妹たち、草男の娘のために闇米を買いに、I市まで出かけてくるようになりました。同じ食糧不足の時代でも、I市は田舎ですから、闇米は比較的手に入りやすかったようです。味もよく、南風崎の潮風とともに頬張ったおむすびの滋味が、舌先にしみついてしまった様子でした。鉄道切符の入手が困難な時代に、草男は特別二等車の全国パスをもっていました。帰国後四ヵ月ほど経って、K市出身の大臣候補者の代議士が二世将校とジープでやってきて、日本で無償の仕事を命じたということ。仕事は、なつことの結婚後も一年ばかり続いていました。仕事の内容は、代議士が必要とする情報を集める。それと、集まった情報の分析を草男がする。特別二等車の全国パスのほかに、報酬はない。新聞記者時代の、中国人への宣撫に対する「実績」の償もあるようでした。草男の他にも、敗戦前上海で活躍した新聞記者や大学教授などで、同じような拘束を受けた人びとが多くいたようです。

全国パスの交付を受けていた時期は、一九五〇年ごろです。特別二等車に乗って草男が買い出しにくると、なつこは母親と二人で、駅に迎えにいきました。その状態が約一年続

き、草男は買い出しの帰途、車中で書いた短い手紙をくれました。内容は、
　車中いろいろ考えてみました。僕とあなたの年齢の差。離婚の前歴をもつ男が二十歳になったばかりの君に結婚を申し込むのは厚顔すぎるでしょうか。だが君も被爆者だし、健康な生涯は望めまいと考えます。僕も半病人で、胸の半分はまっ黒です。まあ欲張って生きて十年、君もそれぐらいは生きられるでしょう。おたがいそれなら釣り合わぬ縁でもない、十年間の生活は保証出来ると思うけど、いかがなものでしょうか。
　なつこの両親は読み終わるより早く、反対、といいました。なつこへの結婚の申し込みを知った草男の母親と、妹たちからも連名で、結婚反対の手紙がきました。後日草男から聞いたのですが、連名の意思表示は、長屋の住人たちの真似だそうです。まだ名目上家主である草男の家へ、借家人たちは連名で要求書を持参するのだそうです。曰く、雨漏りの修理を速やかに行うこと、曰く、向こう〇年間家賃の値上げを行わないこと。ことごとに三十軒の戸主たちの連名での要求。三文判でも四角、丸、楕円と三十個並ぶと、威圧だそうです。草男の、小学校一、二年生の幼い娘までがなつことの結婚に反対らしく、大人たちの最後に幼い文字で署名しておりました。
　二人の結婚に反対する理由は、身分の違い、草男の家はK市に代々続く血統正しい家柄、なつこの家は、安サラリーマンということです。なつこの母親は、〝以上のようなわけで結婚は不可能です〃と署名のある手紙を同封して、草男に返送しました。なつこの母

親にとって、これほど好都合な断りの条件はありませんでした。一週間ばかり経って、君の気持ちはどうなのですか、と冒頭に書いた手紙が、草男から届きました。

反対されて困る年齢でも僕はありません。母や妹たちは家族ではあるが、細々ながら僕の、現在の収入が必要なのです、彼女たちは生活がかかっているので、駆け引きもある。ましてて身分などくだらんことです。僕はしかし、僕の娘までを駆け引きの道具に使ったことに腹を立てている。

馬鹿でかい家は人手に渡りました。いまは旅館になって、老若男女ひそひそと出入りしている、よく流行っています。道一つ隔てた長屋の二階から——元の家のまん前が現在の住まいです——日夜眺めていると笑いがこみあげてくる。似つかわしい零落ぶりです。愉快な風景ではないが格式形式家柄、血統、それらを取っ払ったあとに残る現実が、目の前の赤裸々さでしょう。さすがにオヤジを気の毒に思います、が彼はなかなかの男で、壁をぶち抜いた二軒長屋の居間に、平然と坐っている。気が向くとむかしの我が家に出かけていって、裏の庭になっている熟した柿をもいでくる。旅館の主人はむかし家に出入りしていた者だから、黙ってオヤジのなすがままにしている。僕のほうが、柿ぐらい買ってあげますよ、といったりする。オヤジは愉快そうに笑って、かまへんかまへん、と軽い口調でいう。オヤジは変わった、いまなら進駐軍の靴磨きも、ほうか、と頷いてはじめるでしょう。君との結婚も、彼だけは賛成も反対もしない。もっともオヤジは家族のなかで浮き上がって、実権はオフクロの手にある。

青臭いことを書くようで照れるが、心身の一新を図りたい、そのために君との生活を希望している、早く一緒に暮らしたいものです。精神的でありたいが、欲望が先を越すこともままある、すべて神が創り給うた業と理解するなら簡単だが、自分の年齢を考えると失笑を禁じ得ない。しかし正直な欲望です。若い君の夢を破るようで申しわけないが、結婚は心身両面の結合です。

母たちの手紙、申しわけなく思います。が他者の祝福などあてにせぬ事です。人の心の奥底を、八月九日にみた事と思う。極限も平常も心底は変わらない。八月九日の事、話してくれませんか。

草男

なつこさま

なつこの耳たぶの化膿は治っていました。両足の化膿もよくなって、跡だけがそば殻のように散らばっている。素足で歩いていると、すれ違う男も女も、なつこの足をみる。振り返ってまでみる。娘時代の、バラ色といわれる心の弾みはなく、具体的に結婚も考えていませんでした。とはいえ草男の結婚申し込みは、少々厚かまし過ぎはすまいか。肺結核を患った子持ち男と、被爆者のなつこの結婚がなぜ相応なのか。互いの余命を十年と踏んだ申し込みは、誠実なのでしょうか。

ともあれなつこと草男は、東京で生活をはじめました。一九五一年、草男は四十二歳でした。

一九五一年の夏か冬か、春か秋か、草男と生活をはじめた月日を、なつこは覚えていません。夫婦の間柄になった日も、記憶していません。女になり妻になる鮮烈な日であるはずですが、なつこの心の奥底にある思いは、夫婦もヤーチーも同じだ、という、発見のほうが鮮やかです。ヤーチーとは中国語で、娼婦です。子供のころに住んでいた上海の家の近所に、中国人の娼婦の家がありました。オカミが中国人で、娼婦もほとんどが中国女性。なかに日本人の女が一人、白系ロシヤ人の女が二、三人いました。なつこの母親は、日本兵相手に肉体を売る女たちをあんな女といい、なつこが手伝いをサボると、お嫁さんにならないであんな女になるのね、と切り捨てた叱り方をしました。子供でしたがなつこは、ヤーチーたちの商売を知っていたので、お嫁さんは、ヤーチーのような行為はしないもの、とずっと信じていました。

ところが、変わるところはない。娼婦にも精神の歓喜はあるでしょうし、妻だって、肉体を貸与しながら精神をしっかり己の内に抱いている者もいる。夫に対する嫌悪などという単純なものではなく、自分にも理解のつかない感情。自分が逃げないように自分を抱きしめている。快楽に溺れないためではないのです。なつこの場合は、自分が大事だからです。相手に感情を乱されるのは構わないのですが、何とはない、長嘆息の思い。嘆息は母親に向けた思いのようでもあります、母親から娘へ娘から母親へ、堂々めぐりの吐息のために、抱きしめる。

アパートの部屋は、中央線の沿線にありました。六畳一間の押入れ付き。奥に長い部屋です。草男の上海時代の部下のAが、安い部屋があるから、と世話をしてくれたのです。部屋の入口は、廊下に面した二枚の障子戸でした。障子には雨戸はなく、鍵もかからない。廊下の外は吹きさらしの庭です。庭には草花も植木もない。小石が転がる庭は荒れて、雨が降るとぬかって滑る土の公道に、続いていました。アパートは古い二階家でした。個人用に建てられた住宅で、戦後応急に、広い部屋をベニヤ板で区切って、部屋貸しをはじめたらしい。どの部屋も、鍵のないアパートでした。そこに七所帯住んでいました。生活をはじめて知ったのですが、申しあわせもないのに誰も鍵を取り付けない。鍵を付けないのはアパートの人びとへの信頼の意思表示であり、自分も盗まない、誓いのような、相互の理解のようでした。

間借り人は六所帯とも一間の生活で、二間続きの部屋と物干し台のあるベランダを使っているのが、家主。二階の蒼空が広くみえる角の一劃に陣取って、贅沢な広さ。家の建坪は上下で五十坪ばかり。古池に浮かんでいる馬糞紙の箱のように、中ぶくれした家でした。周囲は大根畑で、畑の先を立川行きの鉄道が走っていました。朝鮮戦争のさなかで日夜、立川向けの米軍専用の貨物列車が通過する。終電車の後でスピードを落として通る、鉄塊を積んだ列車の地響きは重く、あわせてアパートも震え出す。線路を渡った向こう側も畑で、春一番が吹くと、天も地も黄色に烟る。丹念に耕された赤土は容赦なく、障子の隙間から侵入する。日に幾度も畳を拭く。六畳一間の雑巾がけでバケツの水は褐色に濁り、それを庭先の、洗い場の横に流す。家主の隣り部屋に住む差配が、汚水を洗い場に流す者がいないか、二階から監視している。夜光虫の光りに似た目をした、差配婦人でした。

洗い場は、庭の隅にありました。地べたに赤レンガを四つ並べ、その上に脚のない流し台がのせてある。洗い物は中腰でする。蛇口は、水道管に藁をまいたのが一つ。家主夫人も野菜と米をもって、庭に降りてくる。建物の台所を使っているのは仕立職人で、仕立職人の家族だけが専用の水道をもっていました。

庭の、流し台の上に屋根はありませんでした。雨が降れば、傘をささなければならない。女たちは傘の柄をあごで押さえて、米を洗うのです。幼児がいる家は、洗い物が終わるまで幼児に傘をささせる。貧しいほど生活の智恵は豊かで、窓がある部屋は間代が高く、三方を壁に包まれた入口だけの部屋は、安くなっていました。窓一つ幾ら、と光りが部屋代に加算されるのです。部屋代が安い窓なしの部屋は、その代わり、昼間から電灯をつけなければ物の姿もみえない。使った昼間の電気料金が上のせされ、電気料金を払っても窓のある部屋より安いのです。さいわい、風の通る明るい部屋が空いていました。明るい部屋がいいですね、と草男がいうと、お部屋代が三百円お高くなりますよ、ようござんすね、と江戸弁で差配夫人が念を押しました。

草男となつこは早速街に出て、リンゴ箱を数個買ってきました。二個を横に倒して重ね、食器棚を作る。上段に草男となつこの茶碗を並べ、アルマイトの鍋と釜は下段に。箱の最上部に、素焼きの七輪をのせる。忽ち、出入口に近い障子の一角に、台所が出来上がりました。まだ白い粉をふいている七輪を庭に持ち出して、なつこはアパート一日目の夕食を作りました。生活をはじめる祝いに、いなりずしを作る。なつこの故郷の油揚げは三角形です。関東の油揚げは長方形。幅の狭い一端を切り落として、酢飯を詰める。いくらでも詰まる。数個出来るはずの酢飯で、三個のいなりずしが出来上がりました。大皿に並べてリンゴ箱のテーブルにのせると、眺めていた草男が、九州のおいなりさんはダブルベッドの枕のように大きいね、といいました。

翌朝なつこは、差配夫人にいなりずしの作り方を訊ねました。ええ、長いお揚げをね、真ん中から切りますでしょ、袋が二つ出来ますでしょ、九州は三角のおいなりさんですか、ほう、と差配夫人。一枚の油揚げを二つに切って使う智恵が、思い浮かばない。勤めから戻った草男に差配夫人の説明を伝えると、二つに切るの、知らなかったねえと感心し、君は気づかなかったの、となつこに訊ねました。

所帯を構えてしまうと、それまで反対していたなつこの母親は、古綿を打ち直して、夜具を縫って送ってくれました。日常の衣類も柳ごうりに詰めて、送ってくれる。草男はK市の家を出たときのまま。着たきりのウールのズボンと二、三枚のワイシャツ。数組みの下着と、履いているラバシューズが一足。衣類を送ってくれるように、草男がK市の家に手紙を書く。なしのつぶて。ただ頻繁に、ささから草男へハガキがくる。封書もくる。ハガキの書き出しは決まって、あなた、です。兄妹なのにあなたですか、不思議な顔をなつこがすると、おかしいかね、と草男がいう。ささのハガキには、赤ん坊も元気に育っている、とありました。ささの赤ん坊です。K市の家族と交渉をもたないなつこは、ささの結婚を知りませんでした。

衣類を送ってよこさないのは、不自由して、草男が取りにくるのを待っている様子でした。なつこは対抗して、せっせと洗濯をする。勤めから戻ってくる草男を待っていて、ワイシャツと下着を脱がせ、洗う。差配夫人に指示された物干し場に、風が水気を吹き散らすように高々と干す。夜干しをするとホトトギスが血を吐きかけますよ、と差配夫人がなつこに注意しました。

二人が生活をはじめたのは、そう、オーバーのいらない冬の終わりだったかもしれません。あるいは冬のはじまり。草男は道や畑にタンポポの花が咲いても、まだ毛織りのズボンをはいていました。着たきりのズボンをはいて、ワイシャツの袖をまくって、銀座の雑居ビルの事務所へ出勤する。物のない時代ですが、復員軍人のカーキ色の軍服にも四季は守られていて、五月になると夏の軍服に男たちは着替える。汗っかきの草男は、初夏の微風が吹きはじめるころには、両足にびっしり汗疹をつくっていました。赤い汗疹の頭を厚地のウールの毛先が刺して、痒いから掻く。まじり気なしのスコッチですから、汗をかいた肌を刺激して汗疹は汗疹を重ねて、かさぶたを作っている。ズボンは潮垂れて臭く、草男は足を通しながら不愉快そうに眉を寄せる。休日に洗濯をしても、一日では乾きません。乾かなければ、アイロンのない貧乏所帯では、出勤を取りやめるしかない。月給は一万円でした。家賃が二千三百円。草男の母親とささが育ててくれている草男の一人娘へ、毎月養育費として幾ばくかの金を送る。残りで草男の定期券を買い、四十円の「光」を毎日一箱買う。一日五十本煙草を喫っていた草男にとって、「光」一箱は、最低限の本数でした。吸い殻はほぐして、バラの根株で作ったパイプで喫う。パイプはC・Mの贈り物だそうです。香気と煙の色を楽しんで喫うパイプに、黒い燃えかすがついた吸い殻を詰めて、うまそうに喫い込む。煙草代を加えて、一日五十円が草男の小遣いでした。昼食も、五十円のなかで賄う。編集人四人の、小さな新聞社の経済記者である草男は、外歩きが多い。弁当は持ち歩けないので適当な時と場所で、食べる。食堂で食べるなど思いもよらぬ贅沢で、コッペパン一個が十円で賄える、昼食でした。

環境のいい昼食の場所は、日比谷公園のベンチでした。腹の空き具合で、取材の足を日比谷公園に向ける。ときに甘食パンの山を一つと、五円のコロッケを一個買う。のどにパンを詰めれば、公園の水道の水で流し込む。曇った花冷えの日には仕方なく、そばを食べる。これは思い切りがいる。もり、かけは十五円とられました。そういう日には、なつこが副食費から十円余分に渡す。いやいや凄いね、と草男は喜んで出勤する。

なつこは家計の切り盛りの面白さを、覚えました。無理をして週に二円三円と、臍繰りをはじめる。しかし不足は不足です。日が経つにつれて、足りない部分も積もってくる。草男のラバシューズの底に、穴があきました。快晴の日はいいが、雨降りは素足と同じ。皮革の統制は解かれて、靴は街に出廻っている。が決定的に金がない。そして悪いことは重なる。

いつものように草男は、昼食を日比谷公園で食べていました。梅雨に入る前の初夏です。公園の土は水気を含んでふくらみ、草の上には男女が坐っていました。万物すべて芽ぶき、夏の盛りへ向かう時です。草男は柵によりかかって、コッペパンをかじっていました。柵は丸太で、軽く尻をのっけると、長い脛の草男はベンチに掛けるより楽なのです。たっぷり塗ってもらったマーガリンバターはほどよく溶け、申し分のないコッペパンの昼食でした。草男は食べ終わって、柵に両手をついて、草原に坐る男女の仲を臆測し、淡い青空を眺めて、食後の休息を二十分ばかり過ごしました。水を飲もうと立ち上がったときです。掌が柵から離れる瞬間べたつきを感じて、草男は両手をみました。赤茶色の、粘った汚れが掌にある。指先でこすると、コールタールです。陽気にコールタールが柔らいで、掌についている。

柵から離れるときにね、べりべりって微かだが物が物からはがれる不快感があってね、しまったって、これまでの生涯できょうほど、しまった、という実感はないね、その日帰ってきて草男はいい、きれいに落ちるかね、と早々にズボンを脱いで、なつこに渡しました。体温と太陽の暖かさでじっくり温められたコールタールが、ズボンの尻一面に点々と染みをつけている。赤茶の油性の染みは、ズボンだけではない。キャラコのパンツにも染み透っている。

油だから、熱湯をかければ落ちるんじゃないの、と草男がいう。沸騰した湯を洗面器に入れて、摘み洗いをなつこがする。染みは広がるばかり。

だめかねえ、とのぞいて、草男が繰り返す。コールタールは原油のようなもの、アルコールかベンジンならどうだろう。暗闇をさいわい、草男はゆかたの寝間着姿で、駅前の薬局に走る。買ってきた大瓶のベンジンを半分バケツにあけて、なつこが部分洗いする。僕がやってみよう、指先をベンジンにつけて、草男がもむ。ベンジンとウールは合性が悪いようで、弾力性を無くして強張ってしまいました。透明だった液が濁りを増すので、コールタールは落ちているのです。

貯炭場の水溜まりのようになった褐色のベンジンを捨てて、新しい液で洗う。コールタールは薄く広がって、生地はいっそう硬くなる。草男は溜め息をついて、いつかこんなことになるんじゃないかってね、としみじみズボンをかざして眺めている。乾けば、染みは薄くなるでしょう。明日の朝に期待をかけて、窓辺のハンガーに吊しました。しかし考えると滑稽でした。よりによって、草男のズボンにつくことはないのです。時には空腹を煙草で紛らしている男の、必死の生活を嘲笑うやり口です。草男は、しょうがねえなあ、と風に揺れているズボンを見上げて笑い出しました。なつこも笑いました。

四十歳を過ぎた男が、コッペパンを公園の柵によりかかって食べている姿。コーヒーも牛乳もないパンは、海綿を呑み込む味気なさです。ですが穴あきの靴をはき、初夏に真冬のズボンをはいていても、どこか草男には生活臭がない。人は、きどった中年男の昼休み、とみるでしょう。

公園の若葉がきれいすぎたよなあ、と草男がいいました。翌朝草男は、ズボンの染みを気にしながら、しかし穿かねえよりいいだろう、と元気に出かけていきました。ないないづくしの毎日は、草男となつこの年齢差を埋めて、生活の基礎を固めていく役割を、果していました。家庭らしいものでもありました。

一月に五、六回、ささから草男宛にハガキが届きました。養育費を受けとった返事と、草男の娘の近況報告。書き加えて、ささの娘の成長ぶりが記してある。あなた、と呼びかけて、この前は逢えて嬉しかったとも書いてある。特別二等パスをもっている期間に、出張と称して幾度か、草男は家を留守にした。そのときK市に立ち寄ったのでしょうか。なつこは、草男との結婚反対の手紙のなかに書いてあった、草男の母親の、親の口から申すのは恥ずかしいことですが草男とささは実の兄妹でありながら並の兄妹ではありません詳しくこれ以上は申されませんがそれでも娘さんを草男と結婚させますか財産はなにもありません、とあったのを思い出しました。なつこの母親は、どういう意味かしら、と毛筆で書かれた句読点のない手紙を読み返し、普通の人間にはわからないから、やっぱりこの結婚には反対、と巻き紙を台所のかまどにくべてしまいました。そのときの疑念が、草男がなつこには告げずにささを訪ねているらしい事を知って、改めて湧き上がりました。実家であるから、草男が訪ねるのは自由です。ささだけではなく草男の両親が住み、一人娘もいる。ささの文面は、しかし意味あり気に読める。なつこが訊ねると、K市にいくの君が厭がるだろう、わざわざ不愉快な思いをさせることもないしね、と答えました。

草男の衣類は梅雨が明けても、送ってこなかった。ラバシューズの穴は広がり、底に穴があいた靴はね、持ち上げると脱げそうだし踏むとこれも脱げそうでね、足に負担がかかるんだよね、物乞いが膝を曲げて足を引きずって歩くだろう、あれは靴と人間が一体じゃないからなんだよ、草男は感心して話しました。

ある夜会社から帰った草男は、アパートの障子戸の敷居の上に立って、細い舌先で下唇をなめながらワイシャツのポケットを叩いてみせました。下唇を草男がなめるのは癖です。考えているとき、得意なとき、ぼんやり精神を遊ばせているときの癖です。七輪の前で煮物をしていたなつこも草男の表情に誘われて、どうしたの、と声を弾ませる。臨時収入、と草男がいいました。そして発行されて間のない千円札の束を、ポケットから出しました。十枚を四つ折りにした、束です。そういえば草男との二十余年の生活で、給料袋をみせてもらったのは、五回もあったか。草男の給料袋は、背広かズボンのポケットでした。またはワイシャツのポケット。ポケットのなかの札を指先で数え、生活費だよ、といって渡す。小遣いはポケットに残してある。だから月給でもない給料でもない、生活費です。

失敗もありました。なつこと別れる二、三年前でした。草男の収入も安定し、僅かだがボーナスが入るようになっていた。その日一日、なつこは草男の帰りを楽しみに待ちました。はじめて生活費より多い金額を、手にするのです。玄関を入るより早く、ボーナスは、となつこは手を出しました。草男は珍しく唇をゆがめ、貧乏した家の娘は貧乏に強いっていうけれど君は弱いね、といいました。なつこは唖然とし、差し出した手が硬直し、恥ずかしさに頬がほてりました。武士は喰わねど、これがなつこの家の生活信条でした。なつこに人間の誇りさえ嫌悪させるほど、父親は貧乏していても金に潔癖でした。

なつこは台所にいき、食事の仕度をはじめました。そうです、この谷間の家の、なつこが心をこめて設計した台所。雨も雪も降り込まない、傘をささないで洗い物が出来る台所。雪が降る日に、アパートの流し台の前で傘もささずに米を洗っていたなつこをみて、君に屋根がある台所を作ってあげなければね、草男はいいました。衿首に降りかかる雪は冷たいです。米の濁った洗い水に消えていく雪の片は、しかしなつこの心を温めてくれた。貧乏にも、草男の言外にある金にも弱くなったとすれば、それはいつごろからでしょう。この谷間の家を建てた、その辺りからでしょうか。そしてまた、草男の心に起きている変化も、いつごろからでしょうか。なつこの頭に逢ったことのないC・Mの顔が浮かび、去っていった草男の妻だった女性の顔がよぎりました。「草男の心の家庭」に住んでいる妻はC・Mでしょうか、去っていった妻でしょうか。なつこは草男の批判に、他の女性の影をみた気がしました。

草男が台所に入ってきました。背広の胸ポケットから一万円札を十五枚、数えてなつこに渡す。いいです、となつこは断りました。草男は軽く舌打ちして、台所を出ていきました。夜、草男は書斎で原稿を書いていました。なつこは二階に上がり、いらないと断りながら、ボーナスのありかを探す。草男が着ていた洋服のポケットに指を入れてみる。無い。草男はサイフを持ち歩かない。いらない、と断った妻に再度押しつけるような男でもない。あきらめて窓辺に目を移すと、札が重ねて置いてあります。階下の気配に気を配りながら数えると十六枚ある。なつこは数えなおしました。間違いなく十六枚。ポケットのなかで数えているうちに、数え違えたのでしょう。豆電球の薄明るい部屋で、なつこは忍び笑いしました。数え違えた余分な札で、なつこは赤いセーターを買おうと思いました。真っ赤な、炎のように燃え盛るモヘヤのセーターを。

出窓に札を揃えて置き、なつこは眠りました。翌朝なつこは、草男が出勤すると二階に駈け上がり、札を数えました。一枚足りない。昨夜の十六枚はなつこの数え違いでしょうか。それともポケット内の不足分に気づいて、草男が抜き取ったのでしょうか。

千円札十枚の札束を嬉し気に、草男はなつこに渡しました。

君が自由に使っていいよ。

全部ですか、と聞くと、Aに頼まれていた仕事があってね、調べてやったら、そのお礼だよ、と草男。Aは上海時代草男の下で、新聞社の連絡員や情報集めに活躍した男です。引き揚げてきてから、台湾人と組んで貿易商のような仕事をはじめ、金はある。土地ブローカーもしている。Aは生活に困っている草男をみて、援助の口実を作って仕事を頼んだのでしょう。それまでも一度、草さんマージャンで儲けた金だけど、余分だから使ってよ、とアパートの七輪の横に置いていったことがある。

一万円をもって草男となつこは、買い物に出かけました。駅前に、テント張りの靴屋が並んでいました。裸電球をテントの梁から吊るして、地べたにござを敷きその上に靴が並べてあります。紐で結ぶ革靴、黒い革靴、茶の革靴あずき色の革靴が、裸電球の下で、とろりと光っています。紐で結ぶ革靴を、草男に買いました。三千二百円だったでしょうか。それから食卓兼、草男が原稿を書く仕事机。一枚板の、二人が向き合って坐れば膝頭がくっついてしまう、小さい卓袱台。ガラス戸がついたリンゴ箱を二段重ねたほどの茶箪笥は、七百円也。最後に、真っ赤な革のサンダルを買いました。なつこのです。脛のできものの跡も薄らいで、活発に歩いていれば誰も気がつかないほど、九日の傷跡は癒えていました。素足で、赤い革のサンダルをはいてみたかったのです。

残った金で、テント張りの靴屋の裏にある中華料理店に入って、本物の豚肉が使ってある焼きそばを食べました。さらに余った金をはたいて、らぁーびっとだからおいしいよこのハム、と肉屋の主婦がすすめたハムを、買う。

机と茶箪笥を部屋に並べると、空間を堂々と圧して、部屋は狭くなりました。

アパートの生活にも馴れて、しかし解せないことが一つあった。便所に男物の高下駄が置いてあることです。歯の高さが七センチもある。用を足すのに不安定で、前のめりになります。アパートの住人たちはそれを少しも不便がらず、高下駄をかたかた鳴らして、用を済ませている。スリッパは使わないのですか、なつこは差配夫人に、スリッパに換えてはどうか、と進言しました。履物は高下駄に決まっておりますよ。お宅さまがスリッパを使われるのはご自由ですよ、でも専用の履物は高下駄ですけれどね。その都度おもちになるとよろしいですよ、と差配夫人はいう。

やがて八月の真夏。便所から戻った草男が、参ったね、といいました。高下駄でなければならん理由が判ったよ、みてきてごらん、と。のぞくと、床に白い糸屑が点々と落ちている。うじ虫でした。入道雲のように盛り上がった便壺のうじ虫が、床板の隙間から抜け出してきている。金隠しの内側をはって、登ってくるのもいる。高下駄の歯にも、虫たちはよじ登っています。真夏の高温が続けば、床はうじ虫の大軍に占領されるでしょう。なつこは湯を沸かし、煮えたぎった湯を便壺にかけました。差配夫人がみつけて、無駄です、ごらんなさい中にもぐり込みますでしょう、汲み取り料金が増しますからおやめくださいまし、と丁寧に告げました。

腐った人体や傷口に産みつけられたハエの卵が、腐肉を生命の糧として生きる。自然の循環です。谷間もバランスのなかで植物を育て、無数の昆虫をはぐくんできました。人も自然のなかの一つとして、谷間で生きてきたのです。

いまなつこの視界のなかを、一匹の蛍が飛んでいきます。右の山裾を、青い光の尾を引いて草叢に消える。つゆ草の葉先にとまったのか、暗闇の一点で青い光を放っている。

谷間に七軒の家が建ち終わると、翌年から蛍は飛ばなくなりました。一軒、また一軒と戸数を増すごとに、小川に流す台所の汚水は水辺の草を腐らせ、小石に灰色の苔をつける。自生していた芹も生えなくなりました。霜どけの季節がくると小川の流れは水量豊かになり、芹が芽ぐむのです。

大雨が降ると、汚れた小川も忽ち自然を取り戻しました。波うち、茶褐色の流れは水面に筋目をたてて、疾風の早さです。山崩れを起こした朝の大雨は、西の山にかかる丸太の橋を流してしまいました。同じ日の昼前、雨上がりの下流で鍋を洗っていた農婦も、激流に呑み込まれて水死しました。鍋が流れにとられ、拾おうと手を伸ばしてバランスを崩して川に落ちた。百メートル足らずの低い山の重なりでも、集めて流す水量は、大人の一人や二人、物の数ではない。北の、裏山の山裾はひっそり水を含んで、谷から登る斜面には喬木と見紛う、巨大な羊歯が生えていました。鱗片は濡れて茶の色を濃くし、先を巻き込んだ柄も、西洋人のたくましい腕のようでした。それらの羊歯が群生した斜面に、高速道路の工事に使う建材が積んである。数十本の鉄柱と、電信柱より長く太い土管。

七軒の家が一軒二軒と谷間を去りはじめたころから、谷間に再び蛍が飛ぶようになりました。取り壊された人家の跡には、草が茂っています。それはしかし秩序のない茂りよう。野の草の慎みを忘れた繁殖。なつこたちが住みはじめたころの谷間は、雑草の分布に秩序がありました。

闇を飛んでいる蛍の仲間にも、変化が起きているのでしょうか。生命力の旺盛な種族だけが生き残る、たくましい者のみの集団。繊細な生命は、もうこの谷には生き残れないようです。草男も去りました。別れて家を出ていく朝、いや負けました、と草男はいいました。なつこが振りむかないでいると、強い人です君という女性は。

草男の言葉がなければそのときなつこは、もう止そうよこんなこと、そういって、振り返ったかもしれない。草男も、荷造りを終えた荷物の上に腰をおろして、ああ止そう、しかし疲れたねえ、となつこの案に賛成したかもしれません。実際そのときなつこは、そんな会話を心のなかで、描いていたのです。一言なつこがいえば、なつこと草男の生活は続いていたかもしれません。別れる理由を別れる朝まで煮つめていって、別れる準備が完了したとき、もう止そうよ、という思いが、なつこの実感でした。なつこは一瞬のためらいが、生涯の岐路になるのを承知しながら黙っていました。なつこもまた屋敷跡の夏草のように、家を征服して放埒に茂っているようです。

アパートの生活が一年ほど過ぎ、草男となつこは隣りの県に引っ越しました。港がある街の、山の上です。頂が台地になり、台地の上に瘤の小山がある。小山の上に、家は建っていました。敷地は八十坪足らず。小山の広さのすべてで、家は十三坪の平家。四方八方、天も地も見渡せる、さえぎるもののない高地です。はるかな西の空に、富士山がみえ、丹沢の山並みが霞んで連なる。見晴らしは絶好の地で、風当たりも強い。天地を見渡せるが、家を一歩出れば庭の何処に立っても見られている、隠しごとの出来ない借家でした。茶箪笥と机とリンゴ箱をオート三輪車に積んで、なつこたちはアパートを出発しました。土煙りをあげて走りだしたオート三輪車を、家主夫人と差配夫人が、見送ってくれました。夏でした。

草男となつこの息子が生まれたのは、この家です。妊娠したのを知るとなつこは、七年前の夏を想う日が多くなった。両足に残っていた化膿の跡は、注意してみなければ気づかぬほど、薄れてきている。それでも風呂上がりにみると、化膿した跡の肌は白々となまずになって浮き上がっている。消えない九日の肌はそっくり胎児の肌に刷り込まれそうな、不安がありました。

そのころ、被爆者たちの原爆症が、詳しくニュースとして取り上げられるようになっていました。なつこが特に不安なのは動員先での被爆は勿論ですが、それから後にとった行動です。木の緑が焼け残っている金毘羅山をめざして逃げながら、わざわざ爆心地の松山町にいっている。段々畑の土の上に一時間以上も、身を横たえている。作物が植えてあったはずの畑は、閃光で焼かれて耕されたばかりの畝のように草一本ない。処々に赤茶の皮をしたかぼちゃの実が、転がっているだけ。放射能の怖さを知らないなつこや長崎の人びとは、傷つきながらなお腹の足しにと、そのかぼちゃを割って食べ、無くなった街を見下ろしていた。

被爆とその一時間余が、また洗いもしないで食べたかぼちゃの実が、生まれてくる子供にどんな影響を及ぼすか。障害をもって子供が生まれた場合、育てる勇気がなつこにあるか。逃げる被爆者たちの目も鼻も眉もなくなった顔が、胎児の顔に重なるのです。産むか産まないか、草男に相談すると、わからんねえ、と答える。では産んでいいのか悪いのか、草男に決断をまかせようとなつこは思いました。悪いって誰に？ と草男が訊ねる。聞かれると、誰にわるいのか、なつこにもわからない。ただ一つ、八月九日の恐怖に勝る確かなものは、生きていたよろこびです。傷のない手足を畑のなかで撫で、自分が完全な形で生きている事実を知ったとき、胸が痛くなる感動でした。胎児とて同様です。なつこの腹のなかで、草男やなつこの話に聞き耳をたてて、そのうち、ときに跳ね、母胎を蹴って存在を主張するようになるのです。

仮に障害をもって生まれてきても、赤ん坊は八月九日に出逢った人びとのように、切実に生きようとするでしょう。

なつこは迷いつつ産む準備をはじめました。七ヵ月八ヵ月、胎児は活発に動き出しました。胎児が手足をつっ張ると、なつこは軽く撫でる。撫でるとおとなしく胎児は眠るようでした。

年が明けた二月、出産の手伝いになつこの妹が上京してきた。なつこの母親は赤ん坊に、桃色の薬玉模様の布団を縫ってくれました。

三月下旬の夜中、陣痛がはじまりました。なつこは草男を起こしました。起こされた草男は、薄目をあける。陣痛を伝え、池の端の病院まで連れていってくれるように、頼む。腹いたじゃないの、と草男は眉を寄せ、真夜中だよ何時に生まれるの、と聞く。そんなことはわからない、赤ん坊は潮の満ち引きに生まれるらしい、となつこはいう。非科学的だね君は、何日の何時に生まれるか、医者に聞いておくべきだよ、腹をかかえて坐っているなつこに、草男は布団のなかからいう。

お布団と枕を運んでください。なつこはいいました。なぜ昼間運ばなかったの、と草男。個人の病院なので部屋は和室、それに戦後間もない時期です。病院に布団の設備はない。病院は急な坂を降りて、池の端まで妊婦の足で五、六分。言い争っているうちに運べるのです。草男の結核は、もう治っておりました。布団だけでいい、運んでくださいと再度頼むと、明日の朝で間にあうだろう、僕はいまねむいんだよ、といいました。

二人のやりとりに気づいた妹が、わたしたちで運ぼうよ、といい、なつこの体温が残る敷布団を、手早く木綿の大風呂敷に包む。タオル、歯ブラシ、石鹸を市場籠に入れる。なつこは寝間着の上にオーバーを羽織る。草男は長い足をゆすりながら、掛布団をかぶって寝ている。布団包みを背負った妹と、市場籠をさげたなつこは坂を降りていきました。外灯の暗い夜道を、足早に二人は歩いていく。ときどき、石ころがあるよ、と妹がなつこに注意する。人声を聞きつけて、坂の両側の家の番犬が吠える。病院の玄関に立ったとき、なつこと妹は鼻の頭に汗をかいていました。高校を卒業したばかりの妹は、なつこを看護婦に預けて引き返し、厚い掛け布団を背負って戻ってきました。草男はきませんでした。どうしていたか、となつこは様子を訊ねない。妹も話さない。

草男がなつこの出産に、しかしなぜ無関係であろうとするのか。陣痛のきれぎれに、なつこは考える。生まれようとしている赤ん坊は、確かに草男の子供です。それでも胎児が育つ十ヵ月は、母胎と胎児だけの世界。母胎は母性を育んでいくが、父親はかかわりようがない。眠りについたばかりの夜中に起こされて、陣痛がはじまったからと協力を強いられても、不愉快なだけなのでしょう。

翌朝の六時すぎ、なつこは男の子を産みました。一つの命をこの世に産み出したとき、なつこは雲のなかにあるようでした。力を出しきった虚脱感。壮絶な呱々の声。元気な男の子ですよ、射しはじめた朝陽のなかに高々と、医者は赤ん坊を差し上げる。血液と、白い脂肪を背中一面につけた赤ん坊は、皮のたるんだ手足を引きつらせて、泣く。

赤ん坊は二千八百グラムありました。

昼過ぎまで、なつこは眠り続けました。眠りに入る前に、草男さんに知らせる？　と妹が聞きました。どっちでもいい、なつこは呟いて、もう眠っていた。

目を覚ますと、なつこの布団に布団をつけて、赤ん坊は寝かされていました。焼き餅のように平たい顔。羊水から出て、空気にふれて皮が白く乾いた唇から唾をふき、あくびをし、くしゃみをする。赤ん坊の布団の足許をみると、草男が長い体を曲げて眠っている。疲れたねえ、と目を覚まして草男がいいました。なつこは目を閉じて、足許の声を聞いている。きょうは会社を休もう、草男はいって鼾をかいて眠りました。三人がばらばらに気ままに、しかし家族の安堵のような平和が、部屋にありました。だがその時からです。なつこは赤ん坊を草男とつなげて考えるのをやめました。赤ん坊はなつこにつながっているが、なつこから草男へはつながらない。なつこと草男のV字の接点に赤ん坊はいるのですが、Vの頭の二点は交わらず、無限の空間をまさぐっている。

草男にとって妻の出産は、目新しい出来ごとではありませんでした。なつこはなつこより先に、草男に家庭と、その妻との子、娘の誕生があったことを忘れていました。

赤ん坊は母乳をよく吸って、丈夫に育っていきました。春の陽が射す濡れ縁に坐って、乳を含ませる。赤ん坊は力強く乳を飲み続ける。授乳は快楽です。快楽が乳腺を刺激し、乳を噴出させる。あるときなつこはそれに気づき、乳首を赤ん坊の口から引き抜きました。乳はたれて胸を濡らし、赤ん坊は乳首を探して泣き出す。近親相姦――なつこは穢れた想念にとらわれ、それ以後授乳をやめました。親と子の間柄は清浄であるのが、この世の万事の基本です。気づいてもなお、乳を与え続けるのは、子を犯す行為。母親の想念のなかで子も親を犯すことになる。

男子の出生を、K市の両親に草男は知らせたのでしょう。父親とささからハガキが届きました。父親の文面は、O家にはじめて男子の孫が生まれたことを、素直に喜んで、少しは祖父の自分にも似ているか、とありました。ささは、なつこは子供を産んでどうするつもりなのか、将来一人で育てられるのか、あなたは子供をつくらないといっていたのに、O家の跡取りにするつもりなのか、と草男を詰問している。ささのハガキの最後に、草男の娘の筆跡で、あの人に男の赤ちゃんが生まれたそうですね、と書いてありました。草男の娘は小学校三年生か四年生、本来ならO家の跡取り娘です。

草男は娘の文面をみて、書かされたのだよ、といいました。それより、もういい加減にささの手紙に動揺するのはやめたらどうか、K市の家族がどういってこようと気にすることはない、くだらないよ、と不快な表情をみせる。手紙はささからだけではなく、母親からも続き、アパートで生活をしていたころなつこ宛にきた手紙には、草男とささの関係があからさまに記してありました。この手紙も草男は笑って、相手にしませんでした。草男は、収入源を逃がすまいとする母親とささの捏(でっ)ちあげです、零落(おちぶ)れた者の金銭欲はすさまじく、いまだにズボン一本送ってよこさないではないか、君だって恥は口外しないだろう？　ふれ歩くのは事実がないから気楽なのです、と。草男の説明は、なつこの常識を納得させる。なつこがささの立場であれば、決して口外しません。男と女の仲は一方が認めても一方が否定すれば、事実は藪の中です。両方が否定し、両方が認めても事実はわからない。なつこが納得出来る一方を信じるより、ないのです。とはいえ、子供をつくらないという文面は、何を意味するのか。訊ねても返ってこない答えに、なつこは臆測する。草男は、なつこと生活を続ける条件として、K市の家族に、子供を産ませない約束をしているのではないか。それを条件になつことの生活を認めさせている、だとするとなつこの存在はその日しのぎにすぎず、草男もまた、母親やささ以上に、彼らの家柄、血統にこだわっているのではないか。物質的な執着はないが、草男は確かに血統と家柄を誇りにしている。現在の根なし草の生活にも動じる気配がないのは、支えがそこにあるからのようです。ささとの関係が事実であるなら、あるいは執拗な血への愛着なのかもしれません。

否定と肯定の間にいるなつこは、考えれば考えるほど混乱し、K市から送られてくる手紙の、事実の追究も考えることもやめました。草男は赤ん坊に夢中でしたし、草男が説明するように、ささのいやがらせかもしれない。考えなければ、親子の生活は平和でした。

アパート時代遊びにきていたAから、その後音沙汰はありませんでした。それがある日、ひょっこり訪ねてきました。小山の頂の家のガラス戸を指先でコッコッと叩いて、草さん、と呼ぶ。木枯が吹く庭に立って、黒いオーバーコートの衿をたてている。よう、と草男は書き物の手を止めて、玄関をあける。

オーバーと同色の中折れ帽をかぶったAは、ペンキ塗りの家ですか、流行の家ですね、と板壁を叩いて、木材の値踏みをする。借家ですか、とAは家に上がり込む。そして、家具が増えましたね、となつこにいいました。増えた家具は中古のベビーベッドと、赤ん坊の息子のために買ったベビー箪笥の二点。玄関に続く板の間にアパート時代の卓袱台を置き、差し向かいに座布団を敷いて坐る、相変わらずの生活です。

また追われているの、と夕暮れに訪ねてきたAに、草男が聞きました。アパート時代Aは、二、三日かくまってください、といって、一間きりの部屋によく泊まっていきました。二、三日が一週間になることもありました。Aは食費をなつこに渡して、太陽が照っている日中は、部屋のなかにいる。窓際の壁に寄りかかって部屋を見廻し、草さんの部屋はいつもがらーんとしている、C・Mと同棲していたときも机が二つ並んでただけだったなあ、という。きれいなひとですか、となつこが訊ねる。やせてね、遊びにいくと草さんと二人で天下国家ばかり論じている、煙草を草さんと競争で喫ってね、凄い女でしたよ。

きれいなひと？　とまたなつこが聞く。きれいでしたよ、気味が悪いほど色が白くってね、あ、肺病やみでしたからね、しかし僕の好みじゃない、僕は肥って天下も国家も論じない女がいい。

　壁に軽く頭をぶつけながら、Aは上海で遊んだ肥ったヤーチーたちの話を、する。草男が勤めから帰ってくると、街が暗くなるのを待って、二人揃ってパチンコ屋に出かけていく。誰かつけていないかと気にするAに、大丈夫だよ、と草男は笑っていう。Aを追っかけているのは警察なのか暴力団なのか、なつこにはわかりませんでした。

　草男の質問にAは陽焼けした顔で笑って、草さんが知ってのように、むかしから日陰の街道しか歩けない人間でね、と答えました。

　泊めるのはかまわないけれど、四方まるみえの家だよ、それに息子がいるからチャンバラは困る。

　草男の言葉には答えないで、金貸してくださいよ、とAがいう。いやいや、と草男は首をふって、貸す金なんかありゃあしませんよ、と生まれ故郷の訛で答えました。

　沢山じゃない、一万ばかり都合できませんか。

　建てたばかりの家はどうしたの、豪勢な家だって上海仲間の噂だよ。草男の言葉にAの目が光りました。Aは、草さん、と息をついて、一万円でいいんです貸してくださいよ、という。草男は黙って煙草に火をつける。一万円ぐらいあるでしょう、Aの言葉に、無茶いっちゃいかんよ君、と草男は真面目な目を向ける。

　じゃあ貸してくれとはいいませんから、返してくれませんか先輩。草男は笑い出しました。何を返すの？

僕なりに援助させてもらったつもりですがね、本気でマージャンで儲けたとでも思っているのですか、お笑いだな。

違ったのですか、と驚いてなつこがきく。

困ったなあ、奥さんのような素人の正直者は、とAは苦笑する。ねえ君、と草男がいいました。あのときの金も君がくれた仕事で得た一万円も実際助かったよ、いや感謝している、でもおかしいんじゃないの、使ってくれって置いてった金でしょう、あれば渡します、しかしねえ。僕がいま都合できる金は三千円です。

あります一万円。なつこは小声で、生活費の残りの金額を草男に告げる。耳聡く聞きとったAが、先輩も人が悪いや、敵弾のなかをともにくぐった仲じゃありませんか、僕は先輩のためならいつでも死にますよ、あのころだって必死だった、となつこが渡した金を数えずに脱ぎ捨てたオーバーのポケットにねじ込む。君いいの、と草男がなつこに聞きました。

暮れてしまった庭に出て、闇成金でしたよ、世の中が落ちついてくると、一定の原則に沿って金も人も動き出す、横車の流通は止まって、お手あげです、家などとっくにありませんよ、また先輩たちの時代です。Aは快活に話す。

そうはいかんだろう、と草男は答え、新旧つぶしっこでいいじゃないの、村の鍛冶屋のように日本国中トンテンカン叩きあっているうちに、残るものはのこるだろうよ、といいました。

Aの後ろ姿が坂の暗がりに消えるのを待って、君に余計な口をはさまれると困るのだよ、と草男がいいました。

ああいうときはね、三千円で充分なのだよ、それ以上渡すことはなかった。なぜか、となつこは問い、三千円貸す気があるのなら、相手が必要としている一万円を渡して急場を救ってやるのが恩返しではないのか、と聞きました。Aは、家具が増えましたね、といって借りる手順を考えながら、借金を申し込んでいる。疵だらけのベビーベッドの粗末さをみれば、生活が豊かでないのはわかる。都合がつけば返してくれるだろう。

返しゃしません、草男が断言しました。

彼のことなら君より僕が詳しい、そんなに甘い男じゃない、彼は僕の妹のささと関係があるんだよ、そうさ、女房がいるよ彼には。僕も充分承知しているよ彼に女房がいるのは、それでも平然とささの部屋で寝て帰るよ。

そうですか、なつこは驚いていい、ささの娘の父親なのかと訊ねました。そんなことは知らないよ、と草男はいい、とにかく僅かな餌を投げて手応えをいつも頭の後ろで計算している、素人の正直者は困りものだっていっていたけれど、君などいいカモだよ、しかしAはそこは玄人でね、君なんか釣りあげても面白くない、だが今日は満足だろうよ、一万円僕から引き出したのだから。

そこまで相手の腹のうちを読んでいるのなら、なぜあの場で、三千円でいいと抑えてくれないのか。草男はなつこの顔をみて、君があるっていってしまったのだよ、それにAは僕にとって数少ない友人でね、金は決して返ってこないよ、だからだ、三千円僕はあげようと考えたのだ、返却を待たないで済む金額、いまの僕に三千円は大きい、だがどうにかなる。一万円なら、待つねえ。三千円の関係が重なってもやる気で渡す金だ、待つなど吝嗇臭い了見にならない、友情だって保てる、事によらず僕は期待は嫌いだ、恩きせる気があるなら、やらんことだ。

受けた恩はどうなるのか、なつこが訊ねました。ご恩もみこころも僕は好かんね、どっちみち無償のものだ。このことは僕の息子にもよく教えるつもりでいるがね、それに他人に、親兄弟でもだが、金を貸すときはあげても惜しいと感じないで済む額で済ませるようにともね、君もだ、それ以上は渡すな、といいました。

草男が、他人や自分に対する感情の平静さを保てる距離は、あげても後悔しない三千円の金銭感覚にあるようでした。代償を求めずに済む価値観と配分の基準は推測出来ないが、少なくとも、なつこが草男に対するときの心構えにはなる。額の領分さえ越えなければ、草男との関係を持続出来る緩衝地帯が、精神面にもあるわけですから。がしかしそこは、他者との接触、摩擦をさける穏和な地にみえながら、相手にとっては乗り越えることの出来ない断層なのです。

Aは一万円をもって、一ヵ月後に返却にきました。草男は留守で、封筒に入れた金をなつこに渡し、底抜けに正直なご婦人はだましにくいものでね、といいました。なつこが抱いている赤ん坊の顔をのぞいて、顔色がよくないなあ、海岸の街に越しなさい、家は僕が探しますから、と帰っていった。一週間後、海辺の街の一軒家をAは紹介してきました。なつこたちは縄文時代から人が住んでいた形跡のある海辺の街へ、引っ越しました。家財道具はやはりオート三輪車に積んで。道具は、ロープをかけて荷崩れを防ぐまでに増えていました。草男は三輪車の助手席に乗り、なつこと出産の手伝いにきてそのまま同居しているなつこの妹と、満一歳になった息子はタクシーで。


高速道路の下に埋まる谷間の街は、Aがみつけてくれた海岸の街の丘陵地にありました。二百数十年のむかしには、谷間一帯の人家は約四十軒だったそうです。百年経って十数軒が増え、戦後一挙に千三百数十軒という数に膨張。近辺に、国鉄の駅が増設されたからです。

谷間を除く気候温暖な平地は、伝統ある避暑地です。戦後になって、蝮やイタチなどの小動物が住む山間部に、なつこたち人間も多く住むようになった。

海岸の街の、生活のとっかかりは、海に近い避暑地のお屋敷の管理人小舎でした。屋敷の主人たちは、戦後管理人を雇う財力をなくし、貸家に変えた。六畳と四畳半と、玄関に続いた二畳の小部屋。山の頂の家と変わらぬ広さです。古い日本家屋なので廊下が広く、庭は母屋に続く芝生。太陽を一人占めに出来る、明るい家でした。

なつこたちの前の住人は、隣り街の軍港に入港してくる軍艦の、アメリカ水兵相手の商売女でした。彼女たちの日常を彷彿とさせるゴム製品の袋が、廊下の梁の上から一個、かもいと土壁の隙間から十数個、出てきました。発見者はなつこ。梁に積もった埃をはたいていると、最初の一個が、綿ぼこりにまみれて落ちてきたのです。子供たちが砂浜に落ちているゴム製品を、風船と間違えてふくらませて突いて遊んでいた話を、草男の友人や、アメリカ人と結婚したなつこの友だちから聞いて笑い転げながら、本物はみたことがない。なつこは箪笥の位置を決めかねている草男に、なに、と摘みあげてみせた。へえ、と草男は笑い、素手で摘むと汚ねえぞ、とぞんざいに注意して、何処でそんなものみつけたの、と寄ってくる。草男の表情でそれが何か、なつこは想像がつきました。畳に放り投げてクレゾール石鹼で手を洗い、だがどうして梁の上なのか。草男となつこは荷物の片付けは後廻しにして、押入れ、袋戸棚の奥を探す。奥の六畳間のかもいと土壁の間から十数個、まとまって出てきました。割り箸で摘んで、広げた新聞紙に草男が取り集める。どれも使用済みだねえ、と確かめて、使った後やつらは天井に放り投げるのかしら、元気だねえ、と坐り込んで考える。なつこも静かに呼吸をして、乳歯が抜けると下の歯を屋根に投げたでしょう、幼児のころの癖じゃない、という。遊びなら徹底して面白いほうがいいからね、と草男。

娼婦との性交がゲームなら、セックスにまつわる事々はみんなゲーム。ヤッホーと、カーボーイがテンガロンハットを青空に投げ上げるように歓喜の叫びをあげて、水兵たちも天井に放り投げる。あるいは記念日の艦上で、ひらひらリボンの水兵帽を投げるように。女も唱和して、イヤッホウ。力でも心でも征服されることのない、物と物の渇いたセックス。海辺にふさわしい、管理人小舎は乾燥精虫の殿堂のようです。大笑いしながら、しかしなつこは彼らの生命が復活しないように、クレゾール液を水に溶かして柱、畳、かもいと人の手が届く範囲を丁寧に拭きとりました。

翌年でしょうか、ささが二人の娘を連れて遊びにきたのは。草男の娘とささの娘。草男の娘は中学校に入学し、ささの娘は五、六歳に成長していました。ささの娘は色の白い、赤い髪の幼女でした。

その夜、ささたちをどの部屋に寝かせるか、なつこは迷いました。噂話も過去も、とにかくなつこたちの家では乾燥精虫たりとも目覚めて欲しくない。草男の娘は父親の横に寝かせるとして、ささとささの娘は離れた部屋に床をとらなければならない。なつこは、なつこの妹と同じ部屋に、二人を寝かせることに決めた。客布団を敷いていると、お客さんは玄関の二畳がいいよ、と草男が、廊下に立っていいました。二畳に親子二人は狭すぎる。子供は君の妹と一緒に寝かせるさ、と草男。すかさず、久しぶりに一人で寝ようかなあ、とささが布団を玄関に運んでいく。なつこの妹が、わたし寝相が悪いし、と幼女と一つ布団で眠るのを断りました。草男とささが、眠ってしまうと揺り動かしても目覚めない子なのだ、といいました。

夜中なつこは、縁側を歩く人影をみました。障子に映った影は月光に伸びていました。幾つもの人影が、なつこたちが寝ている部屋の壁一つ隣りにある手洗いに立ち、戻っていく。草男の娘もなつこの布団の裾につまずいて、手洗いに起きていきました。展覧会場の矢印に従って歩く人波のように、廊下の人影には順序がありました。順序に逆らった影を、なつこはみました。起きて、その影を追うのが怖く、なつこは夏掛けを頭からかぶり、息を殺していた。

朝目を覚ますと、草男も娘もなつこの息子も眠っていました。隣り部屋のささの娘も、行儀よく枕を並べて眠っている。ささは起きていました。布団を畳んで重ね、二畳の部屋の窓際に坐って、朝陽に光る庭木を眺めている。目をそらせて通りすぎるなつこに、おはよう、と挨拶して、朝のおつけわたしが作ります、兄さん白味噌が好きですし、とはじめて兄さんと草男を呼びました。

ささは一週間泊まって、ささの娘を連れてK市に戻りました。草男の娘は残る。中学校に入学したら草男が引き取る、草男とささの約束だったらしい。なつこたちの家は合衆国の様相を呈しました。草男となつことその息子。草男と去っていった妻との娘、なつこの妹。人間関係はからみあって、幾様にも配列を変えて組み合わされ、固まり、分裂する。制御も統合も効かない血脈。一つ屋根の下で家族として生活しながら、いつも何処かで誰かが、違う、と心のなかで批判している。なつこは無言の批判に疲れて、息子を連れて海岸に出る。夏は息子に海水パンツをはかせ、波打ち際を二人で走る。砂浜は占領当時の名残りで、アメリカ人と日本人の遊泳区は自然に分かれ、しかし子供たちはかまわず走りまわる。二、三歳になったなつこの息子も走る。アメリカ人たちは手招いて、厚いハムをはさんだサンドウィッチを、なつこの息子にくれました。紙の皿にナプキンを敷き、チョコレートケーキやクッキー、ポプコーンも盛ってもたせる。片言もまだ話せないなつこの子はにこにこ笑って、皿を捧げて及び腰で歩いてくる。それを目で追っているアメリカ軍人や家族に、サンキュウ・サーとなつこは手を振る。それからなつこも、息子がもらってきたサンドウィッチにかぶりつく。本物のハムと酸味の少ないマヨネーズと純粋バターの舌ざわりは、なつこを家庭の煩雑さから、解きほぐしてくれました。Aの予測通り、なつこの息子は潮風が吹く街で、健康に成長していきました。

ささが遊びにきてから五年後の夏、一家は三度目の引っ越しをしました。なつこの息子は小学生になっていた。管理人小舎より部屋数が一つ多い、より海に近い家です。

引っ越し車はオート三輪車から、四輪トラックへ。生活の基礎は着実に固まっていた。

引っ越し荷物が片づかないうちに、K市の草男の実家から、電報がきました。草男の父親の死です。危篤の電報は、一週間前に届いていました。しかし草男は帰らなかった。脳溢血で倒れた父親は昏睡状態で、僕が帰ってもオヤジは何もわかりゃあしない、草男はそういって動こうとしない。死亡通知がくると、いっそう無意味だね、という。親が死んだのに悲しくないのですか、なつこは訊ねる。二枚の電報用紙を机の右上に重ねておいて、新聞原稿を書いていた草男がペンを止めた。

いって泣けば悲しいのかね。草男の強い口調になつこはひるみ、悲しいから傍にいきたい、単純にそれだけです、と声を落とす。

悲しみはさまざまにあるよ、側にいって泣くのは簡単なことだ、と草男は原稿を書き続ける。

昼すぎ、ソウギハキタクヲマツ、と親類の歯医者から電報が届きました。不承不承、草男は家にある金を集めて、身一つでK市に発っていきました。初七日を終えて帰宅した草男が、オヤジ腹巻きしてたよ、といいました。腹巻きは肘が抜けた草男のセーターと、なつこのセーターをほどいて編み直した、更生品です。ただ一人、草男となつこの結婚に賛成も反対もしなかった父親に、なつこは感謝の気持ちを伝えたかった。湯通しして、古毛糸に弾力を与え、子供の昼寝のすきに編んだ腹巻きを、草男が出張のついでにもっていったのです。父親は、草男の目の前で、身につけたそうです。腹巻きを渡してから四、五年経っていました。

洗濯するから脱いでくれっていっても、草男がくれたから脱ぐわけにはいかんって、肌から離さなかったらしいよ、と。

この暑い夏にもですか。草男は頷いて、
八十四歳だったから耄碌していたらしいけれど、長男でありながらオヤジに物を贈ったことなかったからなあ、といいました。

大男だったねオヤジは、僕が着いたときには腹巻きの上から白絹の旅装束を着せられていてね、僕が子供のころから床の間に掛けてあった達磨大師の絵に似た大目玉を閉じて。オヤジの希望通り、金ピカの霊柩車で送ってあげたよ。葬式が終わって焼場から戻った夜に、君宛に書いた手紙だ、郵送するつもりで封をしたけれど、投函しなかった、と草男は封書を、なつこに手渡しました。新聞社の社名がある二百字詰めの原稿用紙に、ボールペンで綴ってありました。

夜中の二時、坂の下を流れる疎水の水音が聞こえてくるようだ、人一人を葬った夜の静かさなのだろう。生前オヤジは、僕がK市の家に戻ると坂の真ん中に立って、出迎えてくれた。学生のころには、その記憶が全くない。並はずれて長い両腕を、着流しの和服の脇にたらして、ふらりと立っている。鈍色の疎水の道を歩いて、坂の登り口に立ち止まって見上げると、吹き上げる風に揺れながら立っている。年々に肉は落ちて細くなっていたが、背丈は相変わらず高かった。明治生まれなのに、要するに——五尺十二寸——の無類の大男だ。

上海から引き揚げてきた日、僕がC・Mの遺骨を持ち帰っていたのは、君に話したね。白布にくるんだ骨壺を脇にかかえて、足許を見詰めて登っていった坂道、別れ話をにおわせている妻のこと、敗戦後の仕事のこと、両親、家族を喰わせていかなければならない責任などなど、気持ちは重かった。今回オヤジの訃報を聞いて登る坂道は、あのときより心も足も重かったよ、オヤジの葬儀にいこうとしない僕を、君は薄情だと責めたね、僕は薄情なのだろうか。感情の処理が下手なのだよ。お悔みをのべられれば僕は、いやあいやあ、と否定してしまいそうでね。同情も厚意も気恥ずかしく、照れ屋なのだね、しかし誤解される。また誤解される要素が、僕のうちにはあるようだ、これぐらいのことは説明しなくともわかってくれるだろうと思うし、説明しなければわからん相手には、あえて説明もしない。それに逝く者の年齢にかかわりなく、天寿という思想が心の隅にある。僕は坊主でもキリスト教徒でもないが、仕方がない、とあきらめてしまうのだね、なぜだか僕にもわからない。人は自分に都合よく解釈して生きていくのだろう。そこでこじつければ多分、僕のあきらめは、母親の冷たさにあるのだろう。物心ついてから僕は、母親のぐち以外の言葉を聞いたことがない。オヤジが悪い？　そうオヤジも悪いね、勝手気ままに生きた人だから。両親の仲は冷めきっていて、記憶の底にある温もりは、祖母の手だ、それもお寺参りにいくお供をして、手をひかれてK市の寺を巡り歩く。勿論家つき娘の祖母の権力はK市の家では厳然たるもので、子供と遊んでいる時間の余裕など、母親にはなかったからね。冷たい寺の床に正座して、坊主の説教を聞く、四、五歳の僕に話がわかるはずもない、帰りに食べさせてもらえる芋ぼうに惹かれてついて歩いているうちに、何か無常観のようなものを観ていたのかもしれない。

オヤジも、だが淋しい男だったと思う。K駅に着いて、坂を登って、夜が明けたばかりの玄関に立ったとき、靴や下駄が乱雑にぬぎすててあった。履物は泥靴と、後歯がすり減った下駄ばかりだった。つましい時代とはいえ、ピカピカに光った踵の真っ直な靴が一足もない通夜の席は、やはり胸が痛んだ。駈けつけてくれた人の心の温かさは、これは決しておろそかに考えはしない、わかってくれると思うが、息子としての心情的な懐古だ。それで決心した。金ピカの霊柩車にオヤジを乗せてやろうと。オヤジは人を驚かすのが好きな人でね、Oの家にまだ財力があったのか、長屋の連中はかなつぼまなこを見開いてオヤジの霊柩車を見送るだろう……棺桶のなかで、オヤジは得意がるだろう、と。

いつか代々の屋敷を明け渡す晩、オヤジと僕は珍しく話しこんだ。村長のころオヤジは、屋敷に続いて有った茶畑を村に寄付して、村立の小学校を建てた。家を手離す直前ま

で、小学校と自分の家の庭との境界にコンクリート塀を建てさせなかった人だが、生垣の向こうに広がる闇の校庭をみやって、
　草男、そっくりお前に譲り渡すつもりだったが、あれもこれもなくしてしまった、済まなんだ、と頭をさげた。上海から引き揚げて早々のことだから、夜気は肌に冷たかったようだが、灯りのない廊下に二人で正座していた。なにもいりません、と僕はいい、百姓は嫌いですから、といった。オヤジは例の大きな目玉でじろっと僕をみて、勝てば官軍負ければ賊軍ってことだ、といった。それから、オヤジがその時代に生きていたわけでは勿論ない。彼の母親、つまり僕の祖母にあたる女性が、それも幼女のころの記憶だ。祖母は家つき娘で、そう、僕を寺参りに連れ歩いたひとだ。当時五、六歳だったらしい、戦いも終わりに近くなったころ、敗者とも勝者とも見わけのつかない負傷者たちが、家の近くの道を、杖や人の肩にすがりながら、とぼとぼ歩いて通り過ぎていく、何処へいくのか、その人びとは雨戸をたてて息をひそめている祖母の家の庭へ入り込んできて、息たえだえに休息をとる、祖母が雨戸の節穴からのぞいていると、井戸の端においてある水甕から柄杓で水をすくって飲み、立ち去るとき、金を投げていく、水甕のなかにね、翌朝光りのなかで水甕をのぞくと、水の底にきらきら一分銀が光っていたそうだ、水一杯に支払う金額ではない、落人たちが捨てるように投げていく銀貨を、祖母の家の者たちは、誰も手をつけな

かったそうだ、子供ごころにも銀の輝きは悲しかった、とオヤジに話してくれたらしい。その祖母の口ぐせだったらしい、何事も勝てば官軍、負ければ賊軍――。

　祖母の話をしながらオヤジは、泣きごとはいいたくないが、茶畑や山を売るとあいつがうるさくいいよってね、気づかれないように担保にして金を借りた、結局お前も承知の通り払いきれずに二束三文で取られてしもうた、草男、男は勝負に出なければならんときがあるんだよ、俺はそれが出来なかった、あいつのせいにする気はないが、連れ添う女はよう考えんといかん、そういったよ。

　僕の生き方にそれまで口出ししたことのないオヤジだったが、結果として家をつぶし夫を駄目にした責任の半分はあの人にあると僕は思っている。いや、家がつぶれたことは、僕の希むことでもある、心のかよいあわない家など意味のないことだ。その意味において僕は、僕の娘を不便に思う、寄辺のない荒野に吹きさらされている不便さだ。僕の息子には、この淋しさは味わわせたくない、さいわい君は僕のオフクロとも娘の母親とも違う、ただ愛するあまり君の被爆と彼を、直結して考えてしまうきらいがある、そこは冷静であって欲しい。

　葬式というやつは厭なものだ、泣き崩れる身内の者を眺めていると、ほんとかね、と皮肉の一つもいいたくなる。泣くくらいなら、なぜ生前も少し優しく面倒みなかったのか、泣いている奴らは、己に対する慚愧の涙なのだろうがね。僕は冷酷なのかね、やはり。人間は弱い者といって眺める気になれんね、悲しむ気持ちも真実だろうが、少しは恥ずかしくないのかね。もっとも僕がオヤジのためと思っている金ピカ霊柩車にしても、僕の満足のためかもしれない。僕の葬式にも通夜にも、君は泣く必要はない、泣いて欲しくない。泣く気持ちがあるなら、生きているうちに優しくしてくれ給え、いや僕はいまの生活に不足はない、子供も健康だし君も目下健康だ、そして何とか、充分ではないが暮らしていける。ただ天寿と割り切りながら、砂浜を駈ける僕の息子をみていると、いままで知らなかった不安を覚える、あいつが突然いなくなってしまうのではないかと。息子を得て幸福に思うだけに、不安は強い。あるがままを受け入れて生きてきた僕の人生観のようなものも、息子には通用しない。遮二無二生きて欲しい、九日は君一人の苦痛ではないよ。

オヤジの腹巻きのことを話そう。あの灰色と紺の横縞の結び目だらけの腹巻きです。オヤジは脳溢血で倒れるまで肌身を離さなかったらしい。意識のない昏睡状態の一週間は勿論動かせないから、腹巻きは死んで、湯灌のときにもつけていたことになる。僕はみていない、話によるとだ。親類の例の歯医者がね、草ちゃん、と僕の名を呼んで、シラミは死人の血はよう吸わんらしいよ、っていった。僕には意味が通じなかった。歯医者は、おじさんの腹巻きのシラミだよ、息をひきとって数時間経っていたかな、葬儀屋が来る前に湯灌を済ませようと夏掛けをはいだら、おじさんの体のまわりに白ごまをまいたような粒々がある、シラミなんだね、腹巻きにわいていたらしい、そいつらが冷えた体からはい出してきてね、敷布の上に。おばさんの話だと草ちゃんがくれた腹巻きだからと、一度も洗濯させなかったらしいよ。シラミもわくだろうよ、気持ちのいい眺めじゃないが草男さん、何か壮絶な感動にうたれたよ、といった。聞いていて僕も粛然とした。オヤジを淋しい人だと評したのは、このことだ。ごくどうの末の一人ぼっち、と他人はいうだろうが、娘に感じる不便をオヤジにも感じる。息子が腹巻きを贈ってくれた、と途方もない喜びだったようだ。草男が草男がといって、親類中にみせていたらしい。年老いて気も弱くなっていたのだろう、それにしてもそれがオヤジの心のよりどころだったようだ。死者になるまでオヤジに付き合ってくれたシラミたちに、息子として礼をいいたい心境だ、目のみえない奴らの現実的な撤退にも、オヤジはもう微動もしない。

僕は息子が生まれてから、オヤジの僕に対する思いが少しずつ、判ってくるような気がする、娘とは違うよ、娘も息子も、僕と彼らをつなぐ臍の緒はない。いつか君が、これ——ちゃんの臍の緒、と紅白のみずひきをしめた包みを、彼にみせていたね、あのとき、父親には子につながりを示せる物はなにもないな、とちょっと淋しかった、あれは彼の臍の緒であり君の肉体の一部でもあるのだから。男は母親にしかつながらないんだよ、一代きりってとこかな。だから、同じ性として僕の終えた人生のその先を生きてくれる者、唯一のつながりにすがる。娘はより多く、母親を生きるのだろう。父親とは完全に切れている。

相変わらず寝苦しいK市の夜だ、納骨を済ませたら帰る。

二伸、オヤジとの今生の別れは、小学校の校庭を眺めながら話しあったあの夜に、済ませていたのだ、臨終にはこんでもええ、これがオヤジの、家を明け渡すあの晩、僕にいった言葉だった、校庭の闇を見据えて、大きな両手を正座した膝頭においていたオヤジの姿は、印象に強い。オフクロをはじめ親類の者たちは、危篤を知らせても戻らなかった僕を非難している。オヤジは判ってくれている。それでいいんだよ、白状すると、人の臨終は僕は怖いんだよ、それに随分とみてきたからね。

原稿用紙十四、五枚の、厚い手紙でした。草男の父親の体に巣喰っていたシラミの退散は、自然界に生きる者同士の、順送りのわきまえなのでしょう。温かい血液にあずかって生命を保ってきた者たちは、生体が滅びたときにそこを去る。摂理に従って次のものたちの手に死者をゆだねる。微細な昆虫の撤退は死者を大地に還す儀式です。幾段階も生者たちの手をかりて、死者は地に還っていくのです。自然の儀式に身をまかせられた草男の父親は、大往生でした。

中央線沿線のアパートから数えて四つめの住居は、快適でした。生垣で境界線をつけた一軒家です。銀波のさざめきは庭木の陰にまで及び、なつこの息子は、小学校低学年の生活を楽しんでいました。六人家族です。家族は、草男の娘となつこの妹のほかにあと一人、ささの娘が増えていました。ささの娘は中学校受験のために、K市から出てきたのです。ささの希望で、海辺の街に近い私立中学校を受験するという。健康がすぐれないささは、草男に受験の手続き、付き添いを任せて、娘一人を上京させる。入学が許されれば、なつこたちの家から通学させるという。月謝は誰が負担するのか、食費はどうなるのか、細かい事情を、娘を預かる前になつこは聞く。そりゃあ彼女の父親か母親だろう、と草男が答える。父親は誰で、何処にいるのか。知らんねえ、そんなこと、ささが知ってるんじゃないの、と草男は不機嫌になる。ささは結核で、肋骨を何本か切り取ったようです。父親の所在が不明なら、月謝は母親のささが出すことになる。ささは働ける肉体ではないのです。なつこたちの家に金銭の余裕は相変わらずなく、それよりも、ささにつながるものを、なつこは家庭に持ち込みたくない。

ささの娘は私立中学校に入学し、なつこたちの家から通学をはじめました。素直な娘で、草男の娘と気があう。なつこは三十歳を過ぎたばかりで、高校生の娘と中学生の娘の母親代わりです。過労が積もって、夕食の買い物に出て街中で目まいを起こしました。その日から二ヵ月、寝たり起きたりの日が続きました。被爆者のいわゆるブラブラ病です。家事が気になって起き上がると、家が回転木馬のように廻りはじめる。大学病院で血液検査を受ける、被爆時の爆心地からの距離を医師は訊ね、気楽に生きることですね、と確かな手当の指示はない。血液だけが常人より薄い、判明するのはいつもこれだけです。医者も、特別に患っている箇所が見出せないから、おいしいものを食べて休養をとってください、としか診断の仕様がない。健康な他者がみればブラブラ病です。二ヵ月の間、掃除も洗濯も、なつこの妹と草男の娘が受けもってくれました。

勤めや学校に家人が出かけた後、一人きりの家で過去をふり返ってみると、結婚して十年、草男が約束した十年が経っていました。

ささの娘が中学二年に進学し、その春休みに、ささは死にました。五十歳になるかならない年齢でした。草男は、葬儀には出席しませんでした。なつこは干渉しない。父親の死で、草男の心中が判ったからです。草男の行動は、草男の心を測る材料にはならないのです。ささの死に対する草男の沈黙を、なつこは推量するだけです。草男とささの仲も、いまは推測するだけ。ささは手紙で、草男との関係をなつこに告げて、墓に入っていった。草男とささ、なつこの間で問題は糺しようもなく乱れているのに、事実は何も判らない。三人が話しあったこともない。草男はそして認めない。なつこは不明は不明のままにして、ささの言い分、草男の言い分の上に坐って、これから先をずるく生きることにしました。草男が口癖にいう、何が最も大切か、君の希む第一義は何か、これらの言葉にもいまは目をつぶる。なつこには独り立ち出来る才能も収入もないのです。

草男の娘は高校を卒業すると、すぐに嫁ぎ、ささの娘は高校生になりました。なつこの妹も結婚して、家を出ていった。病気ばかりしているなつこに、おばさん白い唇して年寄りみたい、とささの娘はいって薄笑いを浮かべるようになりました。十六、七歳の娘とは思えない淀んだ笑い。なぜ笑うの、となつこは聞いてみました。ささが、草男となつこをみくらべて笑う表情に、似ていたからです。笑ってなんかいません、とささの娘が否定する。笑ったわ、あなたおかあさんに似てきた、なつこがいう。

母になんか似ていません、母に似た笑いってどんな笑いですか、ささの娘は、いつになく反抗的です。なつこはゆっくり考えて、そう、知らないのはあなただけよっていう。

なつこがいうと、友だちのボーイフレンドを、たとえばわたしが密かにとったとき？　とささの娘が聞く。ささの娘の笑いは、その通りでした。

おかあさんに似るのいや、となつこは聞きました。ささの娘は答えない。じゃあおとうさんに似たい？　ささの娘が、なつこをみました。知っているんですかおばさん、わたしの父親を。なつこが首をふる。知らないでしょう、知っているのは死んだかあさんだけ、父はとっくに死んだんですって、お月謝だけ毎月あの世から送ってくるの、まるで足ながおじさん。薄笑いを続けた表情で、ささの娘がいいました。そういう笑い方はやめたほうがいい、なつこはいいました。娘は娘らしく大きな声で笑いなさい、なつこはいいました。

四度目の家に、なつこたちはもっとも長く住みました。家主が家を売ることになり、転々と移り住んだあげく、谷間に家を建てることにしたのです。

谷間の西の山は三、四十メートルの山です。東の山に較べると、胸元の高さ。灌木が多く、全体に蔓がからんでいる。むかしは谷間の住人たちの、共同の茅場だったそうです。家々の屋根が瓦に変わると、茅場は不用になり、雑草は茂り放題。茅にも灌木にも蔓がからんで、風が吹くと山全体が揺れる。木々の間を風は吹き抜けることが出来ず、山はむれて、爽やかさを失っている。

なつこの家の濡れ縁の近くに、池があります。草男と息子が、裏の家の主人の指導で造った、赤レンガの池です。素人の池造りは水洩れがつきものです。赤レンガをコンクリートでつなぎ合わせ、乾くのを待って水を張る。あく抜きと、水洩れを調べて改めて水を張り、草男は金魚と鯉を買ってきて放した。金魚と鯉は、一つの池で飼ってはならない魚だといいます。金魚は淀み水でも生きるが、鯉は水が清くなければならない。水温も違い、どっちかの菌がどっちかの鱗のなかにもぐって、一方が死滅する。それとは知らず草男は、金魚と鯉をそれぞれ七、八匹、放ちました。原稿書きに疲れると庭におりて、水を汲み出す。白い点状の寄生虫をみつけると、網ですくってヨードチンキを塗る。ときには夕闇迫る池の端で、背骨の浮く背をまるめて、狭い水面をみている。草男の伏せた顔には思考の色はなく、水面をみているだけ。いつものことです。対象物に目をあてながら、草男は常に他のことを考えている。二重にも三重にも表情は思考をおおい隠している。

鯉は次々に死に、金魚が残りました。金魚は小鯛ほどに太り、網ですくって眺めると、吐気がする。それでもどれだけ太ったか、飼育者の草男の留守に、なつこは網ですくってみる。醜怪に育っていく金魚の姿は、刺激的でもありました。草男が去ってから金魚も死んで、草男が買ってきた金魚は、一匹になりました。

大雨に流された金魚もいます。流れ出て、庭の泥水の溜まりではねている金魚を、なつこは窓の内から眺めていたことがあります。草男が谷間の家を去る一年前、山崩れがあった日です。現在家に残っている一匹の金魚は、大雨にも流れず、西の山に住むイタチにも嚙まれず、辛抱強く池の底に隠れていた和金。頭の上と一つ尾のひれの付け根に、白い軟骨状の瘤が出来ている。枯葉に埋まった池の底を、お岩のような顔をして、悠々と泳いでいる。瘤は寄生虫でしょう、だが太って元気です。なつこは、さすがに網ですくってみる気にはならない。工事が進めば、池は埋められる。病んだ金魚はどうするか。ガラス水槽に泳がせて、観賞出来る姿ではありません。さりとて池ともども、高速道路の下に埋めてしまうのは、可哀相すぎる。

なつこは金魚を、西の山際の小川に、放つことに決めました。いつか再び大雨が降る日を待って、金魚を放つ。金魚は、海に流れ込む街の川に出るでしょう。大雨の日に流された丸太ん棒の橋の下流に、山間の小川にしては深い淀みがある。淀みに金魚が泳いでいたのを、なつこの息子はみたといいます。鰻も一匹、高校生だった息子がみつけました。これは東の山側の小川で。処々水枯れして川床に草が生えている小川を、鰻は腹ばいで登ってきたのでしょうか。谷間は大騒ぎになりました。

原稿を書いていた草男も出ていって、谷間の住人たちのあれこれの臆測に、なるほどそういう事かも知れませんな、と頷く。谷間の七軒の家で、鰻を飼っている者はいない。海に続く街の川から登ってきたとしか、考えられない。胴廻り五、六センチの、たくましい鰻でした。鰻の逆をたどれば、金魚は街の川に出るはずです。しかし大雨が降らなければ、それまで。金魚には流れが必要ですから。

谷間の家が完成したのは、なつこの息子が中学校三年生の冬休みでした。夕方、山颪(やまおろし)の強風が吹き抜ける二階のベランダに立って、これが僕の部屋？　と息子は叫びました。庭にいた草男は、どうだね気分は、と聞く。上等だよ、と答え、突然、窓にガラスがないよ、と大声をあげました。光ってんだろう、よくみろよ、と草男。親子のやりとりを台所で聞いていたなつこは、二階に駈け上がる。草男もくる。木枠だけの窓が、東の山に向かって立ててある。ガラス屋がはめ忘れたらしい。草男は窓枠から首を出して、東の山の急斜面に感歎し、君がガラス屋に電話し給え、と息子の肩を叩きました。

一家が新しい家に移ったのは、一九六七年の十二月三十一日。草男が五十八歳と四ヵ月、新年は谷間の家で、と大工を急がせて早々の入居でした。

元旦の朝は、積み上げた荷物に埋もれて雑煮を祝いました。おせち料理も屠蘇もない。寝床が敷ける空間を居間につくって、雑魚寝したのが、白々と谷に靄がかかりはじめた朝。目覚めると、太陽は東と西の山にはさまれた青空に、輝いていました。家中の雨戸を開けた草男は庭先にまとめて捨ててある新聞紙と段ボールを、原っぱに運びはじめる。原っぱは家の前にあり、家が建っている地面より一メートルばかり低くなっています。原っぱには冬枯れの草が残り、山陰になった枯れ草の先に、霜が光っている。

草男はマッチをすり、まるめた新聞紙に火をつけました。茶碗などを包んできた新聞紙です。草に燃え移りますよ、濡れ縁からなつこが声をかける。

茅場の茅も蔓も小麦色に枯れて、一たん火がつけば、山は忽ち火の海でしょう。谷間は風の道でもある。家の建築中、板をもって二階に上がった棟梁が、板もろとも庭へ吹き落とされたぐらいです。

大丈夫だよ、と草男。隣家の主人が、玄関から出てきました。なつこたちの話を聞いていて、危険を感じたらしい。山が乾燥してますからね、と新年の挨拶もそこそこに、草男にいう。草男は、おっしゃる通りですなあ、と相槌をうつ。なつこはバケツに水を汲み、庭に出ました。マッチの火が新聞紙に燃え移り、炎は風にのって、一気に草男の背丈ほどに伸びました。さすがに草男は慌てて、炎から離れる。スコップを取りに大股で走る。アメリカ軍が野戦で使う、柄が取りはずせる短いスコップです。街の古道具屋でみつけたのです。

隣家の主人は和製スコップを手に走って炎の輪の外に立ち、有無をいわさず燃える草に土をかける。火の走りは予想外に早い。枯れた草の葉先から葉先へ飛んで、八方に広がっていく。ドミノ倒しをみているようです。草男はゴム底のサンダルで燃える草を踏みつけ、スコップの背で叩く。水を、なつこはかける。大もとの火を消した隣りの主人は、飛び火して燃えていく草を追って、スコップの背で叩いて歩く。

火は消えました。隣りの主人は無言で家に入る。茅場の山へ火が延びなかったのが、さいわいだった。なつこがそういうと、騒ぐことはないんだよ、と草男はいいました。山火事になるところだった、なつこの言葉に草男は、だから付いて、みていたのだからね、危険だと判断したら燃しゃあしません。

草から草へ広がっていく火のなかに立ってスコップをふるう草男は、素戔嗚尊のようにみえました。草男は、濡れた原っぱに穴を掘り出しました。焼け残った紙屑と段ボールを、今度は穴のなかで燃すつもりらしい。気にして、隣家の主人は玄関を出たり入ったりしている。また燃すのですか、なつこが聞く。心配いりません、燃えるべき範囲の草は燃えてしまったのだから、と草男。

瞬間に燃えた原っぱの広さは、十畳間以上の広さ。丈の短い枯草だから十畳で済んだ。風が吹いていますよ、紙が舞い上がります、予測出来ない谷の風向きを心配して、なつこがやめさせようとする。草男は、眼鏡の奥の光る目で笑って、ああ気をつけましょう、と答えてマッチをする。草男が掘った穴は浅く、穴の縁で紫煙を上げて崩れていく段ボールを、なつこはみていました。段ボールは八百屋からもらって、引っ越しのために集めていた大小五十個ばかり。トラック一台と、小型トラック一台分の引っ越し荷物から出された、段ボールの箱です。食器と、ささの死後にK市から運んだ草男の蔵書が、詰めてあった。本は箱に詰めたままですが、いずれその段ボールも草男は燃やすでしょう。止めても、決めたら譲らない草男です。ぬらりぬらりと同調しながら、意志は曲げない。

家が完成したとき、草男も嬉し気でした。わたしたちの家、となつこがいうと、ペンキの匂いが残る部屋を見まわしながら、しかし君は知らないが、家をもつということは何とやっかいなんだよ、といいました。なつこは肩すかしを喰った気がして、家を建てるとき賛成したではないか、と訊ねました。

そんなことは誰もいっちゃあいません。君が考えているほど定住は理想郷ではないって意味でね、物理的にも精神的にもしばられるし、借家住まいが一番です。

なつこはいつもこうして、はぐらかされる思いに落ちるのです。話しあい、ああそうしよう、と諒解しながらのぞかせる不満。

一家はささの娘を加えた四人。ささの娘は大学に進学しました。高校を卒業した春に、草男が見合いをすすめると、結婚はしませんといい切って、なつこたちの家を出ていきました。東京で下宿生活をはじめる。大学一年の終わりごろでしたか。結婚して十数年ぶりの、草男となつこたち親子の生活でした。

谷間に雨が降り続きました。それから降り続いた梅雨の後の集中豪雨。その朝大雨のなかを、なつこの息子は大学へ出かけていきました。草男は出張で、二日前から留守。留守を知って、ささの娘が遊びにきていました。ささの娘は大学を卒業して、アルバイトをしながら気ままな生活。

雨は夜が白むとともに強くなり、谷間は滝のなかにあるよう。木の幹や葉を叩く雨のはね返しが霧状に散って、東の山と西の山は、ゆげをあげているようにみえます。原っぱも一面の雨しぶき。庭に降る雨は西の山際の小川へ、小石を転がしながら流れ落ちていく。池と庭の見境もなくなってきている。一枚岩の斜面は、泥水の大滝です。岩幅一杯に濁流を広げて、地面を叩く水音が響いてくる。一人で部屋にいるのが怖く、なつこは、まだ眠っているささの娘を階下から大声で呼びました。雨の音で声は消されて聞こえない様子。九時を過ぎたころ雨雲が切れて、谷間は見る間に快晴になっていきました。大雨の後の青空は鮮やかです。湿気た部屋の空気を入れ替えたく、なつこは雨戸を開ける。二階の雨戸を開けるために、階段を上がっていく。なつこの息子の部屋の雨戸を開けようと、東側の窓に手をかけたときです。どど、どう、と鈍い地鳴りがしました。低い音だが、下腹に応える力ある音。地震よ、なつこは隣りの部屋のささの娘に声をかけて、雨戸を開けました。窓のまっ正面の、山の斜面がずるずる動いている。上から下へ、樹木と草は山に生えた直立の状態で、ゆっくりずれ落ちてくる。頂の松が徐々に傾き、桜の木がかしぎ、下草はゆさゆさ揺れながら、巨大な、山水画の敷物を引きずりおろすように、落ちてくる。

中腹まで緩慢に滑り落ちていた木々は、それから一瞬の間に、大音響をあげて裾野まで崩れ落ちました。頂の松は一回転して根は空に広がり、桜の艶やかな枝葉は泥流に巻き込まれて横倒しになる。大きな岩が、とんとん弾みをつけて転がり落ちてくる。山崩れです。崩れた岩と泥土と木々は、乗用車が三台駐車出来た空地を埋めて、小山を築いてしまいました。小山も埋まって泥の山。隣家の庭も泥土の山です。二秒、山肌が滑り落ちるのにかかったでしょうか。山崩れの前半は、スローモーション撮影の映画を観ているようでした。後半は早廻し。かしぎ、揺れ、倒れ、松が一回転する、一木一草のコマ取りが出来る前半の明瞭な緩慢さ、その後は、巻き取ったフィルムが突然切れて、狂気のごと映像が画面を走っていく素早さ。

　ささの娘となつこは手を握りあって、窓辺に立っていました。二十三、四歳になった、相変わらず髪の赤い娘です。まなこも薄茶で、ときどき視線を感じてふり返ると、目をそらす。

すごい、とささの娘は震える声でいいました。山崩れで崩れ落ちた泥は、谷間の住人に処理出来る量ではありませんでした。誰かが電話をかけたようで、消防署の車が駈けつける。谷の入口に停まって、赤いランプを廻した警察の車もくる。入口から先は落石が散らばって、谷に入ってこられない。泥の山に埋まりながら、消防署の人たちが近づいてくる。出勤を見合わせていた男たちが出て、泥を、スコップでよけはじめました。東の山裾に沿って道を通さなければ、住人たちは谷を出ることが出来ません。二次災害が起きれば、谷間の人は逃げる場所がない。三十人ばかりの男たちが夕刻までかかって、細い道を通しました。近所の主婦たちと、なつこは茶の接待をする。晴れた空から、雨がぱらぱらっと降ってくる。気まぐれな雨の間も、男たちは作業を続ける。泥はなつこの家の前の原っぱに移されて、粘土質の水で光った小山が作られていきました。

男たちの作業が終わった夕方、なつことささの娘は、非常用に握ったおにぎりを食べていました。出窓に坐って、崩れた赤い山肌を見上げて食べている。不慮の出来ごとは、人の心を寄り添わせるもののようです。二人は話しはしないが、心が通じあっている安堵感がある。

滝がなくなっちゃった、ささの娘がいいました。なつこも頷く。一枚岩は、岩と木と泥の下。元に戻るかしら、とささの娘。疵ついた自然はほこりっぽく、なかなか回復しない。なつこがそう答えると、ささの娘は、食べていた手を止めて、おばさん、となつこを呼びました。なつこは食べながら、なに、と小さい顔をみる。ささの娘は掠れた声で、あの人大嫌いよ、といいました。草男のことでした。突然どうして、となつこは訊ねました。

知っている、おばさん、とささの娘は、なつこの目をみつめる。なつこは何事かわからず、首を振る。

あの人は男よ、嫌いよ。

なつこは指先についためし粒を一粒一粒丁寧に拾いながら、ささの娘の、次の言葉を待ちました。伯父でもない父親でもない。落ち着いたささの娘の答えでした。

おとこ、ってことね、となつこは低い声でいいました。おじさんでもとうさんでもない。しかし伯父であるのは確かです。父親でないことも確かです。少なくも戸籍上では。ささの娘はしかし、父親と思ってすべて相談するように、ささの遺言でいわれている。ささの娘も中学生のころは、草男と風呂に入ったりして甘えていました。なつこは、草男とあなたが男と女の関係にあったということか、と率直に聞きました。ささの娘はこっくりをしました。しかしいつ、どの家で。谷間の家で？

高校生のころ、とささの娘が答える。

なつこは思い当たりました。いつかなつこにみせたささの娘の薄笑い。あのときです、おや？となつこの心にひっかかった笑いは、ささの娘が譬えた話のように、友だちのボーイフレンドを密かにとった者の、相手への憐憫の笑い、嘲笑と勝者の笑いでした。しかしどうしてささの娘は、誇らし気に笑ったのでしょう。妻のつもりでいる女の、気づかない滑稽を笑ったのでしょうか、家庭家族を後生大事に生きているなつこを、でしょうか。そしてあの時、ささの娘にとって草男は、友だちからとったボーイフレンド、だったのでしょうか。

ささの娘がなお話そうとする口を、なつこは、もういい、と抑え、恋人はいるのか、と聞きました。結婚なんかしません、恋人もいりません、ささの娘はいいました。もし将来好きな男性が現れても、その人に打ち明けてはいけない、なつこはささの娘にいいました。娘は笑って、はい、と答え、ほんとうに結婚はしたくない、考えると気が狂いそう、といいました。

日が暮れないうちに、ささの娘は帰っていきました。泥山の間を帰っていく姿を目で追いながら、ほんとうだろうか、なつこははじめて思いました。そして、ささの娘から話されたとき、草男ならやりかねない、と即座に認めた自分を、なつこは考えていました。内容の衝撃も草男に対する嫌悪も思い至らず、ましてささの娘への嫉妬心も起こらず、夏の夜の、大雨の後の湿気のなかに身をおいていました。

ささの娘と入れ代わりに、なつこの息子が帰ってきました。どうしたの山、と斜面をみて驚いている。なつこは自分の子供が男の子であったのを、しみじみ感謝しました。ささといいささの娘といい、仮に噂話であったとしてもたび重なると、なつこの不安は、子供が娘であるならそっちへ向かうでしょう。ささの娘から話を聞いた以上、もしなつこの子供が娘であったら、その日から疑心暗鬼の苦しみになる。

話は、生涯口にするまい。草男に事実を問うのもやめよう。なつこは妻です。そこまで堕せない妻の誇りはあります。離婚は、なつこの誇りを守る唯一の残された道でした。

もっと早く、なつこは離婚に踏み切るべきだったのかもしれません。ささや、ささの母親から手紙を再三もらった時点に。決心する決め手がなかったのです。ささの娘の話だって曖昧です。だが、曖昧のままでいいのです。なつこが信じるなつこの生き方をこれから先、生きるだけです。草男に食べさせてもらうのは、もうやめよう、なつこは決めました。

自活の目安がつくまで、なつこは草男との生活は続けることにしました。家事は従来通り受け持ち、なつこは一人で階下で寝る。

だが何という結婚の矛盾でしょう。別れても草男の生活は安泰なのです。掃除、洗濯、食事などが不自由になるくらいで、生活の基礎は微動もしない。家事を受け持ち、家庭経済を維持してきたなつこは、夫と別れれば、そのときから食べていけなくなる。家庭にあって家事を守ることで、外に出て収入を得てくる夫と対等、結婚をそう考えて生きてきた妻のなつこは、扶養家族にすぎず、過去の年月は一文の金銭も産み出さない。意見さえ、経済力がなければ認められないのです。

なつこは仕事を探しました。新聞広告の求人欄をみて、年齢を偽って履歴書を渡す。断られても悲しみはない。なつこも草男に従って、他者へ期待しなくなっていました。しかし利用することも覚えて、草男の許から平静に、次の面接の場へ出かけていく。

草男には、なつこが仕事を探す理由、階下の部屋にこもってしまう突然の変化が、理解出来ないようでした。日頃から喜怒哀楽の激しいなつこなので、いつもの悪天候と、天気待ちの様子。訊ねることもせず、時折り、新聞記事を読みながら、独り言をいう。

新聞の三面記事は、暴行殺人事件で賑わっていました。それも一人で複数の殺人と暴行。夕食後のコーヒーを飲みながら新聞を読んでいた草男が、世の中はひどいね、と呟きました。十二、三歳の少女を暴行した中年男が、騒がれて少女を殺し、山に埋めた事件です。草男は読みあげて、こういう男がいるんだなあ、と感想をのべる。草男の一言は、山崩れ以来沈黙を続けていたなつこの我慢を、爆発させました。

やめてくれとなつこは叫びました。驚いて新聞をおいた草男は、なにを怒っているのかと聞く。新聞記事の男を、草男に批判出来るのか、資格があるのですか、となつこがいう。矢継ぎ早な非難に、僕にどんな資格がいるの、と草男が問いました。なつこは、ささの娘から聞いた話を口早に話しました。事実はどうであってもいい、人としての基準は何処にあるのか、正気なのか教えてください、一方的に責めるなつこに、草男も両のこぶしを膝において、小刻みに震えている。草男は幼児のころの寺巡りの習慣で、正座しか出来ないのです。ゆかたの膝頭を揃えて、なにをいうのかね君は、と草男。なつこはささの娘の話を繰り返し、正気なのか狂気なのか、せめて草男が狂っているのならなつこは救われる、といいました。

あきれたね、草男は吐き捨てるようにいい、なにもやっちゃあいません、僕は正気です、過去においても現在においても。

めったなことでは声を荒げない草男も、狂気か正気かの質問は侮辱です。社会を評し経済を論じ、それが企業者に認められている立場にある草男です。鋭く、正気であらねばならないのです。なつこの追及は陰湿です。追及は草男の母親の手紙にまで遡り、問う。草男は、まだ君の話を聞いていないといけないかね、と唇をゆがめ、君の期待に添うようゆっくり考えてみよう。しかしもう終わりだね、これ以上君と生活を続ける意味はない、飼っている必要もない、別れよう、といいました。

それから一年が経ちました。草男は谷間の家を出ていきました。一年間待ったのは、二人の心の何処かに、やり直せるならと期待があったのかもしれない。二十幾年かの年月は、たやすく崩せるものではない。しかし草男の否定にもかかわらず、なつこが考える事実と、なつこの道徳観のようなもの、真実をあくまで求め、それに忠実に生きたいと思うのなら、別れるしかないのです。相手を責める必要はないのです。ひたすら己に忠実でありさえすればいい。真実とは手前勝手なものです。

一九七九年八月Y日

谷に涼風が吹いて、快晴です。ショベルカーとブルドーザーのモーターのうなりが、頭上から降ってきます。立木が押し倒され、幹が裂けてきしむ音。命令、注意しあう作業員たちの声も入れ混ざって、小鳥のさえずりしかなかった頭上の空気を、乱しています。なつこは段ボールの箱を出して、本や手紙の整理を続けている。手紙類のなかに、茶封筒に入った厚い手紙がある。内容は読まなくともわかっている。草男が家を出ていった後、書斎の、出窓の棚におかれていた手紙です。見馴れた、線ののびやかな草男の文字です。書き出しに、別れにこれを記します、とありました。

君も承知の通り、明日この家を出る。僕の荷物、といっても机と若干の本と君が整理してくれた衣類、愛用の大ぶりの座布団、それに新品の一人寝の布団など、これらの荷物は会社のEが運んでくれる。彼の家は運送屋だから、ダットサンをもってきてくれるそうだ。僕の所有財産はこれに積める。

そして万事、事は順調のようだ。明日のこともそれ以後のことも一切心配いらない。もっとも、もう別れたのだからこんな事は断る要もないのだが。

君との生活は二十三、四年、四十二歳で結婚して六十過ぎての離別、僕の人生にとって単純な年月ではなかった。いや、判っている。君にとっても長い年月だった事ぐらい理解しているつもりだ。だが僕たちの二十余年は、何だったのだろうね。いつか僕は、君との結婚生活は被爆者との生活に他ならなかったといった。お互いに感情的であったにせよ、あの言葉は恥じている。僕も馬鹿な男だ、破滅を充分に知りながら決定的な追い討ちを君の魂に切り込んだのだから。しかし全くの虚偽ではない。僕も君の八月九日に汚染されてしまっている。特に僕の息子を通じてね。僕も人の子の親だから、九日への関心も心配も君に劣らないつもりだ。もうずっと以前だが君と南風崎で逢ったね、あのとき僕は被爆者をはじめてみたのだが、ああこの娘も近いうちに死ぬ、そう思ってみていた。なぜなら僕が上海で、中国人記者たちから集めた――なぜか知らんが、彼らはアメリカ側のニュースにも詳しかった――六日九日に関するニュースは、被爆者たちの被爆後の死であり、海軍が重視して研究材料にしていたのも、その後の死と遺伝子の問題だったからね。君同様、息子をみるたびに思い出す不安だった。そういうとき僕は、僕の健康な家系を信じて、そのなかに逃避した。僕の肉体は結核菌でぼろぼろだが、先祖代々の五体は頑健だ。オヤジをみてもわかるだろう。少なくも人為的な疵は受けていない。南風崎で君をみたとき、この娘を救ってやろう、被爆者の暗さとでもいうのだろうか、鉛色の目をしている君を何とかしたかった。結婚後も、被爆者以外の君を見つけ出そうとした。しかし思い上がりだった、いつか君は、あなたも被爆してみるといいといったね、その通りだ、僕には被爆者の恐怖はわからんよ。誰でも死ぬ、被爆者だけではない、そうだ六日九日の怖さは子供らに、子孫につながっていく不幸だろう。また怒りをかうだろうがこれも杞憂かもしれない。

君はよく夢をみてうなされていた。どんな夢をみたのか訊ねると、原爆の夢をみたと答える、原爆の夢とはどのような夢なのか、具体的に死者が出てくるのか、炎に追われていたのか、僕も曖昧は嫌いだ、執拗に訊ねる。解きほぐせる悪夢なら、そうしたいとも思った。君は、わからないと首をふる。ぼんやりそう感じるのだ、と。感ずる原因はあるだろう。君は考えて、大きななめくじを踏みつぶすと粘液とも肉とも区別のつかない塊になる、あのてらっと光ったものが脳膜をおおっているのだ、いつもそうだ、そして目が覚め、原爆の夢をみたと思うのだ、と君はいった。物の像は何もない。

そんな夢があるのだろうか、それとも物の像をとる夢は、まだまだ底の浅い潜在なのだろうか。幾夜も同じ状態を繰り返しているうちに、僕は、被爆者ではない君を見つける努力を、やめた。君自身で解決するより仕方がない。やはり九日であるようだ。しかし、これも余計な事だが、君が今後誰か他の男と結婚するなら、あまり八月九日の「過去」を気にしない事だ。いつもいっているように、既に在るのだ。僕たちは生きるしかない。なぜ生きるか、そんな贅沢な話ではない、いかに生きていくか、それだけだ、九日に逃げ込むな。たとえ君が恐怖する原爆投下の日がこの瞬間に起きようと、切実にそのときまで生きるだけだ。それが八月九日をもつ君の、意味でもあるのだろう?

君との生活は悲喜こもごもだったよ、だが結末が離婚で終わるとは今日の今日まで考えなかった、まして君が僕を裏切るなど思いもしない事だった。その点僕は君を信じていた甘い男だ——。僕が君の裏切りを責めたとき君は嘲笑して、あなたに人を責める資格があるのか、といった。わたしはなにもしちゃあいません、ともいった。僕の口調を真似して、ナニモシチャアイマセンとね。あの君の表情をみた瞬間、ああ終わった、と残念ながら二人の生活のピリオドを僕は心に打ったよ。

なんにもしちゃあいない、そうかもしれない、僕が何もしていないという程度の真実があることを君の言葉にも信じよう。互いの疑念を加算しての真実だ、最後だから僕の弁明も聞き給え。

君が信じてやまないささと、ささの娘の事件——もっとも君一流の独断だが——以後君は、誰とも知れない男と数度にわたって家をあけたね、いかに君が否定しても僕には信じられなかった、しかしこの事はもういい。もしも愛というものが小説や宗教書に書かれているように、人類が唯一もち得る崇高で、許す種類のものなら、僕もいまは君の不倫を——黴臭い言葉だが、想念として僕の内に生々しい——許す事にする。だが所詮、その程度の信頼度だったようだ。この期に及んで藪の中を君と演ずる気はさらにない。もう疲れたよ、二度も結婚生活に失敗した男だ、どこか人格的に欠落した部分があるのだろう。生い立ちの家庭にあるのか僕自身の芯に虫喰いの空洞があるのか、ゆっくり考えてみることにしよう。君にいくら責められても僕には答えようのない事ばかりだからね。救いは子供が育った事だ、君と僕の子にしては彼は上出来だよ。今回の僕らの離婚に対してもっとも大人で正確な結論を自身に下したのは彼だ。これには驚いた。僕はこの家で育ったのだからこの家に残る、おたくたちのどっちがこの家に残ろうと僕には関係ない、この言葉を息子から聞いたとき僕は、そうか、と首を垂れるよりなかった。彼としてはあれしか表現の仕様がなかったのだろうが、立派に育ったことを感謝するとともに、あれまでに追い詰めた親として済まなく思っている。苦汁は生涯忘れまい。育った家に残る、と両親のどっちも選ばなかった彼の気持ちを大切にしよう。親としてこれは最後の義務だ。必然的に家に残る君と暮らすことになるが、よろしく頼む。

さてまだ答えていない問題があった。君はあの夜、あなたが考えている道徳、いや人の道の最低線でよいから教えてくれと迫った。あなたは正気ですかそれとも精神障害者ですか、いっそ狂っているのならわたしは救われます、といった、こんな事を夫に問わねばならない妻の屈辱をお考えになったことがありますか、と。

どう答えれば君は満足したのだろうね、僕は狂っているよ？　言葉で気が済むのならいくらでも言おう。屈辱、と妻の立場を歎く君同様に、精神構造を確かめられる夫の屈辱も甘受するよ。だが僕が我慢ならないのは言葉ではない、君がとった報復だよ。長い結婚生活と歳月の長さを認めながら君は少しも僕を理解しちゃあいない。君が考えているほどいい加減な男でもない。君が僕との結婚生活に懐疑的になっているのは無理ないことと思う。結婚当初からささの手紙と僕の母親の中傷で混乱したろう、僕は僕なりに努力して、君が希望したようにささと母親に、くだらん手紙は書かないように再度忠告した。無駄なのだよあの二人には。事実を君に問われれば僕はあくまでも否定する、それしか真実はない。こんなくだらない中傷で壊れた結婚は、しかし本当に何だったのだろう。僕の屈辱はこの点だ、二人の生活の破滅もいい、褒めた事ではないが君の浮気もよしとしよう。しかし根元的であって欲しかった、君自身の、僕が君にも希んだ「第一義」というやつだ。しっかり立っていて欲しかった。

君が聞く道徳の最低線に該当するかどうか知らんが、今日までの僕の心情らしきものを書こう。それも声高に言えるほど立派な事柄ではないし、行動出来たかどうかは疑問点多々だ、それはそれだ、しかし。

僕が新聞記者として中国、特に上海を基点にして特派されていた過去は知ってのとおりだ。それまで国外に出た経験のない僕は、上海に渡ってはじめて国際的な目が開かれたといっていい。知識として書物から得ていたつもりだが、所詮は他人の目で、私のものではない。たとえば今日、問題にしつつある中国残留孤児の、悲劇のおおもとをなしている日本人満州移民の問題。満州移民に至るまでの昭和五年から十一年に亙る国内情勢は惨憺たる状況にあった。政治と軍部の結託によって都会と農村の富有階級は富と権力を加え、他方、小作人や都会の労働者はいっそう貧困に落ちる状況にあった。これらのなかで起きたのが時代を助長する神兵隊事件であり二・二六事件といっていい。ともに失敗に終わったのも歴史の記するところで、反乱軍と称される大多数はその罰として対ソ防衛のために中国北東部の関東軍に配置転換された。青年将校による国内の武力革命は失敗に終わったが、新しい任地の満州で、日本の貧困な小作人や労働者たちに広大な土地を与えて、自作農の道を計った。開拓団の募集で集まった農民や貧困者たちには、満州の冷寒地はそれでも天国だったようだ。当時僕は駈け出しの記者だったが、大地主だったオヤジのもとで小作人の困窮状態は熟知していたから、開拓団の移民を、むしろよろこんでいた。いうまでもないが中国にとって一部とはいえ、国土を独占された事になる。そこで大地を耕して生きていた中国農民は土地を失い小作人となったのだ。当然日本国や日本人に敵意をもち抗日的になる。このごく当然の事態も、上海というその地に渡ってみなければ痛感しない相手国の痛みだった。開拓団の日本人農民も土地を追われた中国人も哀れだ。昭和二十年の八月八日ソ連は日ソ中立条約を無視してソ満国境を突破、参戦した。気の毒なのは移民した開拓団の人たちだ。ソ連軍や中国北部にあった中共軍に追われて逃げまどうとき、乳飲み児や幼児は中国人に預けられ、またその地に置き去りにされた。その子らが、中国残留孤児の悲劇を負った人びとである。しかし殺害されることもなく養子などになって生きてきたのは、中国の人の国際的な人間愛なのだろう。これらの戦争で得たのが、私の哲学のようなものだ。大東亜共栄の思想も日本民族を三角形の頂点に据えたアジアの繁栄では、アジア民族の支配が阿片戦争にはじまる侵略から日本帝国主義の侵略に鞍替えされただけだ。日本人が真にアジアの独立と平和を希望するのなら、日本もアジアの各民族と同列に並ぶ共存共栄の思想でなければ意味のないことだよ。

戦争後半から戦後の今日まで、僕の考えの基本はここにある。対等に人を人として信頼し愛する、家族にも家庭のあり方にもそれを望んだ。君が言う道徳が何をさすのか、人のふみ行うべき道、君の好む「正しいこと」そして黒白の鮮明な「善悪」。もとより善とか悪は単純で明快なものだと思う。そう願いたい。しかし多分君の基準から大幅にずれているのだろう僕という男は。だが僕は、君や家族やその他の周辺の人たちに対して、僕以下の者として対した事はない。対等で、相手の自由を尊重したはずだ。そう、もうこれ以上君を飼っている必要はない、あの言葉を私は確かに吐いた。気に障るなら許してくれ、対等に行動してきたつもりが、心の一隅できっと扶養している義務を感じていたのだろう、あるいは時に重荷に。この離婚は二人で出した結論だが、人生の終わりにある僕にとって、どうしようもない苦痛になる。耐える体力と気力が残っているか。肉体と心の安息を願う老人になり下がったようだ、君は播いた種は苅れというだろうね、終始一貫責める事に徹した君は、しかし強い人です。幾度僕は君に向かって、も一度やり直してみないか、と話そうと思ったか。君が哀願とも懇願と思おうともそれもいい。君の目はとりつくしまがなかった——。

考えれば僕が上海から引き揚げてきたころの、オヤジの年代だ、オヤジのほうが立派だったよ僕よりも。しかしそれもこれも終わった。僕たちの結婚は、それほど悪いものじゃなかった、まあいいほうだよ、きっと。

家庭を守れなかった失敗の要因は、思い返してみて僕の対等の意識にあったようだ。君に異論はあるだろう、僕が希望した人間性、平等、自由の思想は極限の状態におかれた人間にのみ通用するのかもしれない。家庭に大黒柱は一本でいい、これはオヤジの持論だった。僕はオヤジの独裁に反発した。離婚を決めた夜、僕はオヤジの主義も傾聴に値いすると思った、がやはり僕にはそうはなれない、そして結婚しようと考える相手も、従うだけの女性では不満のようだ。きっと死ぬまで同じ失敗を繰り返すことだろう。

夜が明けてしまった。谷の入口に霧が流れている、静かな初秋の朝だ。最後かと思うと感傷的にもなる。君も息子もまだ眠っているようだ、この手紙を書いている部屋の窓ガラスに尻の黄色いてんとう虫に似た昆虫が群がって付いている。きのうの昼すぎ、好天の日ざしの窓辺で群れあって乱舞していた虫たちだ。秋の暖かい、少し空気が湿った一日、毎年この虫たちは日中を蚊柱のように飛びかっていたね、彼らにも目的があったのだろうね。

そう、ガラス窓の上の壁に掛けてあるマリア観音の額、これはもらっていく。嬰児を胸にした聖母マリアのお顔を仰ぎみていると、荒んだ心もなごむよ。

一九七四年　秋　　　　　　　　　草男

いい争って、草男が谷間の家を去るまでの一年は、憎悪を沈澱させたようです。なつこの心もいまは平穏。あるがままを認めれば事が過ぎていく、憶測のいらない単純な日々の明け暮れ。

離婚を決めた深夜、草男は息子を書斎に呼びました。両親の気配を察して彼もねむれなかったらしい、声を掛けるとすぐに降りてきて、明日にしてくれませんか、と一言いいました。草男は済まん、とことわり、君には済まないが僕たちは別れることに決めた、君は君の意志で僕と暮らすかかあさんと暮らすか決めてくれ給え、どっちでも僕らは君の結論に口出しはしない、といった。息子は天井を睨んで、おたくたちもう決めたんでしょう、僕はどっちにもつきません、家に残ります、誰がこの家に残ろうとおたくたちの勝手です、そういって二階に上がっていきました。

いやいや、と草男は沈黙の後にいい、三人のうちであいつが一番立派だね、知らぬ間に子供は育つねえ、と顔を俯けました。なつこも目をそらし、それでもなお別れなければならない重大な理由があるのだろうか、と考えました。

なつこの息子は、家に残ったなつこと暮らしています。あれ以後息子は、なつこを、おたく、と呼びます。草男がマンションを買い、谷間の家を出ていく日が決まると、台所にいるなつこの背後に立って、敗者復活戦はないのですか、といいました。誰が敗者で復活するのは誰なのでしょう。

別れる理由を草男は最後まで、なつこの妄想だといいました。潔く妄想に屈しましょう。なつこが怖れながら今日まで生きてきた八月九日の遺伝子の問題、これもなつこの妄想と片付けられるかもしれない。妄想を真実に変える確証は欲しくありません。そしてすべてが曖昧。半世紀近く生きてなつこが悟ったのは、曖昧こそが真実、ということです。曖昧の蓑をかぶった真実の重みは、しかし計り知れません。

　草男の引っ越しの日、ダットサンを運転して部下がやってきました。草男の身のまわり品は、ダットサンに山積みになりました。なつこの息子がマンションまでお供し、助手席に乗る。書斎を一廻り眺めた草男は、じゃあ、と短くなつこに挨拶する。なつこも、じゃあ、と挨拶を返す。

　狭い助手席に息子と並んで坐った草男は、いくかね、と誰にともなくいいました。ダットサンは土煙りをあげて、東の山沿いの道を走っていきます。山崩れから以後土の道は、でこぼこがひどくなっている。ロープをかけた草男の家具が、道のでこぼこにあわせて揺れる。座り机に疵がつかないだろうか。民芸品の座り机は、なつこが臍繰りをはたいて買ったのです。座り机に疵がつかないだろうか。マンションに着く頃合いをみて、ロープで木机がこすれていないかどうか聞こう。布団も、まだ太陽が空に残っているなら十分でいい、ベランダに干して、道中に吸い込んだ埃を叩き出すようにいおう。

　車は、谷間の道から姿を消しました。秋の透明な光のなかに、土埃が浮いていました。

　西の山にもブルドーザーが登りました。東の山の頂上は直線に削り取られ、運動場のようです。朝陽は山が山であったころに較べて、二十分早く、なつこの家の濡れ縁にさすようになりました。

イタチの家もコジュケイの家も土をかけられて、高速道路の下になります。

西の山をねぐらにしていたイタチ、コジュケイは、新しい棲家をみつけたでしょうか。

なつこの家には、まだ草男の表札がかけてあります。谷間に家が建っている期間は、あと一、二年です。家は作業員たちの手で壊され、重油をかけて燃すか、砕いて土の下に埋めてしまうとか。表札も、家の柱や床などと一緒に、埋めるか燃すかしてしまおう、となつこは思います。

なつこは本棚の整理を続けています。表紙の硬い、薄い本があります。古い本で、トキ色の無地の表紙。背表紙の金箔の文字は薄れて、判読出来ません。

頁を開くと「支那言語学概説」。草男に必要な本です。なつこには用のない本の頁を繰って、閉じる。裏表紙を閉じたとき、頁の左上に横書きの文字を見つけました。女性の筆跡で、27 NOV 1940と日付があり、姓名と購入先の地名がある。頭文字をとるとC・M。購入地は中国大陸です。草男が上海から遺骨を抱いて帰った、あのC・Mの本でした。

C・Mの文字は優しい線をしておりました。水気の多いブルーのインクで書かれたペン字は、羽根ペンでしょうか、弾力があって、心温かい人柄のようです。C・Mの文字を指でなぞっているうちに、草男にこの本を返してあげよう、なつこは思いました。草男が本気で愛したのはＣ・Ｍでしょう。Ｃ・Ｍの優しい文字と淡いインクの跡をみていると、そう感じるのです。

なつこはトキ色の本を、茶封筒の手紙が入っている段ボールの箱に仕舞いました。返すのはやめて、家と表札と手紙ともども燃してしまおう、あるいは土に埋める。

百年か二百年の後、高速道路の下に埋まった礎石の付近からＣ・Ｍの本と草男の表札が出てくる。なつこに宛てた草男の手紙も腐蝕して出土する。後世の人たちは、高速道路の下に人家が在った証拠に色めき立ち、生活を実証する草男、なつこ、息子、ささの娘などの遺品をめぐって詮索する。瘤をつけた金魚のミイラも、池の底から現れる。

無尽蔵に掘り出される生活の証拠品から、人びとはなつこたちの家族構成を、どう結びつけ、解決してくれるでしょう。

残照

桂のアメリカ赴任が決まると、桂宛に、彼の父親から頻繁に手紙がくるようになった。封書には、どれにも私信とことわりがある。身許の知れた者同士の手紙に、念入りな指示は愉快なものではない。郵便受けから取り出すたびに、見やしません、と私も断って、桂の机の上におく。桂の母親である私にたてられた相手の壁は、予想外に厚いようだった。

桂の父親と別れて十一、二年が経つ。別れてしまえば赤の他人なのだが、そうもいかないようである。元に戻れない煩わしさが、たがいの胸のなかにささらのようなひっかかりを残していた。私自身、縁の切れた人と忘れて暮らしていながら、二十余年の過去のつながりが顔を出してきて、月並な封書の言葉に神経をとがらすのである。それにもまして、桂の父親が私にいだく感情は、年月とともに濁りを深めているようだった。

桂への手紙は、はじめて外国で生活をし、仕事をはじめようとしている息子へ、国や異国の人に対するこまごました助言や、忠告のようだった。桂の父親は戦前、新聞記者として外地に特派されている。彼にとってもその時代が人生の最盛期で、いまの桂より二、三歳年上になる。三十三、四歳の、まだ多感な年頃の経験を、息子に書き送っているらしい。桂はときどき、読んでごらん、いいこと書いてあるよ、と父親の手紙を差し出した。私は笑って受け取らない。父親と息子の間に介入したくないのである。桂と父親の話をするときにも、私は、第三者として桂の父親を扱っていた。桂は私の感情を意識してか、あるいは文面に素直に感動してか、手紙を省略しながら読んで聞かせる。

外国で生活して一年間は、日本との差異を拾っているだけで充分記事も報告書も書けるってさ、問題はその後で、独自の目をもたなければ物事は慣れのなかに沈んでみえなくなる、君は仕事の標的を決めたまえ、そうしなければ任期の年月は無駄に過ぎてしまう、なぜ、を忘れるなって。

手紙を読みあげて、オヤジさんの頭、まだしっかりしているね、と七十歳を過ぎた父親の老いを気にしていた。桂の父親も、自分の年齢を考えているらしかった。しつこく思えるほど再再くる便りは、桂の赴任中に起こるかもしれない我が身の死を、頭の隅においているようである。それにしても意外なのは、桂に対する情である。両親の離婚後、桂は結果的に、母親の私と生活している。結果的というのは、桂が母親との生活を選んだわけではないからである。育った家に残る、と離婚を決めた私たちにいって、両親のどちらも選ばなかった。桂の父親は息子の意思を認め、約束通り家を出ていった。その後も父親と母親の間で、桂は公平にふるまってきている。公平に努めているらしいが、父親の評価の方が高く、母親には点が辛かった。感情的な母親に比べて、思慮のある父親が優位なのは当然だった。

桂は年に四、五回父親と逢って、食事を楽しんでいた。父親が桂を呼び出したり、桂が電話をかけて誘ったりする。桂が誘っても、ときには、仕事の都合がつかないからと断ることもあるらしかった。そんなとき桂は、忙しいんだって、とあきらめの悪い顔をしていた。あの人にだって家庭があるもの、という桂の妻美子の言葉を聞きながら、桂と逢うために仕事や現在の生活を乱すこともなく、いままで通り無理のない日日を生きていることに、私はほっとしていた。自分を崩さない、その代わり他人にも強要しない、表面は風のままともみえる生活態度は、生活をともにする者にとって都合もよく、気楽に思えた。ただ吹く風の袋は、彼が小脇にかかえていた。気づくまでに長い年月がかかり、私は同じ風に揺れているつもりで、しばしば吹き飛ばされた。揺れているようで、彼は微動もしなかったのである。それが彼本来の姿だった。桂のアメリカ赴任が決まったとき、太平洋のへだたりは父親の心を波立たせたようである。思いは一気に溢れて、とどめなくなっていた。美子も私も、見覚えのある封筒を見ると、ラブレターとからかって渡す。受け取る桂もときには、弱気になった親をみるのはたまんないよ、といったりした。

桂の出発は、予定より一ヵ月、二ヵ月と延びていった。ある日桂の父親から私宛の手紙が届いた。手紙を書かなければならない問題も、つながりも私たちの間にはない。私は首をひねった。それだけに厭な予感がして、私はダイニングキッチンの椅子に腰をかけた。予感は、二十余年の生活からにじみ出した澱のようなもので、感情を嗅ぎわける嗅覚だけは、たがいに鋭くなっている。手紙の裏表を改め、再度表書きが私宛になっているのを確かめてから、ハサミで丁寧に封を切った。読んでいくうちに、私の頭から血が引いていった。私は手紙をテーブルの上において、暫く空間をみつめていた。予感も、手紙の開封を慎重にしたのも、彼の性格を知っているからである。おぼろげにつかみかけている、といったほうが正しいだろう。家族でも友人でもだが、彼との仲がうまくいっているときには、彼は相手に寛大である。反目する関係になったとき、彼は情け容赦がなかった。予想通り手紙には、桂の出発が遅れている原因について簡単な、しかし切りつけてくる口調で書いてあった。

桂の出発が遅れているのは、母親である私の仕事が影響していると思う、と書いてあった。仕事とは、私が今日まで書いてきた八月九日のこと、反核署名のことごとだという。そのために桂のビザがなかなか下りないのだ、と書いてある。これは過去の新聞記者的な、単なる個人的勘である、以後桂のために、母親として軽軽な行動は慎むよう、とも書いてあった。軽軽な行動とは、桂の家族としての、私のアメリカ行きも含んでいる。気を鎮めるために、私は深呼吸をした。私の仕事や行動について、桂の父親からあれこれいわれる筋合いはない。彼もペン一本で生きてきた人間である。筋違いは重重承知のはずである。

桂のビザが、予定より遅れているのは事実だった。受け入れ側の国の事務的な改正があったりして、手続きは延び延びになっている。すべて事務上の遅れなのだが、離れて生活している桂の父親には、事情がわからない。桂を思うあまり、不安は、同居者の母親に向けられたらしかった。

八月九日をなぜ私が書くか、それは二十年以上も生活をともにした桂の父親が、誰よりも知っているはずである。被爆者である私は九日の再発を怖れ、桂に伝わるかもしれない後遺症を怖れて、桂の父親が愛想をつかすほど不安を訴えてきた。桂が鼻血を流せば白血病を心配して、桂のクラスメートたちに、君も鼻血出る、と聞いてまわる。成長期によくある、背丈の伸びに内臓の発育がついていけないために起こる腹痛にも、九日を持ち出す。東西南北いずれの国にも、思想にも政治にも無縁な、親と子が無事に生きていたいための、個人的な苦悩から出発した仕事なのだ。

私が八月九日にみたものは、死の恐怖である。原子爆弾の怖ろしさである。それらのことより強く心をつかれたのが、生きていたいと願う赤裸裸な人間の姿だった。素朴だが強烈な願望は、同じ人間が考え出す残虐行為など及びもつかなかった。私は、人びとの生への執着に恐怖さえ覚えた。自覚も苦悩もなく時代を受け入れて、動員学徒として働いていた私は、個人の命の尊さを切実に知ったのである。また私は、浦上に収容されていた連合国の若い捕虜たちを、工場の行き帰りにみていた。彼らは朝早くから、線路ぎわの空地をスコップで掘っていた。被爆者、下敷きになった工場から逃げ出して、段段畑の土の上に坐って考えたのは、捕虜たちの死である。日本人と同じように彼らも死んだのだろうか、と考えると、敵も味方も国もない、矛盾ばかりの戦争だった。以後八月九日を考えるとき、あの熱い浦上の土に坐って不思議に思ったこと、疑問に感じた事の上に立っていたい、と願ってきた。個個の人間しか存在しなかった浦上から踏み出すことを拒んで、私は被爆者として生きてきたつもりでいる。桂の父親は私との結婚生活を、被爆者との生活といった。思想のない、思想に発展する余地のない日日を、熟知しているはずである。

桂の父親が、手紙に書いてあるような目で私をみているのなら、それはそれでかまわない。私には関係のない憶測である。個性をもって社会人として働いている桂の立場も、ないがしろにした意見である。桂は被爆二世ではあるが、父親とも母親とも異なった人生を生きている。

耐えられないのは、私の存在が桂の足を引いているような文面である。桂の母親であるがために私の仕事が桂の足を引き、そのために私の存在まで否定しようというのだろうか。暗にそれは、母親の失格をも意味している。

　桂に被爆二世の汚点をつけたこと、両親の離婚という不幸を負わせたこと、母親として充分すぎる負い目を、私は感じている。いわれるまでもなく私は、徐徐に、母親としての感情を消していきたいと願っている。これは桂の父親とのつながりを切る、手段としてである。それとは別に、私が桂の母親であることに、過去においてもこれから先も変わりはない。臍の緒のつながりも母胎の母親にしかなく、母親の感情を消したいといいながら、平穏ないまの生活と母胎の上に、私はいつか安住していた。手紙から受けた衝撃は、安住の場と私自身を否定されたうろたえであった。そして人の心の虚しさである。いかに桂の父親が私を疎ましく思っていようと、二十余年の過去は消しようがない。桂の父親も桂の母親の八月九日に汚染されながら、桂が丈夫に育つことのみを願って、二人で育ててきたのだ。否定できない日日はあったはずである。

テーブルの上の手紙を私は封筒に入れた。真っ直に切られた封筒の切り口をみながら、私は、桂の父親と母親であった過去を、想っていた。

　桂が三、四歳のころだった。新聞を取りに出た桂の父親が、生垣の側にしゃがんで私を手招いた。みると、さんご樹の生垣の根元にボール箱がある。桂の父親はボール箱をさして、捨て犬だよ、といった。私たちが借りていた家は海岸の近くで、辺りは戦前の別荘地である。広い庭の家が多く、昼間も人通りが少なかった。人目がないのをいいことに、他人の庭先に、猫や犬がよく捨てられた。ことに私たちの家は生垣も、玄関先のニセアカシアの枝も繁り放題で、犬猫の捨て場には都合がよい場所になっていた。

またですか、といいながら私は、濡縁から庭に降りていった。キャラメル、と赤文字で印刷してあるボール箱のなかに、黒い産毛の仔犬がうずくまっている。黒い仔犬のほかに、赤茶の仔犬がまるまって震えていた。

捨てた奴も飼って欲しいのだろうが、おかゆでも育つの、と私に桂の父親が聞く。私は首をふって、飼う意志のないことを彼に知らせた。私には、二匹の仔犬を育てる時間のゆとりがなかった。当時私たちの家族構成は、合衆国、と私が他人に紹介するほど、入り乱れていた。桂を中心にした私たちの夫婦、桂の父親の最初の妻との娘、それに私の妹などなど、二十代の私には休む間のない毎日だった。

牛乳は金がかかるしな、と桂の父親がいった。海岸にでもおいてくるか、誰か育ててくれるかもしれないし、と桂の父親は、仔犬の頭をなでていった。なでられた黒い仔犬は元気で、甲高い声で鳴きはじめた。母犬を探している目つきである。黒い、とろりと視点のぼけた目を見ていると、砂浜に捨てるのも憐れになった。無責任な飼い主ね、と私は捨てた主に文句をいった。処理出来ない仔犬への憐憫を他人に押しつけて、罪の意識から逃れようというのである。迷っていると、一匹だけでも桂の遊び相手に飼うか、と桂の父親がいった。それも不公平に思えた。捨てられる仔犬が不運で、一匹を選ぶとなると、仔犬の美醜だけでは済まなくなる。私は黒い仔犬を抱きあげた。仔犬は鳴いて、私の指先をかんだ。

こいつは相がよくない、と桂の父親がいった。黒い仔犬の眉間には、梅の花びらをおいたような、赤茶の斑が二つある。目の上の斑はしかめっ面にみえて、悪相である。赤茶の仔犬を、私は抱いた。胴をもたれた仔犬はおびえて、小さい腹をふくふく波打たせている。二匹とも腹一杯に食べさせられていて、腹が横にふくらんでいる。桂の遊び相手なら、元気な黒い仔犬がふさわしかった。しかし黒い仔犬なら、野良犬になっても生きていける。赤茶の仔犬は、ゴミ箱をあさる力量はなさそうである。

こいつは牡だぞ、と黒い仔犬を仰向けに抱いて、桂の父親がいった。同じように両脚を空に向けて抱いて、お前はないね、牝犬は子を産むからやっかいだね、と赤茶の仔犬をボール箱に戻す。この黒い仔犬は孕ませて歩くわ、と私がいった。仔犬の鳴き声を聞きつけて、パジャマ姿の桂が起きてきた。仔犬をみつけて騒ぐ桂に、どっちが好き、と私は聞いた。ためらいなく桂が、黒い仔犬を抱きあげた。仔犬は主従の成立を知ったのか、桂の顔に鼻をよせる。兄弟を取り上げられた赤茶の仔犬は、ボール箱のなかで鼻を鳴らしている。

二匹とも飼いましょう、と私はいった。仔犬が食べる量はしれているだろう。桂や家族の食べ残しに削り節でもかけて食べさせていれば、命は保てる。そのうち赤茶の仔犬は、花の蕾のような可愛い鼻をしているから、もらい手がつくだろう。

おいおい、食べさせられるかね、雑種は食うぞ、と桂の父親が不安気にいった。赤茶の仔犬は、一週間も飼わないうちに、近所の八百屋の店主が引き取ってくれた。猫の縁組みの真似をして、鰹節を一本つけた。私たちは黒い仔犬をクロと名付けた。クロは桂とじゃれながら、一人前に吠えるまでに育っていった。気の強い犬で、気に入らなければ歯ぐきを出して、うなる。私たち大人には邪険でも、桂には従順だった。何処にでもついていく。桂と父親が金物屋で買ってきた赤い革の首輪をつけて、桂の脛に身をすりつけて歩いていく。後にも前にもいかない。変わった犬だね、と桂の父親がいった。

クロが私たちの家にきた翌年、桂は幼稚園に通うようになった。教会のある、海辺の幼稚園である。家から徒歩で二十分ほどかかった。海岸に向かって砂の多い脇道を歩いていくと、大通りに出る。大通りから松並木の道を五十メートルばかり入った袋小路に、幼稚園があった。三月生まれの桂は他の園児より小柄で、私は毎日幼稚園の入口まで、送っていった。弁当と出欠簿を入れたバスケットをさげた桂の横に、クロもついてくる。幼稚園の入口で桂が手をふると、クロも尻尾をふって一緒に入っていく。私が叱ると、クロは桂の顔をみる。桂はクロの頭をなでて、帰れ、と命令する。命令されると首を垂れて、すごすご戻ってきた。すごすごと、人間の言葉を犬が演じてみせる滑稽さに、私は笑った。一ヵ月が過ぎたころ、幼稚園の先生から、親の付き添いなく、一人で通園させてください、と手紙がきた。通園の道は自動車の心配はないが、別荘地の砂の道が幾くねりもくねっている。松並木と竹垣や生垣の、似たような家並である。アスファルトの道にも砂が溜まって、道にも特徴がない。間違って海岸に出てしまえば、幼稚園への道を見つけるのは困難だった。だがいつか、手放さなければならなかった。天気のよい五月の朝、私は桂を一人で送り出した。桂は元気に出かけていった。クロもついていく。道の角を曲がるまで見送って、私は朝食の片付けをはじめた。一時間ばかり経って庭をみると、踏石に背中をつけて、クロが眠っている。踏石は朝陽がほどよく当たって、クロが好んでうたたねする場所である。いつクロが戻ってきたのか。いつものように幼稚園までついていったのか、途中から戻ってきたのか。私は居眠りをしているクロを眺めていた。初夏の陽をあびて、クロは寝息をたてていた。

親が案じるほど桂は、幼くなかった。いつもより一時間遅れて、道草をくいながら帰ってきた。通りに出て待っていると、クロを従えて角を曲がってくる。桂に尋ねると、幼稚園の入口でクロが待っていた、という。朝も入口まで見送って、桂が庭で遊んでいるのを門の外で暫くみていた、といった。クロは、一ヵ月ほど私と続けた送り迎えの時間を覚えていて、迎えにも出かけていったらしかった。クロの送り迎えは毎日続いた。雨が降っても濡れながら、桂を送っていく。幼稚園まで送って、クロもあちこちの松の根元や生垣に縄張りを印しながら、帰ってくるらしい。帰宅時間に二、三十分の差があった。

クロが帰ってくると、無事に桂は幼稚園に着いたのだな、と私は安心した。桂を見送って帰ってくると、クロは踏石に背中をつけて、昼ごろまで眠る。昼過ぎて、幼稚園から帰ってくるころだと思って庭をみると、すでにクロは、迎えに出かけている。幼稚園の入口で、長い時間待っていることもあるらしかった。桂が休み時間に庭に出ると、クロが飛んでくる。先生や警備のおじさんに追い出されると、クロは素直に運動場の外に出ていく。お遊戯のときに僕にクロがじゃれるんだよ、桂は誇らし気に父親にいった。

ある日、クロの姿がみえなくなった。翌朝になっても帰ってこない。桂と父親が探しにいくと、海岸近くの人家の前で死んでいた。四肢を揃えて硬直させて、口の両端に白い泡を吹いて死んでいた。猫いらずだな、と桂の父親がいった。桂の父親は中学校のころ、義務として鶏を二百羽ばかり飼わされていた。卵の収入は小遣いに使ってよく、村長の父親が彼に課した労働だった。彼も小遣いを得るために、よく働いた。その鶏を野良猫と犬が襲った。防禦する策として考えついたのが、猫いらずの団子である。犬や猫は利巧で、食べて死んだのは猫一匹だったという。そのときの猫の形相に似ているといった。

桂の父親は古い毛布をもって、クロの遺体を取りにいった。硬くなった体を毛布に包んで、父親と運んできた桂は、クロすごい目していたよ、といった。苦しかったのだろう、酷いことをする人がいるねえ、と桂の父親は、むかしを忘れていった。遺体をリンゴ箱に寝かせて、桂の父親は自転車の後ろに積んだ。クロの火葬を頼むために、獣医の家に私たちは出かけていった。帰り途、クロの代わりに桂をのせた自転車を父親が押して、私たちはゆっくり松並木の道を歩いていた。車輪の音が波の音と響きあって、早死にした者への悲しみがやはりあった。桂が、僕も死ぬの、と突然聞いた。そうねえ、と私は答えた。桂の父親が、だれだって死ぬさ、だが君は子供だからまだまだ死なない、といった。死ぬのこわいよ、と桂がいった。

幼稚園では朝夕、イエズスさまへの祈りがある。朝の授業のはじまりに一度、昼食の前に感謝の祈りがある。帰るときにも今日一日の無事を感謝して、みんなと別れる。祈りの言葉のなかに、病めるときにも死にゆくときにも、という一節があった。宗教が中心になった幼稚園なので、幼児たちの生活のなかにも死の言葉は頻繁に現れ、十字架にかけられたキリスト像も、目に触れる随所にあった。血を流すキリストの像と、泡をふいて死んだクロの表情が重なって、桂のなかの死のイメージを創り出しているようだった。命の終わりよりも、苦悩の相に恐怖を抱いているらしかった。幼い悩みだが、私は桂を産んだことを済まなく思った。私の母は、私たち姉妹が言う事をきかないと、せっかく産んであげたのに、といった。母にいわれると、私たち姉妹はもっともだと思って、喧嘩もすぐに止めた。与えてもらった生命は絶対だったのである。生と一体の死も与えたことなど、母は考えていなかった。曇りのない生命を子に与えた母親の、誇りに満ちた言葉に、私たち子供も敬意を払っていたのだ。私は、産んであげたといい切れる母親の自信が、羨ましかった。

その夜桂が眠ってから、この話を桂の父親にした。父親は、君に限ったことじゃない、と笑い、子供はもともと健康なものなのだ、死にしたって被爆者の子供だけの宿命じゃない、といった。

小学校の三、四年生になると、桂は新聞を拾い読みするようになった。新聞で得た知識を、会社から戻ってきた父親に披露する。質問したり意見をのべたりするのが、得意なのである。父親は、そうかね、ほう、と相槌をうちながら、しかし君ねえ、と桂の間違いを訂正する。たまには桂の気に入りそうな、記者時代の苦労話を聞かせる。活字の裏にある記者たちの苦心談を話し、この記事を書いた奴は得意だろうよ、たいした事件じゃないのに大見出しを編集者につけさせたのだからね、いや、君がいうように嘘は絶対に許されない、ただどう読者なり編集者にアピールするか、それは記者の腕だよ、と紙面の批評にまで及ぶ。新聞を介して、桂と父親はいっそう親密になっていった。小さい背中をまるめて、畳に広げて記事を読みあさる桂に、私は満足していた。桂は記事や新聞漫画から、母親の知らない言葉を得ていた。地対空だの空対空だのと、禅問答のような言葉を使って、母親を試す。わからない、と首をひねると、漫画で仕入れた知識で説明してくれた。

　夏休みに入っていた。いつものように、海岸でキャッチボールをして帰ってきた桂は、新聞を読みはじめた。夕食の用意をするために、私は、座敷の真ん中に坐っている桂の後ろを通って、台所に立った。背後を通り抜けるとき桂が、慌てて開いていた頁を閉じようとした。不自然な動作だった。どうしたの、と私はいって、桂の前に坐った。桂は、閉じた頁を手で押さえていた。手を払って、どの記事を読んでいたのか、と私は聞いた。なんにも、と桂は頰をふくらませて俯いている。桂が読んでいる頁は、社会面である。社会面の隅に、その年一年間に死亡した被爆者の人数が記載されていたのを、私は朝読んでいた。私は記事をさして、なぜ隠すのか、隠れて読むのか、といった。桂は黙っていた。繰り返して尋ねる私に、だって、といった。こそこそ読むのは止めなさい、と私はいった。桂は私を睨んで、読んだら怒るじゃないか、と反抗した。

　誰のために記事を読んでいたのか、私は考えなかった。桂自身の死におびえているのか、母親の私の死を怖れているのか。記事とのかかわりが誰にあるのか、考える前に私は腹を立てていた。密かに桂が怖れている死は、クロの死に感じた外面の怖れとは異なってきている。八月九日を媒体にした内側の、現実の死に変わってきている。それが無性に腹立たしく、男の子ではないか、と意味のない叱り方をして、新聞を取り上げた。桂が、他のクラスメートたちと同じように健康であること、母親が被爆者であっても桂には関係がないことなど、くどくど説いた。桂は唇を尖らせて、わかった、といった。

桂の父親に、桂がこっそり記事を読んでいたことを、私はまた報告した。子供の心を刺激するような真似はよせ、と桂の父親がいった。君が騒ぐたびに、あいつは九日のなかに陥ちていくのだよ、と不快な目をした。

高校、大学に進むにつれて、桂は六日九日の記事や祈念祭に、関心を示さなくなった。被爆二世と呼ばれることに対しても、どうってことないよ、と気にとめない様子である。骨組みも私の父親に似て、くるぶしの太い丈夫な体つきをしている。桂は、健康に自信をもっていた。首の両脇にリンパ腺を浮かせていた幼児期の脆さはなくなって、精神の強さも出てきている。これから先に起こる人生の出来事も、自分のこととして受け止められる奥の深さも出来ていた。私も隠しだてなく、六日九日について、桂と話せるようになっていた。

被爆二世たちが、結婚適齢期に成長していった。被爆した女学生時代の友人たちは、改めて、過去を口にしなくなった。子供を育てていた時期、私たちはそれとなくたがいの子供を観察し、様子をさぐっていた。親しい友人とは、口に出して心配を打ちあけることもあった。それらの友人たちが、話題をそらすようになった。むかしの話はよかさ、と終わったこととする者もいる。たがいの疵が癒えつつあることと、過去が息子や娘の縁談に影響するかもしれない不安を、もちはじめたからである。娘をもつ母親は殊に慎重だった。

さいわい桂を含めて、被爆二世と呼ばれる子供たちは、概して健康だった。世間が認める一般的な健康体に及ばない子供たちもいたが、その子供たちも自分に添った生き方をみつけていた。母親たちも、世間一般を標準と考えず、その子を基準に育てていた。私たち同学年生が九日から得たものがあるとするなら、命そのものに価値を認める謙虚さだろう。目鼻立ち、知能、能力、人間の諸条件ではない。肉体の奥底に潜んでいる命の大事さである。友人の一人は、二つの命で二人三脚さ、とほがらかにいった。二、三の出来事はあったが、医学的にも桂たちの健康状態は、同世代の青年たちに比べて見劣りはなかった。母親たちの取り越し苦労が、大きいようだった。

あらたな心配が、私にも芽ばえた。桂に恋人が出来て結婚したいと望んだとき、母親の過去を打ち明けさせるかどうか。好きな相手に打ち明けさせて、相手が去るような不幸な思いを、桂にさせたくない。しかし桂を巻き込み、桂の父親まで八月九日に引き込んで苦しんできたのは、生きていたいからである。命の尊さを身にしみて感じながら、我が子にも子孫にも、健全な肉体を得たいからである。自分たちの心配を棚に上げて、結婚相手に対してほっかむりは、虫がよすぎる。だが母親の考えを、桂に強いることは出来なかった。私はそれとなく、結婚したい相手が現れたとき、被爆二世であると告げるつもりか、黙っているのかと聞いた。大学生になっていた桂は、話すよ、とあっさりいった。断られるかもしれないけれど絶対でもないしね、話して駄目な相手なら、隠して結婚してもうまくいかないと思うよ、といった。青年の潔癖な発言でもあった。失恋は悲しいけれど、と私はいった。桂の父親は苦笑いして話を聞いていた。そんな単純なことじゃないぞひとを好きになるということは、勝ち目があるとき以外は、僕なら黙っているね、といった。許されるのかな、と桂が子供っぽく聞いた。そういうことはわからんね、と桂の父親がいった。

桂に恋人が出来たとき、桂の父親と私は離婚していた。桂は大学を卒業して、勤め人になっていた。結婚を決めた桂は、まず父親に美子を紹介していた。父親は、いい娘さんだ、頑張りたまえ、と桂にいったという。桂は、父親の許しは得てあると前置きして、美子を連れてくるから逢ってくれ、と私にいった。逢ってどうするのか、と私は桂に聞いた。桂は呆気にとられて、普通の親は逢うんじゃないの、といった。もし母親の私が不賛成といえば、結婚は取り止めるのか、と私は聞いた。いやあ、と桂はのんびり否定した。それなら逢っても無意味だ、と私はいった。桂が、ちらっと私の顔を盗みみた。同居も考えていな桂が気に入った娘であれば、もともと私には反対する気などはない。同居も考えていないし、若い二人は二人で生活をすればよい。仮に気に入らなくとも、口をはさんで責任を負わされるのも億劫である。離婚後は人間関係が煩わしくなって、人との関係は単純でありたいと願ってきた。しかしあれこれ理屈を並べながら、先に美子を、父親に紹介していることに私は腹を立てていたのである。桂の日常の世話をしているのは母親の私である。その共同生活者をさしおいて、父親を優先するなど礼儀を知らなすぎる。

おたく質わるいよ、桂がいった。両親の離婚後桂は私を、おたく、と呼んでいる。

オヤジさんに最初に話したから怒ってんだろう、うまく話せってオヤジさんもいってたよ、と桂がいった。

翌日、桂は美子を連れてきた。明るい、背の高い娘である。白い木綿のブラウスに、デニムのスカートをはいた美子は、こんにちは、と気軽に挨拶をした。肌の色がやや黒い、しまった体をした清潔な娘である。パーマネントをかけない艶やかな黒い髪を背中まで垂らして、初対面なのに臆する様子もなく向きあっている。娘は、圧倒される若さの輝きをもっていた。私は率直に、自分が被爆者であることを、美子にいった。美子が、そのことでしたら桂君に聞きました、と答えた。万一という不安が無いわけではない、と私はいった。誰だっていつ死ぬかわかりませんから、と無邪気に美子が答えた。美子の両親も承知なのか、と私は聞いた。桂と美子は顔をみあわせて、父には逢ってもらいました、桂君を父は気に入っています、といった。それから美子は首をすくめて、うちの母もすねてるんです、とうさんに先に逢わせたって、苦労して育てたのは母親のわたしなのに、ですって、といった。いっさいは美子に通じていた。美子に尋ねることは、それ以上はなかった。美子が、どうせ一緒に暮らすのでしたら、はじめからご一緒します、といった。

桂が好きになった娘が、桂を素直に受け入れてくれたのが、私は嬉しかった。美子が帰った後、桂が美子に話していなかったら、どうなっていたろう、と私は思った。もし、はじめて母親の過去を知った美子が結婚を断ったら、私は桂にどう詫びるつもりだったのだろうか。

桂と美子の結婚式は、四月の、晴れた風の強い日に行われた。教会で式をあげるのが美子の夢で、二人は俄か信徒になって、式までの何ヵ月間かを教会に通った。

結婚式には、桂の父親も出席した。桂や私より早く教会に到着していた父親は、定められた待合室の席に坐っていた。長い足をからませるように組んで、煙草を喫っている。煙草を喫う右手の肘に、空いた左の手のひらを当てているために、背中がまるまってみえる。猫背になった背中に、くつろげない堅さがあった。

木の長椅子に桂の父親と並んで、花嫁の両親が坐っていた。晴れ晴れとした笑顔で、一人離れて椅子に坐っている美子を、あかずに眺めている。花嫁は美しかった。私は美子の両親に軽く頭をさげて、桂の父親の横に坐った。

おめでとうございます、と美子の両親がいった。おめでとうございます、と私も挨拶を返し、桂の父親にも会釈した。おめでとう、と桂の父親が、腕をほどいていった。ありがとうございます、と答えて、受け答えのおかしさに私は気づいた。父親にとっても、めでたい日である。おめでとうございます、と私は頭をさげた。桂の父親はそれっきり黙って、煙草をふかしている。ときどき足を組み替えている。落ち着けない場所にいるとき、桂の父親は無意識に足を組み替える。花嫁の家族と親類の者たち、それに桂の母親の血族ばかりが身のまわりにいる待合室は、人の目を意識させるのだろう。桂の父親ではあるが、彼は結婚式の招待客でもあった。挙式までの相談や準備の過程で、自然に彼は第三者にまわされていた。離れて生活している父親にいちいち相談することも出来ず、準備は私たちの側で進められていった。桂からの招待状を受け取ったとき、桂の生活から切り離された場所にいる自分を、彼自身も感じたのだろう。あるいは、ひかえ目にすらみえる桂の父親の態度は、現在の家族のなかに自己をおいた、私たち周囲の者への意思表示だったのかもしれない。

黒い靴先が揺れて、足を組み替える度数が多くなった。靴墨が丹念に塗り込んである靴は、曇りなく磨かれている。モーニングコートのズボンの線にも崩れはなく、身に合っていた。過去に、桂の父親が礼服を持っていなかったことを、ふと私は思った。

私は肩先をみた。背にも肩にも、ふけ一つ落ちていない。ワイシャツの衿や袖口のアイロンも見事で、器械で圧し潰されたクリーニングではない。彼の妻の手は、隅隅までいき届いていた。

新しい家庭の雰囲気を身につけた桂の父親をみるのは、はじめてだった。桂の父親が結婚してから、私は一度も逢っていない。離婚の手続きが終わって、じゃあ、と手をあげて市役所の前で別れたのが最後である。その後、結婚するから諒解してくれ、と桂に電話があったことを聞いていた。桂から父親の結婚話を聞いたとき、よかったね、と答えながら、私は心のなかで、そうだったのか、と呟いていた。なぜそう呟いたのか私にはわからないが、虚をつかれた思いが、そうだったのか、と漠然とした言葉になっていた。きっと私は、桂の父親との過去の家庭を、離婚後も信じていたのだろう。夫婦としての未練も愛もないが、二十余年かかって形らしいものを整えた年月と家庭を、私は信じていた。信じるという言葉も曖昧で、相手があと一つ、この世で家庭と家族をもてることが、不思議だった。男女がこの世で築ける家庭は一つ、とうかつにも思い込んでいたのである。いうなれば、自分の夫を他家の茶の間に見る奇妙さだった。しかし桂の父親には、私たちの家庭以前にも、あと一つの家庭と家族があった。私はこのことを忘れていた。

四、五年の間に桂の父親は、年月相応に年をとっていた。体は一まわり小さくなって、しかし元気そうである。二度の結婚には失敗しているが、現在は、落ち着いた毎日を送っているようである。最初の結婚の破滅は、戦争の年月が夫婦の間に溝を作ったようである。二度目の結婚は、おたがいに清濁ごちゃごちゃである。

桂の父親の服装から、相手の妻の律儀な人柄が感じられて、責任逃れの安堵を私は感じた。並んで坐る桂の父親は、完全に他家の人になっていた。

みちびかれて、私たちは教会に入った。広い、天井の高い内部は、飾り気のない簡素な設計である。正面の壁の一部に、石鹼水の色をしたガラスがはめ込んである。天井まで抜かれたガラスは、十字架を形どってあった。指示に従って、桂の父親の後について、私は巨大な十字架に向かって歩いていった。通路をはさんで右側の席に、新郎の親族の者たちが着席する。左側に新婦の親族の者たち。最前列の席に桂の父親と並んで坐って、桂たちが祭壇の前に現れるまでの間を、私は目前の十字架に目を向けていた。ガラスの背後から朝陽が射していた。ナタで削ったような不規則な面をもつガラスは、薄い草色やピンクや乳白色が混ざった光線を、空間に投げかけている。取り立てて色彩のない光の十字架のなかで、私は自然に身を固めていた。極彩色の見馴れたステンドグラスの光と違って、無彩色の光線には、ごまかしがなかった。心を昂ぶらせる幻想もない。粗い板目を残したコンクリートの壁にも、感傷はなかった。あるがままが淡い光にさらされて、私はいたたまれなくなって、桂の父親をみた。桂の父親は目を閉じていた。私も目を閉じた。二人が居るべき場所ではない、桂の父親もそう考えていたのだろう。結婚式が行われる教会では、父親と母親として同席してくれ、これが桂と美子の希望だった。仕方なく希望に従ったが、心の離れてしまった者同士が並んで坐る苦痛があった。私には無縁の神ではあるが、心の何処かに、それらしい存在があるらしかった。

桂や美子の友人たちの間から、歓声があがった。目をあけてふり返ると、祭壇に向かって桂が歩いてきている。頼りなげに歩いて、祭壇の前に立った。美子が父親に手をとられて、入場してきた。美子の父親は緊張して、赤い顔をしている。ベールのなかで、美子は僅かに笑っている。祭壇まで美子をみちびいていった父親は、その前に花嫁を立たせた。

教会の内は、祝福と善意で熱気をおびていた。そのなかでこだわりをもっているのは、桂の父親と私の二人だけのようである。桂のために、せめて一刻でも穏やかな母親に戻れないものか。私は無心になるために目を閉じた。閉じた闇のなかに、神父の声が聞こえてきた。声のほうに、私は耳を澄ました。神父について、誓いの言葉を二人がいう。桂の声は歯切れが悪く、聞きとりにくい。美子は細く高い声で、神父より大きな声で答える。二人は、若さだけで充分に、神の御子であり得た。

順序通りに式が終わった。拍手がおこって、退場していく二人を、友人たちがからかっている。美子が、もっていたクリーム色のバラのブーケを投げる。受け取った娘が小さい歓声をあげた。

おつかれさまでした、と私は桂の父親にいった。いや、と桂の父親が答えた。

夕方からはじまった披露宴は、桂と美子の友人たちを中心にした、若やいだ宴になった。桂の父親は、正面のテーブルについてもらっていた。花嫁の両親は、出入り口に近い後ろの席に坐っている。私は一人、私の身内の者たちに混ざって坐った。披露宴にも席順があって、新郎新婦の両親の席は、出入り口のテーブルにとってあった。桂の父親も下座の席に坐るはずだったが、私は桂の意志を無視して、来賓の席に彼をおいた。

桂と美子が、結婚式場や披露宴について相談してきたとき、形式にこだわる若い者たちに、私はいささか失望していた。好きな者同士なら、鍋釜を持ち寄って生活をはじめればいい、と考えていた。桂の父親も私も、桂をそのように育てたつもりでいた。不承不承、桂の意見に従った心の奥底には、桂の結婚式によってさらさなければならない、自分たちの離婚があった。夫婦の真似ごとは、教会だけで充分だった。結婚式の最高潮である両親への花束贈呈も、私は断った。親の義務を途中で放棄した者にとって、感謝の花束など猿芝居である。桂の父親にしても同じ思いだろう。私は自分本位に桂たちの結婚式を考え、形式に従おうとする桂に、苦情をいっていたのである。でも美子はそうしたいと思うよ、と相手の両親の気持ちを察して、桂は花束を受けるように私にすすめた。私は我を通して断った。

正面の、来賓の席に、父親の印である赤いバラの造花をつけて、桂の父親は坐っていた。桂の父親なら今日の宴をどう捌いただろう、と礼装の人びとをみまわして私は思った。彼なら、別れた妻と座を連ねて坐って、夫婦を演じきったであろう。そういう人だ、と私は思った。

桂の友人たちが新しい夫婦を囲んで、母校の応援歌を歌い出した。ドレスに着替えた美子も、桂と並んで肩を組んで応援歌を歌っている。形式に従いながら、若者の門出にふさわしい自由な雰囲気がある。結婚式という形式を、私はいつか認めていた。大勢の先輩や友人たちに見守られて、人生を踏み出す。本人たちも、幾十人かの身近な人たちに添い遂げる覚悟を知らせ、家庭を築く努力をする。移ろいやすい人の心を外からしめるたがが、形式なのだろう。手鍋さげての熱意は本人たちだけの諒解で、自己満足な精神主義なのかもしれない。

応援歌は終わって、桂の友人がピアノを弾きはじめた。弾き語りで、声をはりあげて歌う。音が高すぎて、声がかすれた。もとい、やりなおします、友人は大声で訂正し、改めてピアノを弾く。くったくのない禁句に、爆笑が沸いた。座は沸き立っていった。続いて桂と美子が、ピアノとエレクトーンの合奏をする。桂が着ているタキシードも美子のスパンコールが光るドレスも、仲好く弾く音楽も、今日一日のオアシスである。知りつつ私は曲に酔い、桂の父親との不協和音も絶えず聞いていた。

桂の父親は料理には手をつけず、腕組みをしていた。面をあげて、前方のシャンデリアのあたりに目を向けている。

司会者が、新郎新婦の両親の起立を促した。私はためらった。許されるなら坐ったままで、祝いの底に身を沈めてしまいたかった。花嫁の両親が揃って立った。金屛風の前に、仲人に守られて桂と美子が立っている。桂の父親も席を立った。遅れて私は立ち上がった。会場の前と後ろに別れて立った父親と母親に、壁ぎわに立ってサービスをしていた男女の視線が、忙しく往復したように思えた。

桂の父親が両家を代表して、挨拶をした。君たちは今日ここにご出席くださった方方のご厚意と祝福を、生涯忘れないように――桂の父親の、この言葉だけが私の頭に残っていた。

披露宴は終わった。人びとは帰っていった。桂と美子を囲んで、学生時代の友人たちが二次会を開くという。小遣いを出し合って、桂と美子を招待するらしい。式の余韻を楽しんで、華やいでいるモーニング姿の一団をみながら、私はロビーのソファに坐っていた。身内の者たちとも別れ、引出物の袋をさげて、あとは家に帰るだけである。外はすでに暗く、留め袖姿の女たちも、もういない。

桂の友人の一人が私を見つけて、駈けてきた。学生時代、よく遊びにきていた青年である。青年は、桂君のおばさん、と呼んで、二次会にいらっしゃいませんか、僕たち奢ります、といった。私は腰を浮かしかけた。どうぞ、と青年が私の腕をとる。私は礼をいい、一人で感傷にひたりましょう、と冗談をいった。青年は笑って、奥のバーにいますから、といって去っていった。

私は煙草に火をつけた。青年の一言が、桂の母親であった満足を、私に与えてくれた。胸深く吸い込んだ白色の煙を、気がねなく私は吹きあげた。

ホテルの外の明るい灯のなかを、桂の父親が歩いている。引出物の袋をさげて、タクシーのり場へ歩いていく。左の肩を落として歩く姿は、桂と似ていた。別れて生活していながら、桂の動作は日を追って父親に似てきている。いやな感じ、ときどき私は桂にいった。

桂の父親はタクシーに乗り、街の灯のなかに消えていった。煙草を喫い終えても私は暫く、ロビーにいた。

私宛にきた手紙の後も、桂は時間が許す限り父親と逢っていた。母親の硬直した感情を知って、桂は父親の話をしなくなった。美子には話しているようで、あんなに息子って可愛いのかしら、と私にいった。母親である私にとっても、父親の息子への執心は発見だった。別れてから知ることばかり、と美子にいって、私は苦笑した。そんなもの？　と美子がいった。

桂と父親は男同士の話を、水入らずで楽しんでいるらしかった。その日も遅く帰ってきた桂は珍しく、オヤジさんね、と私にいった。返事をしないでいると、オヤジさん風邪引いていたよ、といった。そう、流行っているからね、と私はいった。父親からもらってきたらしい経済書や、新聞記事の切り抜きの整理をはじめた桂は、オヤジさんがね、とまたいった。それから、

僕が君に教えてやれることはもう何もないって、立派に一人でやれる、安心したっていってたよ、と照れながらいった。

桂の父親は思いついたこと、考えてもらいたいこと、こうあって欲しいこと、息子への希望をつどつど手紙に書き、逢って、七十余年生きてきた父親の知識と経験を、桂にそそぎ込んでいたのである。教えてやれることはもうないね、立派にやってきなさい、そう言い切れるまでに息子に自分をそそぎ込んだ父親の心と情愛に、私はうたれた。責任を全うしえなかった親の、せめてもの償いに思えた。

教えられることはもう何もない、そう己に言い切って、父親としての存在を消す覚悟を、決めたのかもしれなかった。

再びルイへ。

ルイ。

旅の途中、アメリカ合衆国のニューメキシコ州からあなたに手紙を書いて、ひと昔が過ぎました。富士山がみえる同じ海岸線の町に住みながら、帰国後はもっぱら電話でのご機嫌うかがい。

あのとき、ニューメキシコの自然を愛した画家、オキーフの「黒い十字架」の絵について、わたしはあなたに質問しました。太陽に背をむけた、「黒い十字架」にわたしは、「神」への贖罪とも思えるオキーフの心の痛みを、感じるのです。オキーフは、原子爆弾爆発実験の処女地にされたニューメキシコの痛みを、自らの痛みとして、この自然に、赦しを求めているのではないか、と。その返事の手紙を、東日本大震災を機に読み返しています。

ご存知のようにニューメキシコ州には、一九四五年七月一六日、世界で最初に原子爆弾の爆発実験が行われたトリニティ・サイトがあります。旅の目的は、トリニティ・サイトのグランド・ゼロ（原爆爆発点）です。わたしが長崎の被爆者である心情を踏まえた上で、あなたは〝黒にこだわると、地理的にメキシコ一帯は黒曜石が古くから産出されていたといわれ「黒曜石の宗教」が、メキシコ高原に栄えたアステカ本来の信仰にあった〟と解いて、〝黒曜石は矢尻、狩り用ナイフ、人身供犠用ナイフなどに使われてきたので、死の象徴的道具となり、それらの変容の過程で、スペインからの影響（カトリック）を受けつつ、黒の十字架につながったのではないでしょうか。もしかしたら間違っているかもしれません〟とある、雄壮な歴史的見解に、アステカの人が敬して止まなかった灼熱の太陽に焼き固められた砂漠の感触がよみがえってきて、胸が高鳴りました。

あと一つの質問には〝八月九日、「ピカッ」と光った原爆の閃光と同時に、無意識のうちに机の下に移行していた自分を発見した、というあなたの無意識については、不思議としかいいようがないのですが、連続性の観念を含まない超越的機能という概念が存在する、と説く専門家もいます。無意識は愛にある。ね、お姉さま〟といつものように戯れた追伸。

単細胞のわたしは、理解不可能な答えを吹き飛ばすほど、笑いました。もう半世紀も昔、ルイの新婚時代を思い出したからです。

ほんの束の間、よそ見をしたご主人の頭に、彼が大事にしまっていた唯一のワインを、一滴残さず振りかけたという快挙を。

人生をふり返えると、叶わぬことを知りつつ、精いっぱい立ち向かった若かった日々に、涙がにじみます。なぜか、口惜しいのです、ルイ。終わりのない、ながい便りになりそうです。


ニューメキシコ州をわたしが訪ねたのは、一九九九年の秋です。この南部の地は、石膏砂の混ざる赤い砂漠地帯でした。地球の円周が見廻わせる、風紋のない砂漠のまん中に白い高速の道が一本。百キロを越えるスピードで走る車の先を、どこまでも延びています。砂はきめ細かく、びっしり大地をおおい、おそらくわたしがみたトリニティへの大地は、密度の高い硬い砂漠なのでしょう。昇ったばかりの朝陽は乾いて、フロントガラスにはねる光りは、尖っていました。

遠くにみえていたメサが、車の左手に急接近してきます。巨人の飛び箱のようです。

メサは自然が刻んだニューメキシコに多い台地で、雨と風と光りと、悠久の時が地を削り、流し、頂きは山の首をはねたように、まっ平。コロラド山脈の、名ごりの大地なのでしょうか。頂きはお陽さまに輝いていました。直立したメサの崖は砂漠と同じ赤褐色をしていて、荒野にぽん、と空から落されたように立っている。足許には崖から転がり落ちた石たちが、サイノカワラを築いています。抜け落ちたこぶし大のまるい窪みの跡を、石たちは崖に残していました。わたしは怖くなりました。

ルイ。あまりにも大きな、天地のドラマ。わたしはいまその空と大地のなかに在って、絶対的支配者である時が、それとなく大地やメサをからめ取っていく、緩慢な、しかし確かな崩壊をみせられたからです。

永遠、と信じていた自然界の崩壊は、東日本大震災を足がかりにして、わたしが信じてきた確かなものの、崩壊の兆しだったのかもしれません。

メサが去ると、先住の土地を追われたインディオたちの居住区が現われました。居住区には三角や細長い赤や黄色の旗がはためいて、サーカスのじんたが聞こえてきそう。作物も稔らない、緑もない僻地ですから、新天地がパラダイスに思えるように、お上が考えた演出らしいです。彼らの思わく通り、太陽と晴れ上った空はふんだんにありました。

インディオの古老たちは、〝今日は死ぬのにいい日だ〟と快晴の空を見上げて呟くそうです。瞬間わたしも、メサの赤い崖にもたれて、一点の翳りもみせない光りに包まれながら目を閉じて死の時を待ちたい、と至福の時を夢見ました。でも、明るく、くったくのない陽の光りをあびる幸せは、生ある者のよろこび。生きること。

今日までわたしの人生の座標は、生きること、に終始していたようです。断定できないのは、「生」をよろこびとして努めたのではなく、死から逃がれるためにその時その時を一生懸命に逃げた。子供時代上海で育ったわたしは、居留地の上海から母国日本へ、戦火に追われて幾度も東シナ海を行き来しました。体一つで逃げる船旅でした。さし迫った旅ですから、見送る父一人を上海へ残した母娘五人の船旅は、三等船室。船底に近い、エンジンの音がベッドに響く船室の丸窓は、部厚いガラス。のぞくと、泡立った東シナ海の波頭がガラスを叩く。海はいつも荒れていました。東シナ海は戦争がはじまると、のこぎり状の歯をむくのです。

中国大陸の奥地、日中戦争の激戦地で戦死した日本兵たちの、幾千人もの遺骨を積んだ護送船が、長く重い汽笛を鳴らして上海の淮山碼頭（ワイザンマトウ）を離れると、路地の老太婆（ロータープオ）のように穏やかな黄浦江（ワンプウコー）も白波を立てる。殺し殺された日本兵たちの魂が、殺し殺された敵兵たちの魂に寄り添って騒ぐのだ、と母国に向う護送船を見送りながら、小学生（国民学校）のわたしたちは耳打ちしました。

あのころから六十数年。東シナ海はいままた、ざわめき出しています。小さな島をめぐった国と国の争いだとニュースは報じ、真紅の旗をたてた船団が真夏の東シナ海に集結しはじめている、とか。すわ、フビライの襲来。

わたしはニュースを頼りに『世界大地図』の重い本を取り出して、話題の島を探しました。元寇のとき蒙古が攻めた壱岐と対馬はすぐみつかりました。竹島もペン先で突いたほどの島かげをつけて、記載されている。壱岐対馬、と狭い日本海を抜けて、指先で地図をなぞりながら東シナ海に出る。死者の顔色に似た愛相のない海ですが、上海航路の定期船が通ると、薄茶色のイルカの大群が、船首にまといつきながらジャンプし、波にもぐりまたジャンプ。地図にも載らない小さな島のまわりは、豊かな漁場なのです。地下資源もある。小舟の集団は漁船だそうです。挑発でしょうか。挑発はワナです、神風を待ちましょう。

四〇歳を越えた辺りから、わたしは迷うことが多くなりました。四〇は不惑の年。人の性は善で、善なるが故に不惑の年を迎えた人間は「道理を知って迷わない」のだそうです。道理とは、人として行うべき道。深く深く考えをつめていけば、命。命を幹にして思考すること。

ルイ。〝死は再生するために母の胎内に包み込まれる、母は無意識の代表〟ともあなたの手紙にあります。児童心理学者であるあなたが語る母とは、「大いなる母」のことでしょうが、個人的にわたしの母は誠実で芯の強い女でした。〝嘘をついてはいけません〟〝告げ口は聞きません〟耳学問で賢人の教を説いて、娘たちを育てました。教えを守ってわたしたちは今日まで生きてきました。ときには嘘もつきましたし、姉たちと喧嘩をして告げ口もしました。母は、聞こえません、と台所で水仕事をしているときには濡れた指先で、悪いのはこの口かしら、と唇をつねる。容赦しない。人生での判断は、つねられた痛みに負うところが多かった。

おかげで姉妹たちはまともに育って、戸籍についた汚点は、わたしのＤｉｖｏｒｃｅ一個。母には離婚という日本語は存在しないのです。しかし世の中は移り変わって、賢人の教えを借りて育った判断は、はて？　と首を傾げることが多くなりました。何よりも疑問に思うのは、人の性は善ではないのではないか。善を行うには少なからず努力がいる。悪は、努力しなくとも自然に行動できます。多少の痛みはともないますが、わたしの善と悪は、小心よくよくの代物。小さな悪を成したときには、ささやかな達成感さえ感じる。

性は、わたしの性は、悪なのかもしれない。自我の芽ばえで、どこかで善と悪が入れ替ったのでしょう。〝何でも有り〟の世の中ですから、凡人はすぐに染まります。

迷いに拍車をかける出来ごとが起こりました。東日本大震災です。続いて福島第一原子力発電所の原子炉の爆発事故。事故は原子炉の核燃料棒が融けて炉の底に崩れ落ちる、メルトダウンにまで至りました。

〝ニュースでベルトダウンといっていた〟と早耳の達人が教えてくれました。ベルトダウンならズボンが落ちるだけで済む。メルトダウンは起こしてはならない原発事故です。わたしは昭和二〇年八月九日、学徒動員中に原子爆弾の攻撃を受けていますので、原子力発電所で燃えている火と、原子爆弾の閃光が何によってエネルギーを得ているか、最低限の理屈は知っています。母国日本は、広島と長崎にウラン235爆弾、プルトニウム239爆弾と二度にわたる原子爆弾攻撃を受けている。世界で唯一の――現在まで――被爆国です。核時代のとば口に立たされた国民として、他国の人たちより原子爆弾や原子力発電に対する基礎知識はあるはず。危険性にも安全性についても、敏感であっていいはずです。念のためにわたしは、原子爆弾の初歩的構造を読んでみました。国語辞典ですから、これで原子爆弾の製造はできません。

「ウラン235を材料として原子爆弾を作る場合、核分裂の連鎖反応がおきるのに必要な量、つまり臨界量は一〇・五キログラムである。（ルイ。ニューメキシコのホテルであなたに手紙を書いた夜、東海村で臨界事故が起きました。事故の処理法をアメリカに問い合わせ中、というニュースを聞いて、あのときもわたしは愕然としたのですが）ウラン235やプルトニウム239をそれぞれ臨界量以下のいくつかの固まりに分散しておき、瞬間的に集合させれば、核反応が起こり爆発する。」爆発までの過程です。

原子力発電については『プルトニウムの恐怖』（高木仁三郎著・岩波書店）に、「原子力発電の大わくの原理はけっして難しいものではない。燃料としてウランを用い、ウラン－235の起こす核分裂の際に放出されるエネルギーを熱に変え、その熱で水蒸気を発生させてタービンをまわし、発電を行うのである。」と説明があります。

二つの関係は明白です。原子爆弾から放出される放射性物質と放射線が、どれほど長い年月をかけて被爆者たちの心身を苦しめてきたか。これも明らか。学習するには十分な被爆者たちと月日があった。

期待は裏切られました。国を代表する政治家、原子力発電にかかわる専門家、企業家たちの、人と核物質への認識の浅さ。軽さ。報告される原発事故の実態の把握も、発表される見解も、まことにおそまつ。知能だけは確かに高い彼らは、含みのある日本語を巧みにあやつって、官民ともにわたしたち国民の目潰しにかかる。ルイ。わたしは疲れ果てました。とにかく嘘だけはつかないで欲しい。福島で起きている現実が最悪であっても、正しい情報が欲しい。わたしたちはそれらの情報から自分で判断し、とるべき行動を決める。

自然界の大地震、大津波に責任をかぶせて「想定外」という新しい概念を造り上げ、放出される大量の放射能さえ「直ちに健康に影響はない」と。庶民はそれほど愚かではありません。福島の人たちや、原発で被曝した人たちの生涯の問題なのです。彼らが意図して使っているのであれば、〝直ちに〟という註釈つきの本意はどこにあるのか。

原子炉の爆発事故が、人が巨大化させてしまった科学を、人が制御できなくなった結果の惨事であるのも、わたしたちは知っている。天災ではない。予測すべきだった事故なのです。

自然界の行為には善意も悪意もない。砂漠のなかで出逢った赤茶色のリオグランデ河のように、大雨が降ればあふれて大地を流れ、氾濫し、人を呑み町を呑む。それ自体に目的はないのです。ただあるがまま。

大地震から続いていた停電が復旧して、翌朝、町に電気が灯りました。終日テレビの前に坐って、上空から映し出される東日本の海岸線をみて、愕然としました。日本列島を糸レースのように繊細に縁取っていた三陸の海岸は、ガレキの山に変わっていました。ガレキの上をヘリコプターはなめるように南下して飛び続ける。情容赦のない自然の破壊力。間違いなく、人知の予想を越えた「想定外」の出来ごとなのでしょう。

原発事故の放射能被害を受けた地域の、避難がはじまりました。幼い子供を抱いて、途方にくれている母親たち。立ち退くかとどまるか。考えあぐねている家族たち。青菜が育った畑を残して、飼っている牛や鶏たちを野に放って故郷を去る人たち。涙ぐむ母親たちにわたしは、お逃げなさい、とにかくお逃げなさい、テレビに向かっていいました。いまは逃げるしかない。関係者たちは想定外などと気楽にいい続けていますが、築いてきた生活の場を捨てるのは、容易ではない。それでも、いまは逃げるのです。できるだけ早く、その場から離れる。福島の地で起きている現実は、育ちつつある幼い命、大人たち、みんなの命と生涯にかかわる惨事なのです。

わたしたち被爆者、「ヒバクシャ」という二〇世紀に創られた新しい人種を、これで終わりにしたいと願って体験を語り、綴り、生きてきました。にもかかわらずこの二一世紀に、さらなる被曝者を産み出してしまった。被爆国であるわたしたちの国が。

国は放射能で汚染された地表をはがして、土地の再生を図るそうです。どこまではがすつもりなのでしょう。子供部屋のじゅうたんをはがすようなわけには、いかないのです。

そんなある日、放射能が人体に与える影響について説明する役人の口から、「内部被曝」という言葉が出ました。

ルイ。わたしはテレビに映る役人の顔を凝視しました。知っていたのだ、彼らは——。核が人体に及ぼす「内部被曝」の事実を。

八月九日の被爆以来、責任ある国の、公人の言葉としてわたしが聞いたのは、はじめてです。知っていて口を閉してきたのです。八月六日九日から今日まで、幾人のクラスメートが、被爆者たちが「内部被曝」のために「原爆症」を発症し、死んでいったか。原爆症の認定を得るために国に申請する。国は却下。被爆と原爆症の因果関係なし。または不明。ほとんどの友人たちが不明と却下されて、死んでいきました。被爆者たちの戦後の人生は、何だったのでしょう。

ルイ。あなたは電話でいいましたね、〝ちょっといい言葉があるの、「いかにせよ、人生はよし。人生は肯定すると共に、生そのものを愛するものだ。」八〇歳のゲーテの言葉よ。〟

わたしには出来ない。わたしの精神はなえてしまいました。もうどうでもいい。盟友であるW女史にわたしは宣言して、三月一一日からの現実を切り捨てました。

大災害から一年有余。もぬけの殻のわたしは、ぼんやり本棚を見廻わしています。救ってくれる本はあるでしょうか。

敗戦直後、女学校の物理の授業で若い女性教師が、――真とはなんぞや善とはなんぞや美とはなんぞや――ひと息でいって質問しました。被爆者になったわたしたち少女は、そんな高邁な哲学はどうでもいい。吉屋信子を目ざしている作家志望の生徒が、せんせい死後に世界はありますか、と質問しました。傘寿を過ぎたわたしは、女性教師が教室で質した答えを、先人たちの言葉のなかに見出そうとしているのです。このままではわたしがみじめすぎる。不惑の年のむかし、わたしは純粋で善悪に迷うことを知らなかった少女に還って、父と母の許へ逝きたい、と願いました。

ルイ。あなたのいう、〝母は無意識の代表〟である故に、その胎内に戻りたい願望。いまはそれさえ迷って、還る場所も定かではない。

『論語』『聖書』『俘虜記』雑然と本棚に並んでいます。『聖書』も『論語』もなえた魂には空論です。『俘虜記』に描かれた極限に生きる兵たちの赤裸々な善と悪すら、原発事故で露呈した関係者たちの人間性より、わたしには崇高に思えるのです。

『殺人の哲学』買った記憶がない本です。赤ペンで感想を書き込んでいるから、読んではいる。付箋があるページを開く。「人間は苦悩を通して文明を」云々とある箇所に赤線を引いています。若気の至り。苦悩も苦労も、買ってでもせよ？　苦悩も苦労も、買わなくともやってきます。苦悩や苦労を通して、そこから何かを生み出す人間は、ゲーテのように、もともと素材がいいのです。

黒いカバーの背表紙に白抜きの大きな活字で『馬鹿について』（満田久敏・泰井俊三訳　創元社　一九五八年刊）とある単行本が目に入りました。正面きっていわれると、馬鹿についてまで知りたくなりました。わたしはまだ、自分を馬鹿だとは思っていないのです。ちょっと馬鹿なのです。本棚から抜き出して、硬い表紙を繰りました。著者のホルスト・ガイヤー氏は一九〇七年ドイツ生れ。笑顔ですが目の鋭い紳士の顔写真の下に、略歴がある。六つの大学に学び、神経科医。大学神経科医長として勤務中に応召。

東シナ海をわたしたち母娘が逃げ廻っていた、同時代のようです。

著者は一九五八年肝臓病のため急死。五一歳の早すぎる死です。わたしが考えるに、勉強が過ぎた。また、ヨーロッパ戦線で彼は何をみたのでしょうか。神経科医が教室で学んで得た以上の人間の狂気を、みてしまったのでしょうか。みなくてよいものが、この世には沢山あります。

内容は「第Ⅰ部　知能が低すぎる馬鹿」「第Ⅱ部　知能が正常な馬鹿」「第Ⅲ部　知能が高すぎる馬鹿」。第Ⅲ部は考えるまでもなく除外して、第Ⅰ部に属するのか第Ⅱ部の馬鹿に属するのか。わたしは。

本文に入る前に、馬鹿についての手引き「はじめに」の一文がある。「世界を支配している、人間の馬鹿げた行動」。馬鹿と馬鹿げた行動をとる者との本質を見分けるために、引用します。

「私は今びくびく者でペンを取っている。原因が複雑な上に、広大無辺な影響力をもって全世界を支配しているものを、これから明らかにしようというのだから。人間という、これからとり上げる面白い現象の主人公が、世の中にはびこっている限りは、このものは恐らくその支配力を失うことはあるまい。」

「このものとは**馬鹿**のことである。」馬鹿の二文字は太ゴシックで書いてあります。要するに馬鹿は馬鹿で、彼が太字で書く「面白い現象の主人公が、世の中にはびこっている限り」仲間であるわたしは自分の迷いに悩む必要はない。しかし自身の評価を下す前に、気がかりなので、「第I部　知能が低すぎる馬鹿」の項を読みはじめました。とてつもなく面白い。モデルにされた主人公たちの馬鹿さ加減は機知に富んでいて、わたしは作者とぐるになって、「世の中にはびこる主人公たち」を、〝お前さんはばかだねえ——考え過ぎだよー〟と笑い倒しました。著者ガイヤー氏のペンは快調です。

「ある編集長に、新聞や雑誌が、民衆を愚弄しては困るではないか」と運勢欄の馬鹿さ加減を指摘したら、「『うらない』をやめようとしたら、おびただしい抗議状がきて、解約するぞとおどかされるので、続けざるを得なかった、と彼は肩をすくめ」たそうです。

運勢欄を削除するなんて。おどされるのは当然です。朝、わたしがまっ先に新聞のページを繰るのは、「うらない」とテレビ欄。××座ナニゴトモ順調、と占ってある日は気分爽快。後期高齢者の関心は九分九厘、体調にあります。ソノ恋成就セズ、とある時は、非常に不愉快です。読者の年齢も見識も不特定ですので、余計なお世話です。恋心など占うまでもないこと。

ルイ。海がみえる療養所で静養中のご主人、お変わりありませんか。夢うつつの時に在っても、あなたの顔は覚えている。いとおしくなるの、と若いころのあの甘い声で〝辛い〟といいましたね。老いは残酷です。いとおしい切なさをも辛くする。

さて著者は、「なぜ映画俳優たちのギャラは、カントやゲーテなどの哲学者、思想家たちのギャラより法外に高いのか。」と一九五〇年代の世界的なスターたちを取り上げて彼らの巨額な出演料に触れ、「イマニュエル・カントが、その著『判断力批判』によって貰ったものは、七〇〇ターレルとゲッチンゲンの腸詰十六本、かぎ煙草二ポンドだった。」そうで、著者はあまりの違いにあきれながら、しかしカントの書は精神世界のことだから、彼の高邁な思想を理解できる人間は少数で当然のこと、と代償の差を「衆愚のおそろしい大衆消費のあらわれにすぎない。」と『馬鹿について』の論理に依っています。この解説には衆愚の仲間として異議あり、です。悲しいことに少しでも利巧になりたいために、衆愚もカントの書を買う。「悪いのは消費に（娯楽に、でしょうか）走る衆愚の思考にある」のではなく、労力、肉体労働への社会的評価にあるのでは。むずかしい書物を読む疲労は、知者たちには多分理解できないでしょう。苛酷な肉体労働なのです。読んでも理解不可能で、精神的重圧でもある。これらの裏にあるのが、精神世界にある知。知は高潔であり魂の解放を得る。故に、無料。社会風習として、高邁な魂に金銭の評価はいかがなものか。衆愚の疲労と肉体労働は金銭に換算されて、カントの報酬から差し引かれる。

——ではないでしょうか。

わたしは自分が第Ⅰ部か、もしくは第Ⅱ部に属する仲間であるのを、理解しました。しかし「第Ⅰ部　知能が低すぎる馬鹿」これは主人公たちの言動に大笑いできたので、自己評価で一段上の「第Ⅱ部　知能が正常な馬鹿」に格上げしました。確認のため、わたしは読みはじめる。第Ⅰ部ではあれほど笑えたのに、くすり、とも笑えない。著者があげつらっている主人公たちの馬鹿さ加減が、面白くもおかしくもない。理解もできない。

知能が正常な、と限定付きの馬鹿は、季節限定の旬の料理のようなもの。季節限定が売りですが、季があるから旬。知能が正常な馬鹿は馬鹿さ加減も正常で、並なのです。はて、高度な知能は、笑える馬鹿なのか、笑えない馬鹿の方なのか。一年有余、わたしが打ちのめされている原因は、限定付きの、面白くもおかしくもない第Ⅱ部に属する、四角四面の、人間であるためのようでした。

東シナ海の小島をめぐって、ＡＢＣの国が主権を主張しているようです。三つの国のうち二つの国は、根は同じです。仮にAが争いを放棄したら、次はBCの骨肉の争いでしょうか。領海侵入を阻止せんものと、ホースで海水のかけ合いがはじまりました。海水はたっぷりあります。平和のために、解決は神風にまかせましょう。

話を戻します。東日本大震災の地面の揺れは、すさまじいものでした。

春の光りが肌に暑く感じられる昼さがりでした。タクシーの運転手さんの話によると、あの日この町の空いち面に、鰯雲が広がっていたそうです。鰯雲は秋の澄んだ蒼い空の晴着です。地球のストレスでしょうか。わたしは電話をかけていました。東京のY編集氏から、対談の打ち合わせです。面識はありませんが、内容は手紙で知らされていました。Y氏はわたしの小説を読んで、——わたしの仕事は、主に被爆体験を綴ることですが——「一九四五年八月六日九日以降の長い年月を被爆者が生きるとは、どういうことなのか。それは六日九日の瞬間の体験ではなく、むしろその後の長い年月であるということを、突きつけられるようにも思いました。私小説的な色合いが強い『祭りの場』から『トリニティからトリニティへ』をならべて拝読したとき、戦後の、それぞれの時点で被爆という経験が、どのような意味をもっていたのか、時の経過のなかで、何が変わり何が変わらなかったのか。」幾つかの質問を提示してありました。質問は、わたしたち被爆者が話し続けてきた六日九日の、核心をついていました。救われました。思いの丈を話したい。その時でした。いきなり足を払われたような、上下ちぐはぐな強い揺れに襲われました。持っている受話器のコードが波打っている。目の前にあるテレビも壁に掛けてある写真の額も、両親のお位牌も、部屋にある家具の振幅はてんでにばらばら。並みの地震ではない。東京も揺れていますか、恐る恐るわたしは聞く。東京も、揺れています、ね。お互いに沈黙。

凄いです、電話きります。わたしは一方的に受話器をおく。玄関へ。よろけながら走りました。三間の距離もない廊下ですが、体は規律のない振動を受けて、ハンモックの上を歩いているよう。道に飛び出しました。ぶんまわしのように、電柱が頭をふっている。コンクリートの電柱が弓のようにしなるのです。正確な日時は二〇一一年三月一一日金曜日、午後二時四六分だそうです。

ルイ。あなたの家の前の海は、沖まで引いていったそうですね。生まれてから一度も目にしたことがない海の底、荒々しい岩や溶岩らしい岩礁が姿を現わしたと。

町は停電になりました。災害時の備がない我が家は、電池で受信できるラジオがない。ニュースは入りません。激震の原因は、震源地が近いのだろうと軽く考えて、西陽が海に沈まないうちに夕食を済ませ、ニューメキシコで一二ドル九五セントで買ったろうそくを灯してお風呂に入って、キャンプのようだと楽しみながら床につく。ルイ。日本語よりキャンドルと訂正します。砂漠の砂に赤褐色の色をつけたメサと青空と、コンドルが一羽飛んでいる、ワイングラスに砂絵が描かれたキャンドルです。

翌朝テレビでニュースを観るまで、日本列島に何が起ったのか、わたしは知らなかった。同じ時を共有していながら。

マグニチュード9の大地震でした。ガレキになった三陸海岸の惨状に、日本は復興できるのだろうか、と絶望的になった瞬間でした。

三陸海岸から湘南のこの町の海岸まで、日本列島の半分ほどを巻き込んだ津波は、三〇メートルを越える高さ。メサのような海の崖。災害の様相を表現しながらわたしは、言葉にはすべて人間の感情が移入されている煩しさを感じています。化学記号のように、的確に表現できる言葉が欲しい。

刻々告げられる死者、行方不明者、ガレキの街と狂気を秘めた海をみながら、よぎる思いは、裸足で逃げた八月九日の長崎でした。爆心地松山町の上空五〇三〜五〇四メーターで炸裂した原子爆弾は、浦上一帯の町工場や住宅街を、一瞬の閃光で昇華してしまいました。

「爆発直後のおそらく一〇〇万分の一秒以内では爆発点はセ氏数百万度の高温となり、〇・一ミリ秒（一万分の一秒）後には半径約一五メートル、温度約三〇万度の等温火球が形成される。この時期には球のなかの温度はほとんど均一」と『広島・長崎の原爆災害』（岩波書店）にあります。

動員されていた三菱兵器大橋工場は、爆心地から一・三キロの地点にあり、建物は全壊、わたしは下敷になりました。東洋一を誇っていた巨大工場のなかで、配属された作業場は、唯一木造のバラック小舎でした。火がまわるまで五、六分かかったようです。閃光は火球の一点から八方に走ったとかで、光と光の間に小舎はあったのでしょう。

アルバカーキの原爆記念館――ナショナル・アトミック・ミュージアムに、広島、長崎攻撃に至るまでの記録があります。そのなかに「カウント・ダウン・ツウ・ナガサキ」と大文字で書いた写真があります。長崎攻撃の時計の針が秒を刻み出したこのとき、何も知らないわたしたちの頭上に、重さ四・五トンのファットマン、ふとっちょと仇名をつけられた原子爆弾が、巨体をゆさぶりながら落ちてきていたのです。炸裂時の閃光も爆風も、わたしはみても聞いてもいません。あの一瞬は無音のうちに進行し、小舎からはい出すまで一分？　二分？　あるいは何秒？　その僅かな時の、さらに何万分の一かの間、ルイ。あなたの説による〝連続性のない超越的機能の無意識的時の中に在った〟ようです。個人的な思いとしては、〝日常という持続する意識の時の下に隠されたエアポケット。わたしは時のピコットに陥ちていた〟。

当時、原子爆弾の存在は発表されていませんでした。わたしは工場裏の浦上川を渡って、丘陵地の金比羅山の斜面を、爆心地に向かって逃げました。斜面は段々畑で、点在していた農家も、トマト、ナスなどの夏野菜も消えて無くなり、衣服の焼け残りさえない焼けただれた全裸の人たちが、土の上に転がっている。男女の区別さえつかない。その人たちを踏まないように、段々畑が終わる、爆心の町松山町の丘に辿りついたのは、午後二時すぎ。セ氏数百万度といわれる閃光は一瞬の間に人と町を気体に変えて、虚像と実像の、二つの太陽が燃える空の下で、町は消えていました。くすぶる一筋の煙もない赤土のグランドが、眼下に広がっていたのです。

ルイ。思いでのよすがも残らない町に、人の心は反応する機能を忘れるのでしょうか。それに比べると、生活の跡がガレキに変じて残されている三陸の風景は、無惨で、残酷でした。ガレキの山は、人びとの年月をかけた「希望」だったのですから。

翌一二日、一三日、福島第一原子力発電所の爆発事故。平和利用とはやされて出発した原子力発電は、原子炉の核燃料棒溶解と同時に崩壊をはじめる。最悪の事故です。発電所から二〇キロ以内の居住者は避難指示。大津波の恐怖をうわまわる早さで広がったのが、放射性物質の危険性。「内部被曝」の問題です。多くの人にとって、耳新しい言葉でしょう。「内部被曝」こそが被爆者たちが六十数年、向き合ってきた核と人、核物質と命の問題。「内部の敵」なのです。

人体に吸収された放射性物質はどうなるのか。プルトニウムについて、「(アルファ粒子は)人体に吸収されると細胞や遺伝子などに強い破壊効果をもつ。このことと、プルトニウムが人体に入ると肺や骨に長い間とどまっているという性質が、プルトニウムに強い毒性を与えているのである。」『プルトニウムの恐怖』に記してあります。

放射性物質の寿命、半減期の説明には、「その(放射性物質のこと)寿命を表わすのに、半減期という言葉を用いるが、それは一定量の放射性物質がその半分の量にまで変わってなくなってしまうのに必要な時間の長さを意味する。」セシウム137について、「半減期が三〇年であるが、その意味はいまここに一〇〇万個のセシウム原子があったとすると、いまから三〇年後には五〇万個になり、そして、もう三〇年たつと二五万個——」と年月をかけて半減していく。一〇〇万個のセシウムを人体から排除するには、仮に零になると計算して、生まれて死ぬまでの、人の平均寿命でも不足します。

「内部被曝」の怖さは、放射性物質が零になる日まで、微弱であっても放射線を放射し続けること。発病するか否かではない。

これでも六日九日の被爆と「内部被曝」は無関係といい切れるのか。原子力発電所の事故で、「内部被曝」の危険性を隠しきれなくなった、せっぱ詰まった「内部被曝」の発言です。爆風で壁が抜けて、隣りの授業がみえる教室で、死後の世界を質問した級友の思い詰めた眼、母親に支えられて卒業式に出席した友の、セーラー服からのぞいた細い首。眉間に我が子への思いを残して逝った友人たちの顔が浮かびます。

ルイ。〝この人の生き方尊敬する〟、とあなたがいった、わたしの短篇小説の主人公、大木も亡くなりました。離島の教育に情熱を捧げた、あの大木です。死の一年ばかり前に、突然マザー・テレサの版画——葉書大の——を送ってくれました。よくみると、雑誌から切り抜いた版画らしい。小さい額に入れて、手紙も添え書もない。切り取った鋏の跡が波打っていて、大木はどんな思いで、頭をたれて祈るマザー・テレサのこの絵を切り抜いたのだろう、と訃報を受けた日、わたしは一人調理酒で献盃しました。透析を続ける肉体に幾度メスが入ったでしょう。

これらが、六日九日から被爆者たちが辿ってきた人生です。破れた肉体を繕いながら生きてきたのです。情けはないのでしょうか。

発病を繰り返して逝った友人、被爆者たちの死因は、被爆に起因した「原爆症」。被爆者たちには常識です。「原爆症」と認められれば友人たちも、遭遇した人生の出来ごとを甘受して、去っていけたでしょう。

否定を繰り返してきた側にある人たちの口からいま聞かされた「内部被曝」の言葉は、被爆に勝る打撃でした。国はわたしたちを裏切った。そしていままた、福島原発の事故でみせた命に対する軽々な言葉。責任の所在さえ明らかにしない。学習しない人たちへの腹立ちを、冷静なA子に手紙で訴えました。A子も被爆者です。老後を南の島に移していま す。四、五日経って電話のベルが鳴りました。クラスメートのB子からでした。

とうとう福島の男の子が鼻血を出したわね、いきなりB子がいいました。話の意味がつかめず、首を傾げていると、わたしの原爆症のはじまりが鼻血だったの、とB子。

原爆症は鼻や歯ぐきの出血からはじまります。これも被爆者間の常識です。知識として当然わたしも知っている。ごめんなさい、とわたしは謝りました。被爆後の体のだるさ、自分の頭や、肩からさがる二つの腕も重く、正座する体力もない。激しい水状の下痢、手足の化膿など、被爆者に共通した症状はわたしも発症しています。ただ鼻血と髪が脱ける症状はなかった。B子は鼻からの出血を機に発病して床につき、九州大学に入院、欠席が続いていました。福島の子供たちの健康を案じるB子の心が、同じ被爆者でありながら、わたしには汲みとれなかったのです。

ぼんも鼻血と髪が脱けて、九大に入院したの、とB子がいいました。ぼんは愛称で、二人は幼稚園からの親友です。頭脳明晰な二人は、計算尺を必要とする部署に配属されて、鉄骨とガラス壁で建った煌びやかな工場の下敷になった。意識を失って、額にしたたる水滴でB子は意識が戻る。倒れているぼんの意識が戻るまで側に付いていて、二人で逃げた。B子もぼんも、入退院を繰り返していた生徒です。

ぼんは四八歳で、夫と一人娘を残して亡くなりました。葬儀の日ぼんの柩は在京の同級生たちに支えられて、団地のコンクリートの階段を降りていきました。柩の先頭は、長崎から駆け付けた担任の、国語の教師でした。見送る朝、誰よりも親しかったB子は、姿をみせなかった。わけを訊ねると、死の前の日、ぼんを見舞って別れをしたからいいの、と答えました。手をつないで逃げた日から二人は、その時その時を一期一会としてきたのでしょう。

うちたちのようにならなければいいけれど、とB子がいいました。発病から回復するまでの経緯を近所の人たちに、ことに子供がいる母親たちに話してあげて欲しい、とわたしはB子に頼みました。福島原発の隣りの県に、B子は住んでいます。日常の情報は口伝てに入ってきて、〝直ちに影響はないというほど気軽なものではない〟とB子はいって、でもわたしは話さない、と言葉をきりました。被爆者の身を明かさないクラスメートは大勢います。しかしB子は、いま被爆者が口を開けば「風評被害」で片付けられてしまう、といいました。わたしは頷きました。福島の母親たちの苦しみをテレビで観ていて、幾度も、行って九日以後に現われた肉体の症状を話そう。役に立たないかも知れないけれど、どくだみや柿の葉を煎じて、化膿した手足をひたしたことも話そう、とわたしも考えました。ルイ。野蛮だと思うでしょう。科学の最先端にある原子爆弾に利く治療法は無かった。

確かにいえることは、〝その場から早くお逃げなさい〟。国が決めた数値より放射線量が低くとも、事故で発生した放射能は、わたしたちが生きてきた自然界から受ける放射能に加算される、余計なものなのです。しかし今に至るまでわたしもB子のように、口を閉しています。〝あなたは傘寿を越えてもまだ生きているではありませんか〟「核は安全」と生き証人にされる不安があるからです。破れ番傘の傘寿なのですが。

ルイ。疲れましたね。あなたが好きな、インドの道端で売っている量り売りの紅茶で、一休みしましょう。

『トリニティ・サイト一九四五―一九九五』トリニティで発行されている褐色の表紙の、小冊子があります。原子爆弾爆発実験場に入る心構えが書いてあります。なかに、「フェンス内の放射能レベルは低く、一時間のツアーで〇・五から一ミリレントゲンを浴びる計算になる。アメリカ人の大人は毎年一年間に、平均九〇ミリレントゲンの放射線を浴びている。例えばエネルギー省の発表によると、三五〜五〇ミリレントゲンを太陽から、三〇〜三五ミリレントゲンを食物からとっている。見学を決めるのはあなたである。」と説明があります。フェンス内の放射線量は低いとありますが、一時間グランド・ゼロに止まっていると〇・五から一ミリレントゲン、日常の線量に加えられる。実験場の荒野に一日立ち続けることはないにしても、二四ミリレントゲンを浴びるのです。成人のアメリカ人が受ける一年間九〇ミリレントゲンと比較して、低い線量ではない。入場するか引き返すか。それはあなた個人の判断――。

隠さず事実と向き合って、互いの責任のもとに行動する。大人の国です。わたしは尊敬します。二〇世紀、わたしたちは原子爆弾による核を恐れてきました。二一世紀は、原子力発電の事故による核の脅威にさらされるでしょう。

ルイ。提案があります。今後、原発再稼働を指示し、踏み切った場合、その責任者の姓名を明記して、事故発生の折りには責任をとる。責任に時効なし。法的な手続きはないものでしょうか。あと一つ。原発事故によって被曝した人々に、「被曝者健康手帖」を国、あるいは責任機関が公布すること。

待っていたA子からの返事がきました。

〝笑っちゃいました。原爆の次は原発ですか。余裕ですね。あなたはいつも正しい。旦那が家を出ていきました。老いの身をこれから如何に生きるか。あなたも私を笑ってください。〟

ハガキを読み終わって、震える手でわたしは受話器を取りました。わたしの別れた夫は、君は駄馬の午年です、しみじみといったことがあります。彼は警句がうまい。でも馬は馬。鞭うたれると一目散に走り出す直流型でもある。

南の島の電話番号は長く、押し間違えているうちに、なぜ震えているのだろう、と興奮状態にあるわたしに疑問を感じました。わたしは受話器をおきました。腹が立ったら発言する前に一、二、三と一〇数えなさい、これも別れた彼の言葉。さらに〝君は筋金入りの原爆コレクターですね、戦争の悲劇はなにも原爆だけじゃあないんだがなァー〟とも。

そうです。長い人生で、これほど熱中した事柄はありません。

原子爆弾の被害は別仕立てで考えてくださいませんか、彼にわたしはいいました。彼は口許に否定を隠す魅力的な笑いを浮かべて、君がそう思うのなら、そうしましょう。

わたしが体を震わせている震源は、A子のハガキにある〝笑っちゃいました〟という語句にあります。

『馬鹿について』の「跋にかえて」に「真面目で大切な事がらをなぶりものにするほど愚かなことはないけれども」とある。この文句が頭の隅にあって、笑っちゃいます？　と反芻しているうちに、原爆コレクターのやゆが重なって、書いてきた小説たちの表紙が、脳裏で火花を散らし出す。自尊心のショートです。小説たちの自尊心とは何でしょう。〝原子爆弾は人類の命と種にまで及ぶ、大義名分の別仕立てだから？〟

わたしの長所は、閃光をくぐり抜けて、なおかつ生きてきたしたたかさ、です。いまさら、笑っちゃいます、といわれて慌てることはない。理屈をいろいろと考えましたが、震えの原因は判っている。わたし自身が童話のなかのハダカノ王サマであったこと。絵本で読んだあのでっかい腹の王さま。裸の体に、赤とエメラルドグリーンの宝石をちりばめた王冠をかぶり、群集の前に胸を張って立っている姿。裸であるのを知らないのは、王さまだけ。華麗な衣服をまとっているつもりでいる、滑稽な王さま。わたしは、美食で肥った王さまではありませんが、骨ばかりの薄い肉体に、自負という薄い薄い衣をわたしもまとっていた。被爆体験者だから、人間にとって重大な出来ごとだから、話し、訴えなければ。このことに嘘偽りはない。敬愛する中国の作家魯迅は、隠された人の死ほど悲しいものはない、と学生運動で抹殺された知人の死を悼んでいます。それを笑える人がいる？　いいえ。A子が笑っているのは、原子爆弾の次は原発ですか、とあるわたしのこと。裸で人前に立っている自分自身の滑稽さに気が付いていない、わたしのこと。〝いつも正しい〟わたしは、よい子のつもりでいた。

笑いがこみ上げてきました。

A子にわたしは電話をかけました。呼び出しているベルが聞こえます。なぜ旦那は出ていったのか、知るためです。それを肴にして二人で笑う。それでさっぱり終わり。どれほど悲惨なことでも、人は笑うことができるのです。

その前にルイ、原子爆弾の成功から原子力発電に至るまでの、興味ある文章があるので。『プルトニウムの恐怖』の中の、―方向づけられた科学技術―を写します。

「マンハッタン計画（原子爆弾製造計画。一九四二年八月一三日原子爆弾開発に入る。）は、労働者の安全や環境に対する放射能の影響、『核』のもつ社会的意味などへの考慮をほとんど切り捨てて進んだ。プルトニウムの人体への影響などについても、若干の研究が進められたが、あくまでもそれは二義的なことであり、必要とあればプルトニウムを人体に注射してみるといった、極端なやり方で行なわれさえした。」

原子爆弾製造を目的としたマンハッタン計画は、「可能なかぎり破壊力と殺傷能力の大きい原爆をつくるということであり、経済性や、労働者や環境の安全といったことは、その目的からすればどうでもよい」ことで、「それは技術にとっては、達成されやすい目標だった。／しかし原子力利用となればまったく別の問題である。（略）その技術の導入が人びとを幸せにするものでなくてはなんにもならない。ここが人殺しの兵器を開発するのと決定的に違うところだった。だが、マンハッタン計画から原子力利用計画へと、核技術を引き継ごうとした人びとは、このかんじんな点を忘れ、マンハッタン計画のやり方を踏襲した。」

結びに、「『核』が達成した成果よりもはるかに多くの難問に私たちが直面していることの歴史的背景である。」と。

原子力発電がみきり発車といわれる所以です。

事故から一年半ほど経ったころ、と記憶していますが、事故当初の福島原発の現場と、東京電力本社役員の遣り取りのビデオテープが、放映されました。原子炉の炉心燃料が融けはじめ、最悪の事故メルトダウンをくい止めるために、第二第三号機への放水指示を本社が出す。炉は空炊き状態です。

そんなことをしたら爆発します、悲愴な現場の叫び。

どっちみちぶっ飛ぶっ。本社役員の怒声です。

二〇一二年一〇月八日、ノーベル医学・生理学賞を京都大学教授、山中伸弥氏が受賞することが発表されました。記者会見の席で山中教授は、科学の進歩とともに倫理の進歩が必要、と二つのバランスの重要性を危惧した発言をしました。賞に勝る金言です。

長い呼び出し音の後、電話に出たA子は、なん？　と明るく長崎弁で訊ねました。〝いつも正しい〟わたし、と心に残る気まずさをほぐすために、わたしはふざける。真面目であるほど人生は喜劇で、見事にA子はわたしを裸にしてくれたのです。旦那は家を出たまま なのか。斟酌ないわたしの問いにA子は、考えてみたら家出をさかさに書くと出家でしょう、女づれの仏の道もええやないの、と妙な関西弁でいいました。旦那は関西の人なのです。

被爆とか原発とかワタシにはどうでもいいこと、世間を見廻す余裕などあらしません、といい、一つ口惜しいことがある、相手は醜女なの、という。勝ったではないか、とわたしは慰める。なにいってんの、美人なら自尊心疵つかへんけど、と溜息をついて、旦那だった男が同じこの世で別の女と所帯を持つ、よくできるわね、とA子がいう。出来るのです、とわたしがA子の甘さを笑っていう。

ほんまやね、とA子とわたしは笑い、問題に終止符を打ちました。おそまつな結末です。笑われて震えるわたしの自尊心も、醜女に疵つくA子の自尊心も、どうでもよい事にしました。それでもこの先何年生きるのか。立ち直る手がかりは欲しい。救いの神はSさんが送ってくれた一冊の本でした。

パール・バックの『神の火を制御せよ』。帯に「加害者の視点で描かれた原爆　原爆投下は仕方なかった!?」読みましたか、ルイ。パール・バックは『大地』の作家です。彼女は幼い日を、中国で育っています。それだけで親近感を抱くのですが、その作家が原子爆弾を落した側の目で、小説を書いている。

本にはSの手紙が添えてありました。右の手首の骨を折ったとかで、ワープロで打ってある。彼女はドラマの演出家で、生きている今に対して意見をもっています。福島の原発事故にふれて、「政治家の必要条件として何も感じない者、理解できない者は人心を量る知能と性情が欠落していると認められる故に、失格とする。インプットされたデータをなぞるだけの人間改造術にはまった従来族しか政界に生きられないSF世界に入ったという悪夢にうなされそうな現今ですが、幸いあの戦いを生き抜いた私どもがそうはさせじ、地を這ってでも、孫世代の命のさきくあらんことを願って声をあげたい、ものですが――。」

心に、ほのかな火が灯りました。さて、『神の火を制御せよ』。一九五九年にアメリカのジョン・デイ社から出版された本です。日本語に訳されて「径書房」から出版されたのは二〇〇七年七月。「欧米でベストセラーになった本書は、なぜ日本で出版されなかったのか。」と帯にある。わたしはページを繰る。四、五ページ読んで本を閉じました。四一二ページの長編のせいでもありますが、読んでいくうちに、書きたい、という痛烈な欲望が湧き上りました。物書きの闘争心と自負は残っていました。本の最終ページに〝二〇一二年〇月〇日、福島以後の心情を作品に書き上げる日まで読むことを封印する〟と走り書きしています。偉大な作家の作品を読むと、寸足らずの者は盗みたくなるのです。

　パール・バックは『大地』でピュリッツアー賞を、後にノーベル文学賞を受賞していま す。先日のノーベル医学・生理学賞の発表についで、一〇月一一日、中国国籍の莫言氏の文学賞受賞が発表されました。山東省生れで五七歳。莫氏の受賞にわたしは拍手しました。中国の人の受賞が嬉しかったのです。山東省は黄海に面した、地図をみると緑豊かな農村地帯のようです。山東半島の根許に青島（チンタオ）があります。

　日本敗戦が近い昭和二〇年の二月末、わたしたち母娘は上海から江蘇省、山東省と大陸の沿岸沿いに航路をとって、日本へ引き揚げてきました。東シナ海から黄海に入り、青島の沖合いで船は停泊。日が沈むのを待って旅を続ける。大まわりの船旅です。太平洋戦争も終結に近いときなので、二つの海は産卵期の珊瑚礁のように機雷が敷設してある。敵国の潜水艦も出没する。船舶の航行は夜間に限られていました。朝日に輝く青島の海は濃いるり色に澄んで、食べ物を売りに連絡船に寄ってくる小舟の、漕ぐ櫓の先までみえる。沖は凍結しているのでしょう。平べったい流氷が、ぽかぽか流れてくる。逃げる我が身を忘れるのどかさ。あの海の先に莫言さんの家があるのです。受賞した莫言さんの小説にも、戦いに翻弄される農民たちの生活が描かれている、とか。授賞の評言に――今回の授賞は、アジアの重要性が高まっていることの表れともいえる――と。いいものはいい。それではいけませんか。

　カントは〝平和というのは、すべての敵意が終わった状態をさしている〟といっているそうです。戦いは、誰が誰に敵意を抱いているのでしょう。わたしたち母娘は、いつも逃げているだけ。東シナ海に集結した漁船は、彼らの生活がかかっている、といっています。そして神風は未だ吹きません。

福島原発の事故は、東日本の大災害を複雑にしました。ガレキの処理です。大津波で流された家々は再び押し戻されて、故郷の地にガレキを積みあげる。問題なのは、ガレキが放射能に汚染されているかもしれないということ。原発事故で空と海と大地に流出した放射性物質は、ガレキを汚染する。それに膨大な量です。地域内での処理は困難で、広域処理が決められる。いつ、どこで、だれが、該当する県や市を、何を基準に選んだのか。ガレキそのものを埋め立てるのか。焼却した灰なのか。「焼却後の灰はフィルターで九九・九パーセント、一〇〇パーセント近く放射性物質を除去できる。」国は安全性を説く。しかしわたしたちは、もう、彼らの言葉を信用しない。焼けば煙や水蒸気とともに大気に放射能は放出される。微量であれ多量であれ、「死の灰」なのです。災害の痛みを分かち合う、恩返しとか義理人情の感情問題ではない。

長崎にガレキ処理の打診があったが、あなたは賛成か反対か——突然わたしは質問を受けました。はじめて聞く話でした。わたしは考えて、答えたくありません、と答えました。

ルイ。質問と同時に、わたしの答えは反射的に浮かんでいました。「聖地」という言葉です。自分でも意外でした。逃げながらみた浦上の死者、被爆者たちの姿が瞬時に脳裏に現われて、彼らはいまでも、浦上や長崎の街の地の下にいる。逃げるわたしに人びとが頼んだ言葉は、くすりば――でした。あの人たちは、数分後には息絶えたでしょう。

ルイ。誰も、殺してくださいとはいわなかった。その人たちの上に、二一世紀の原発事故、核の惨禍を積む。わたしには耐えられない。

広島・長崎は人類の受難の地です。百姓一揆でも宗教弾圧でもない。あの地には死者も生者も、長崎全市民の血肉がしみついているのです。オキーフの絵にある、照り輝く太陽に背を向けた黒い十字架を祀る、命について人が謙虚に考え、犯した罪を反省する聖地なのです。

その夜みた夢を話しましょう。浦上の平和公園らしい広場が現われて、福島の第一号機か二号機の、赤錆た鉄骨を残した建屋が運び込まれ、移築されているのです。工事は完成して、除染されたという曲った鉄骨をすかして天と地を指した巨大な像がみえる。二つの世紀をまたがった人と核の、新旧二つの祈念碑に、わたしは拍手していました。悔恨と懺悔。アヤマチハクリカエシテハイケマセン。戒めの祈念碑です。わたしにしては気が利いた、夢の思いつきでした。

打診があったガレキ受け入れの話は、長崎、佐世保の両市によって、中止宣言があったそうです。

七月に入ると、湿気を含んだ重い暑さが日本列島をおおいはじめました。被災地の仮設住宅で生活する人びとは、トタン屋根一枚の家で、暑さに耐えられるでしょうか。放射能汚染地域の住民たちが、故郷に帰れる日はくるのでしょうか。

二〇一二年七月一六日、テーブルの前に坐って、遅い朝食をとっていました。お昼から代々木公園で脱原発の集会が開かれます。木陰のない公園への道を歩いていく人の列が、テレビに映し出される。三、四歳の子供の手をひいたジーパン姿の父親。背負い袋で赤ん坊を胸に抱いた母親。帽子をかぶった中年の婦人たち。手作りの原発反対の小旗を持って、人の列は公園入口の芝生の山へ動いていきます。堅焼きのフランスパンを食べているわたしの心臓が、不整脈の予兆を伝えながら強く打ち出しました。山の斜面には子供連れの家族たちが腰をおろして、開会式を待っています。

電話のベルが鳴りました。足が弱った母親の介護のために、ニューヨークから一時帰国しているＯさんでした。大学で教えている彼女は、今カラ代々木公園ニ行ッテキマス、と要点をいう。ご苦労さま、いってらっしゃい。友人ト一二時ニ公園入口デ待チ合ワセテ、集会ニ参加シマス。熱中症に気を付けて、いってらっしゃい、とわたし。暫く間をおいて、ソレデハ、とＯは電話を切る。Ｏは原発事故以来のわたしの心中を理解しているので、決して誘わない。しかしOの電話の意図は、わたしにはよく判る。

続いてA子から電話。意外そうに、行かないの、と訊ねてから、代々木みているけれど、これが嘘のない民意だと思うわ、参加したいけれど遠いし――。旦那の家出どうやら本気らしいの、立ち直れません、といって電話を切る。

わたしは時計をみました。九時半です。原爆の次は原発ですか、と笑ったA子ですが、やっぱり忘れていない。OもA子も、どうでもよくはない、のです。動悸は早くなって、わたしは椅子を立ちました。駅に駆けつければ、いまならまだ間に合う。住んでいる町から新宿まで直通列車が出ています。

代々木公園駅のホームは、軽装の男女であふれていました。知らない街ですが、ホームの人たちの後についていけば、自然に公園に辿り着ける。代々木公園の空は広く、白っぽく晴れていました。肩がふれ合うほどの人波です。幼い子供連れの若い夫婦の姿が目立ちます。町内会、子供会の名がある小旗を持ったグループもいる。気負って代々木まで辿り着きましたが、太陽は肌をいりつけます。人波を抜けて、道脇の陰に入ってわたしは休む。

同年代にみえる老人が、ハンカチで汗を拭いている。杖をついています。老人は手術後のリハビリ中で、医師の許しを得て、代々木の集会に参加したのだそうです。ご無理なさらないように、とわたしが月並みな挨拶をすると、この世へのおきみやげです、一つぐらいよいことをしようと思いまして、といって、孫たちが安心して住める国にしたいですね、と穏やかに話す。個人参加が多いためでしょう。茶の間の親しみが参加者たちにあります。生後三、四ヵ月ぐらいの赤ちゃんを抱いた若い母親が老人の話に頷いて、がんばって歩いてきます、と流れに加わっていきました。小柄な、ちっちゃいお母さんの後姿がいじらしく、不甲斐ないわたしを恥じました。パール・バックの『神の火を制御せよ』を贈ってくれたSの思いのように〝あの戦いに生き残ったわたしたちは、孫世代の命のさきくあらんことを願って声をあげなければ〟逝った同胞や友人たちに顔向けができない。

ルイ。駅から公園までの短かい距離のなかで、これほど素直で率直な、人びとの「いのち」への思慕を感じたことはありません。戦後六十数年の年月のなかで、人びとがとった最後の選択なのです。戦いを生き抜いたわたしたちのバトンは、若い人たちに確かに渡っている。感動でした。代々木公園に集まった人たちは七万人、八万人。一七万人ともいわれています。一〇万だろうと二〇万だろうと、たとえそれが千人であっても、子や孫たちの命とその国に幸あらんことを願った、わたしたちの声なのです。

帰宅して、代々木公園まで行ってきました、とA子に報告しました。行進にも参加したのかとA子が訊ねる。わたしはいいえと答える。

行った、そのことに意義があるのよ、とA子が弾んだ声でいいました。

ルイ。大震災から引ずってきた迷いも、まどわされる揺れも終わりです。浦上の丘でもらった命一つの謙虚なわたしに還って、代々木から新しい出発です。あとは残された時を誠実に生きるだけ。震災以来のいい加減なわたしに〝どうでもよくはないのよっ〟と本気で怒ったW女史の言葉を柱にして。そして最期の日には、ああ、あ、あ、あ、と大泣きして、思いの丈をこの世に吐き出して、終わりにします。

ルイ。質問があります。あなたはあなたの人生を肯定しますか。

みなさまへ

著者から読者へ

林　京子

『谷間　再びルイへ。』に収められた「三界の家」「谷間」「残照」は、家庭と、二十数年生活を共にした男女の、個の崩壊を芯に据えた小説です。妻の日常の根には、学徒動員中に長崎で被爆した八月九日の闇があります。

「再びルイへ。」は三つの作品の延長線上にありますが、流れからいえば一九九九年一〇月、世界初の原子爆弾爆発の実験地、トリニティ・サイト（アメリカ合衆国）を訪ねた後、ルイに宛てた「トリニティからトリニティへ」につながります。しかし心情的には距離をおきました。

理由は二〇一一年三月一一日、東日本大震災によって起きた、福島第一原子力発電所の、原子炉事故。原子炉の核燃料棒が融けて炉の底に崩れ落ちる、メルトダウンの大事故です。この事故で、大量の放射性物質が東北ののどかな大空に飛び散りました。

驚いたのはそれに対する人びとの反応と対応です。国も政府も、核の専門家たちも原子力発電所の関係者たちも、そして一般の人たちも、放射性物質、核物質への認識の甘さ。人体が受ける放射性物質の危害は、六日九日とイコールなのですが。

〝想定外〟という狭量な人智の枠に閉じ込めて報道される対策を聞きながら、私は、この国は被爆国ではなかったのか、と愕然としました。

『東京裁判』（スミルノーフ、ザイツェフ共著・大月書店）の「日本語版への序文」に――歴史は誰にも何も教えはしない。その教訓を学びとらなかった人々を罰するだけだ――とロシアの歴史家の言葉が引用してあります。罰されるのはゴメンですが、〝もうどうなってもいい〟と被爆者としての感想や放射線に対する防御策などの問いかけに、私はいっさい口を閉ざしました。語り部を続けてきたクラスメートたちも、口を閉じました。勿論私たちのささやかな行為で、国や歴史が変えられるなどとは、思っていません。しかしいかにも残念ではありませんか。せっかく被爆者という貴重な実験材料がありますのに。

物書きの性でしょうか、人類初の「ヒバクシャ」の責務？でしょうか。私はルイに向かって、再びペンを執りました。

今年二〇一六年五月二七日、アメリカ大統領オバマ氏が、広島を訪ねることになりました。国じゅうが湧きたち、私たち被爆者へ〝オバマさんの広島訪問をどう思いますか〟〝彼の広島訪問であなた方被爆者の心を逆なでにしはしませんか〟〝六日九日への謝罪はあるのか〟質問は枝葉のことばかり。

問題なのは、あの日広島の地で何が起こったのか。それをオバマさん自身の目でみること。資料館に展示された人や街の写真の前に立って、何を感じるか。アメリカの大統領として立つのか、一人の人間としてか。

その日朝から私はテレビの前に坐って、カメラが追うオバマさんの表情に、目を凝しました。長身のオバマさんが資料館に向かって、歩いていく。ややうつ向いて。初夏の強い日差しがはねるガラスの自動ドアが開いて、オバマさんが内に入る。やがて光の中へオバマさんが現われる。表情は静か。

オバマさんは慰霊碑に向かって歩いていく。表情は変わらず、いっさいの動きがない。十字架にあるキリストの、深く、重く沈んだ静かさです。私の胸のなかで被爆以来固まっていた何かが溶けていきました。

五月二八日（土曜日）の朝日新聞朝刊に、オバマ大統領の広島演説の全文が訳されて、掲載されています。

「七一年前、明るく、雲一つない晴れ渡った朝、死が空から降り、世界が変わってしまいました。」一瞬私は息を止め、読み進む。

「すべての人は等しくつくられ、生命、自由、幸福追求を含む、奪われることのない権利を創造者から授けられた。」黒人であるオバマさんの人生も、平穏ではなかったでしょう。

「私たちが広島を訪れる」理由として、「私たちが愛する人のことを考えるためです。朝起きて最初に見る私たちの子どもたちの笑顔や、食卓越しの伴侶からの優しい触れあい、親からの心安らぐ抱擁のことを考えるためです。私たちはそうしたことを思い浮かべ、七一年前、同じ大切な時間がここにあったということを知ることができるのです。（略）普通の人はもう戦争を望んでいません。」

オバマさんの言葉は私の思いでもありました。毎年八月九日がくると、私はテレビの前に正座して、一一時二分、長崎市に原子爆弾が投下された時を待ちます。一秒、一秒、刻まれていく時を数え、この時にはまだ友人たちは生きていた、この時には先生もまだ生きていらっした——と被爆死した五二人のクラスメートたち、三人の女先生たちを思い、一一時二分を告げるサイレンが鳴る——

再び私は翌年の八月九日に向けて、歩きはじめるのです。

〝生き残ったことに罪の意識はありませんか〟よく私は質問を受けます。

あの日生き残った者の罪とは何だろう、と私は考えます。被爆直後、潰れた工場の下からはい出して、地に転がる全身血で濡れた死者たちを踏まないように、私は逃げました。生きている私が、私は嬉しかった。本当に嬉しかった。一四歳の私はあの日はじめて「自分の命」を知り、自分自身のものとして受け止めたのです。生きて在るよろこび――その私の背には、おびただしい人びとの死がいつも在ります。なぜなら彼ら、彼女らは、私と同じように生きていたかったから。だから私は、たとえ苦しくとも、勝手に死んではならないのです。

生き残った者の罪とは何だろうと考え続け、資料館から出てきたオバマさんの「人で在る」苦しみの沈黙に私は救われました。私は戦う国の国民として動員を受け、兵器工場の片隅で働いていたのです。それなら戦争の協力者として罰を受け止めましょう。これは私個人の、七十余年をかけて達した解決です。

「再びルイへ。」の終わりに、〝あなたはあなたの人生を肯定しますか〟とルイへ私は問いかけました。ルイのご主人は二年前に逝かれました。この世での出来ごとをきれいに洗い落して、それでもルイだけは忘れなかったそうです。人って、愛しいですね。

お付合いくださった読者のみなさま、ありがとうございました。読んでくださる人がいる、救いでした。みなさまの明日が平和でありますように。

原爆小説といわれる私の作品を今日まで守り、育ててくださった編集者のみなさま、お世話になったみなさまに深く頭をさげます。

お逢い出来て私は幸せでした。

二〇一六年

夏の終りに。

ヒロシマ・ナガサキ、そしてフクシマ

解説

黒古一夫

周知のように、群像新人文学賞と芥川賞をダブル受賞した「祭りの場」(一九七五年)で出発した林京子は、その後一貫して一九四五年八月九日の被爆体験と戦時下に幼少女期を過ごした中国・上海での体験、つまり「戦争」の体験を基にした作品を書き続けてきた。なかでも、「祭りの場」に次ぐナガサキでの被爆体験とその後の生き様や考え方を描いた短編連作『ギヤマン ビードロ』(七八年)、および初めての長編『無きが如き』(八一年)、そして一五年戦争下の上海における日本と中国の庶民の生活を子どもの視点から描いた短編集『ミッシェルの口紅』(八〇年)は、林京子文学の原点がどこにあるかを明らかにするものであった。その後、林京子は被爆体験と上海体験を展開した『上海』(八三年)で第二三回女流文学賞、「三界の家」(本文庫に収録 八三年)で第一一回川端康成賞、

「やすらかに今はねむり給え」（九〇年）で第二六回谷崎潤一郎賞、『長い時間をかけた人間の経験』（二〇〇〇年）で第五三回野間文芸賞を受賞するなど、現代文学の最前線で活躍するが、そのような各種文学賞を総なめした林京子文学の特徴は、どこにあるのか。

それは、創作の原点である被爆体験・戦時下における上海体験の意味を真摯に問い続け、被爆者・戦争体験者として「現在」をどう生きるかを気負うことなく冷静に描き出しているところにある、と言っていいだろう。方法的には、日本の近代文学の伝統と化した「私小説」の方法を用いながら、作品内で被爆した一九四五年八月九日及び上海での幼少女期と「現在」とを自在に行き来することで、現在を生きる私たちの生がいかなる問題を抱え込んでいるかを浮き彫りにしている。例えば、「祭りの場」における被爆体験を述べた後に置かれた次のような記述に、その典型を見ることができる。

一九七〇年一〇月一〇日の朝日新聞に〝被爆者の怪獣マンガ小学館の「小学二年生」に掲載、「残酷」と中学生が指摘〟の記事がのっている。「原爆の被爆者を怪獣にみたてるなんて、被爆者がかわいそう」女子中学生が指摘し問題になった。怪獣特集四五怪獣の中の、人間の格好をした「スペル星人」が「ひばくせい人」で全身にケロイド状の模様が描いてある。真意をただされた雑誌側は調べてからでないと何ともいえません、と答え、原爆文献を読む会の会員は絶対に許せない、と抗議の姿勢をとった。事件が印象強く残ったのは確かである。「忘却」という時の残酷さを味わったが、原爆には感傷はいらない。

これに続けて作者は、「これはこれでいい。漫画であれピエロであれ誰かが何かを感じてくれる。三〇年経ったいま原爆をありのまま伝えるのはむずかしくなっている」と書き、二〇万人以上の死者とその数を上回る被爆者を生みだしたヒロシマ・ナガサキが、時の経過と共に「風化」していくことに対する「やりきれなさ」と「怒り」を心底に潜めた感情を明らかにする。この時、被爆者の感情を見つめる作者の目は、あくまでも怜悧である。そんな作者の精神を支えているのは、大袈裟に聞こえるかも知れないが、「命＝生死」の極限を体験した八月六日・九日から離脱できない被爆者（あるいは先のアジア太平洋戦争の犠牲者）を置き去りにして、物質的・経済的な「豊かさ」だけを求めて驀進してきた戦後社会への「違和感」や「恨み・辛み」、と言っても過言ではない。何故なら、林京子が「祭りの場」以降の諸作品において、被爆者＝被害者が被爆後の生をどのように生きてきたか詳細に描いてきたのも、みな被爆体験（戦争体験）の風化に抗するためだったからである。それだけ、林京子の「原爆（核）と人間存在は、共存できない」という思いが強かったということだろう。

その意味で、本文庫に収められた「三界の家」（「新潮」八三年一〇月号）、「残照」（「文學界」八五年五月号）、「谷間」（「群像」八六年一月号）が、それまでの作品で断片的にしか描かれてこなかった作者の結婚から出産、そして離婚を経て現在に至る「谷間」での生活を赤裸々に綴っているのも、惨禍から生き残った被爆者のその後の生の実際を明らかにすることで、核の非人間性を訴えようとしたからと考えることができる。

仏教思想や儒教道徳から生まれた諺「女は三界に家なし」——幼いときは親に、嫁しては夫に、老いては子に従え、という「三従」を強いられる女性は、過去、現在、未来の三世（三界）＝この世界に安住する場所（家）がない——からタイトルをとった「三界の家」は、「母と姉が住んでいる町から、私の家がある町に、帰る」前に、母と姉と共にお参りした「坂の上の寺の、納骨堂にある」父の墓のことから始まり、上海から帰った後の父に対する母の様々な回想を中心に展開するが、この作品を貫いているのは、語り手の「女は三界に家なし」、つまりこの世に居場所がないという強い思いである。

そして、そんな主人公の「女は三界に家なし」という思いは、離婚歴のある上海帰りの年の離れたジャーナリスト「草男」と結婚した「なつこ」の離婚に至るまでの経緯と、終の棲家と決めて建てた「谷間の家」が高速道路建設のために一年後には周囲の家と共に壊されていくこととを重ねて描いた「谷間」にも、また結婚した一人息子のアメリカ赴任に同行することになった「私」の心境と別れた元夫の息子への過剰とも思える愛情を綴った「残照」にも、さらには福島第一原発の事故（フクシマ）に触発された「核（原爆・原発）」への被爆者の思いを余すところなく吐露した「再びルイへ。」にも、変わらず通奏低音のように鳴り響いている。

特に、一五歳の誕生日を迎える直前で被爆した女と、上海において戦争を「加害」の側に立つジャーナリストとして体験した男との結婚から離婚に至る過程を描いた「谷間」は、夫との関係や夫の家族（母親と妹及び妹の子ども、そして先妻の娘）との関係がいかに「危うい」ものであったか、そしてそのような「危うさ」を誘引したのはやはり「女は三界に家なし」という思想であることが強調されている作品である。作者は、ここでは「産む性」を持ってこの世に存在する女＝被爆者の性（さが）がいかに「哀しい」ものであるかに焦点を合わせ、感情を激化することなくその生の在り様を描いている。作者は、単行本『谷間』の帯に「校正しながら、私の日々のなかを通り過ぎていった人たちを、想っている。出逢って別れて、出逢って。そして永久に去っていく」と記したが、中編「谷間」はまさに「三界」（この世）に居所のない「八月九日の被爆者」（なつこ）の辛く哀しい出逢いと別れを描いた作品である。さらに言えば、この作品の主人公は最後まで自立を決意した女の凛とした佇まいを示し続けているが、そのような主人公の生きる姿勢がまたこの作品を魅力あるものにしている。

前記したように、フクシマに触発されて書いた「再びルイへ。」も、語り手の「凛とした佇まい」が伝わってくるという点では、「谷間」に引けをとらない。否、「凛とした佇まい」というより、核の存在を容認・放置し続けてきた人たちに対する「憤怒」に近い感情が全編に漲（みなぎ）っている点で、ヒロシマ・ナガサキの風化に抗しようとしたとも言える処女作「祭りの場」に匹敵する作品と言うことができる。例えば、「再びルイへ。」の語り手「わたし」は、フクシマの事故が起こってそれに関わって発言する「国を代表する政治家、原子力発電にかかわる専門家、企業家たちの、人と核物質への認識の浅さ。軽さ」についてあきれると同時に、彼らが「含みのある日本語を巧みにあやつって、官民ともにわたしたち国民の目潰しにかかる」ことや、「自然界の大地震、大津波に責任をかぶせて『想定外』という新しい概念を造り上げ、放出される大量の放射能さえ『直ちに健康に影響はない』」と虚言を言い張り続けたことに「怒り」を隠さず、彼らを糾弾する。それは、「国を代表する政治家、原子力発電にかかわる専門家、企業家たち」が、戦後一貫してヒロシマ・ナガサキの被害者を放置し続け、フクシマが起こってもヒロシマ・ナガサキへの対応と同様に、無責任な態度を取り続けてきたからである。

作者に重なる「わたし」の「怒り」と「嘆き」が頂点に達するのは、フクシマの事故に関して彼ら政治家や原子力の専門家、役人たちが「内部被曝」という言葉を使ったときである。

そんなある日、放射能が人体に与える影響について説明する役人の口から、「内部被曝」という言葉が出ました。

ルイ。わたしはテレビに映る役人の顔を凝視しました。知っていたのだ。彼らは——。核が人体に及ぼす「内部被曝」の事実を。

八月九日の被爆以来、責任ある国の、公人の言葉としてわたしが聞いたのは、はじめてです。知っていて口を閉してきたのです。八月六日九日から今日まで、幾人のクラスメートが、被爆者たちが「内部被曝」のために「原爆症」を発症し、死んでいったか。原爆症の認定を得るために国に申請する。国は却下。被爆と原爆症の因果関係なし。または不明。ほとんどの友人たちが不明と却下されて、死んでいきました。被爆者たちの戦後の人生は、何だったのでしょう。

「わたし」は、この作品の初めの方で「今日までわたしの人生の座標は、生きること、に終始していたようです」と書いていた。これは換言すれば、「わたし」＝被爆者（林京子）の被爆後の人生は、「谷間」にも具体的に書かれているが、いつ原爆症が発症して死に至るかに怯えながら、その怯えに耐える毎日だったということである。原爆症がもたらすであろう「死」を常に意識した人生、それはまぎれもなく「苦」を背負ったものであった。「わたし」が怒るのは、ヒロシマ・ナガサキの被爆者にそのような「死」に怯える生を強いてきた政治家や役人などの公人が、フクシマが起こってもなお臆面もなく「直ちに健康に影響はない」などと言って、恬として恥じない態度を見せ続けたからである。

語り手と重なる作者の林京子は、文芸文庫版の『希望』（二〇一二年）所収の「著者から読者へ」の中で、この文庫に収録されている茨城県東海村の核燃料加工工場ＪＣＯで起こった臨界事故に取材した「収穫」（二〇〇二年）と、フクシマが起こってからの自分の在り方を振り返り、「この一年有余、もうどうでもいい、と投げやりな絶望のうちに暮してきました」と反省し、「（放射能に汚染されたサツマイモの世話をしている老人の姿を見て）これはいま生きているわたしたちや、これからを生きていかなければならない子供や孫たち、地上に在るあらゆるものの、命にかかわる問題です。そのことを十分に承知して生きてきながら、現実から思いをそらしていた自分に、わたしは恥じています」と書いた。

その意味で、この「再びルイへ。」はそんな「恥」の意識を持った作者が自分を奮い起こすようにしてフクシマ（核問題）と対峙したその心の在り様を率直に表現したもの、と言える。作品の最後で、「わたし」が東京の代々木公園で開かれた脱原発集会に参加し「代々木から新しい出発です」と宣言したのも、自分の反核意識を再確認すると共に、読者にもまたフクシマやヒロシマ・ナガサキに正対して欲しいと思ったからであるだろう。

ちなみに、作中で「わたし」が語りかける「ルイ」は、特定の友人を指すだけでなく、「人類」の「類（るい）」を含意する「人間＝私たち」に向けた言葉でもあるのではないか、と私は考えている。

『谷間』カバー・帯（1988年1月　講談社）

『祭りの場』カバー・帯（1975年8月　講談社）

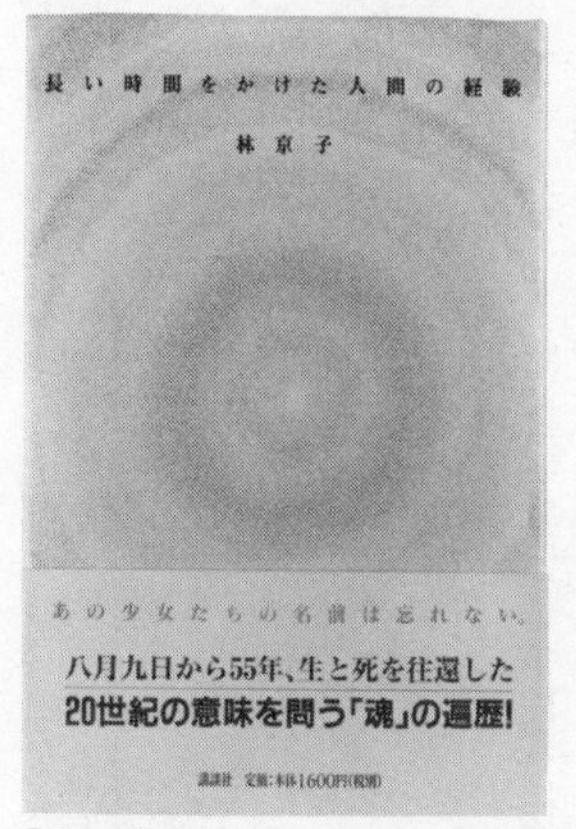

『長い時間をかけた人間の経験』カバー・帯（2000年9月　講談社）

『三界の家』カバー（1984年11月　新潮社）

年譜

林京子

一九三〇年（昭和五年）
八月二八日、父・宮崎宮治と母・小枝の三女として、長崎県長崎市東山手町に生まれる。下に妹の四人姉妹。

一九三一年（昭和六年）　一歳
父が三井物産の石炭部勤務だった関係で、一家で赴任先の上海市密勒路二八一弄一二号に移住した。

一九三二年（昭和七年）　二歳
第一次上海事変勃発によって、長崎の祖母のもとへ一時帰国する。

一九三七年（昭和一二年）　七歳
上海居留団立中部日本尋常小学校に入学。七月、日中戦争によって長崎に一時帰国する。

一九四一年（昭和一六年）　一一歳
一二月八日、上海にて大東亜戦争開戦に遭遇する。小学校五年に在学中であった。

一九四三年（昭和一八年）　一三歳
四月、上海居留団立上海第一高等女学校に入学。

一九四五年（昭和二〇年）　一五歳
二月末、父を上海に残し、母と娘たちで帰国。京子は県立長崎高等女学校に編入し、市内十人町に下宿した。母とほかの姉妹は、長崎県諫早市に疎開。五月より三菱兵器大橋工場に動員される。八月九日、同工場で勤務中に被爆。爆心地から一・四キロの地点であった。多くの学友が亡くなる中、命を取りとめるが、以後、原爆症による衰弱に悩む。同月一三日に迎えにきた母に連れられて徒歩で、諫早の疎開地に赴く。同月一五日、終戦。

一九四六年（昭和二一年）一六歳
一月、京子被爆の報を受けて父が帰国。その途上で引き揚げ船が機雷に接触する事故にあい、財産を失った。一二月、前年に出たGHQの財閥解体の覚書に従い、父の勤務先であった三井物産佐世保支店は閉鎖され、父が解雇された。

一九四七年（昭和二二年）一七歳
長崎高等女学校卒業。父にかわって母が家政婦などをして生計を支えた。

一九五〇年（昭和二五年）二〇歳
京都市伏見区に下宿して、大阪にあった中国資料研究所に勤務した。

一九五一年（昭和二六年）二一歳
結婚を機に上京し、杉並区荻窪に住む。

一九五三年（昭和二八年）二三歳
三月、長男が生まれる。健常児であったが、出産をきっかけに、原爆症の遺伝など、被爆の世代間連鎖の問題に向き合うこととなる。

一九五四年（昭和二九年）二四歳
横浜市篠原町に転居した。

逗子市新宿に転居する。

一九六二年（昭和三七年）三二歳
「文芸首都」の同人となり、小野京の筆名で小説を執筆しはじめる。同時期の同人に中上健次や勝目梓らがいた。以後、昭和四四年の同誌廃刊までに七編の小説と三編の随筆を発表した。

一九六八年（昭和四三年）三八歳
逗子市沼間に転居。昭和五四年に高速道路建設のために立ちのきを迫られるまで、同地に暮らす。

一九七〇年（昭和四五年）四〇歳

父が享年七一歳で逝去。
一九七四年（昭和四九年）　四四歳
離婚。「食糧タイムズ」に以後一年半にわたり勤務する。
一九七五年（昭和五〇年）　四五歳
四月、「祭りの場」で群像新人文学賞を受賞し、六月、同誌に掲載される。「せめて人は人らしく死にたい、と願いながら」「夢の底でうごめいている少女たちの、そして私の墓標のつもりで書いた」（「受賞のことば」）。七月、同作品で第七三回芥川龍之介賞を受賞。「戦後三十年の被爆者の苦悩の現実性の上に、この作品の人を打つ力は築かれているのである」（大岡昇平「芥川賞選評」）。八月、『祭りの場』を講談社より刊行。九月、野呂邦暢との対談「昭和二十年八月九日――原爆体験と文学」（「文學界」）を発表。その中で、文体について「新聞記事のように淡々とした文体で書けたら一番わかってもらえるし、伝えられるんじゃないか、そうして自分もひっこめられるんじゃないか、ということで書いたんです」と発言する。
一九七七年（昭和五二年）　四七歳
二月、「家」（「文學界」）を発表。三月から翌年二月にかけて短編一二を連ねる形で「ギヤマン ビードロ」（「群像」）を連載。「八月九日の、より総体的な人間の不幸を書くには、モザイク細工のように、とりどりの色あいの個を、八月九日にはめ込んでいくより方法はない」（「上海と八月九日」）との思いがあった。九月、「同期会」（「文學界」）を発表。
一九七八年（昭和五三年）　四八歳
五月、『ギヤマン ビードロ』（講談社）を刊行。同作品で芸術選奨新人賞の内示を受けるが、「被爆者であるから、国家の賞は受けられない」という理由で辞退する。八月、「煙」（「群像」）、「昭和二十年の夏」（「文學界」）を発表。

一九七九年（昭和五四年）　四九歳
一月から一二月にかけて、「老太婆の路地」を皮切りに、隔月で上海体験を綴った短編連作を「海」に連載。一二月、「映写幕」（「婦人公論」）を発表。
一九八〇年（昭和五五年）　五〇歳
一月から一二月にかけて、「無きが如き」（「群像」）を連載。二月、『ミッシェルの口紅』（中央公論社）を刊行。一〇月、「生き残った私たち」（「文學界」）、「釈明」（「別冊婦人公論」）を発表。
一九八一年（昭和五六年）　五一歳
三月、「上海と八月九日」が『叢書・文化の現在4　中心と周縁』（岩波書店）に収録される。四月、「谷間の家」（「文學界」）を発表。五月、「潮」の取材で広島を訪ねる。六月、『無きが如き』（講談社）を刊行。八月、『自然を恋う』（中央公論社）を刊行し、戦後最初の上海旅行（六日間のパック・ツアー）をする。
一九八二年（昭和五七年）　五二歳
一月、中野孝次らが呼びかけ人となり五六二名の署名を集めた「核戦争の危機を訴える文学者の声明」に賛同し、署名する。同月、「無事――西暦一九八一年・原爆三七年」（「群像」）を発表。五月、「すり替え論流行りの時代に」（「世界」）を発表。六月から翌年三月にかけて、「上海」（「海」）を連載する。
一九八三年（昭和五八年）　五三歳
五月、『上海』（中央公論社）を刊行し、同作品で女流文学賞受賞。「嘗っての上海の近かった面と今日の大きく変革された上海の遠い面とを自分の念いのうちで離反させたくない〈私〉の意思的情熱など、上海に対する愛と、〈私〉にとっての上海のもつ多様な意味の深さが、読む者を衝つ」（河野多恵子「女流文学賞―選評」）。九月、『日本の原爆文学3　林京子』（ほるぷ出版）を刊行。一〇月、「三界の家」(「新潮」)を発表。
一九八四年(昭和五九年) 五四歳
一月、戯曲「晴れた日に」(「すばる」)を発表。一一月、「星月夜」(「文學界」)を発表。同月、『三界の家』(新潮社)を刊行。同月、第一一回川端康成文学賞を受賞。
一九八五年(昭和六〇年) 五五歳
五月、『道』(文藝春秋)を刊行。同月、「残照」(「文學界」)を発表。六月、子息のワシントン駐在に随行して、アメリカ合衆国ヴァージニア州に転居する。ここで、一〇月、初孫が誕生。
一九八六年(昭和六一年) 五六歳
一月、「谷間」(「群像」)を発表。七月、「生存者たち」(「すばる」)を発表。一〇月、「蕗を煮る」(「群像」)を発表。「戦争花嫁」として暮らす在米日本女性たちから話を聞くなど、アメリカ各地を精力的に訪問した。
一九八七年(昭和六二年) 五七歳
七月、「二月の雪」(「群像」)を発表。一〇月、「雛人形」(「群像」)を発表。
一九八八年(昭和六三年) 五八歳
一月、『谷間』(講談社)を刊行。四月、「眠る人びと」(「群像」)を発表。五月、『ヴァージニアの蒼い空』(中央公論社)を刊行。六月、アメリカより帰国する。一〇月、「遠景」(「群像」)を発表。
一九八九年(平成元年) 五九歳
二月、『輪舞』(新潮社)を刊行。四月、「See you ヤング・チャ」(「新潮」)を発表。五月、『ドッグウッドの花咲く町』(影書房)を刊行。七月、「亜熱帯」(「新潮」)を発表。
一九九〇年(平成二年) 六〇歳
二月、「やすらかに今はねむり給え」(「群像」)を発表し、五月に同作品で第二六回谷崎潤一郎賞を受賞。六月、同作品を講談社より刊行。七月、「ひとり占い」(「新潮」)を発表。八月、「河へ」（「文學界」）を発表。
一九九一年（平成三年）　六一歳
一月、「感謝祭まで」（「群像」）を発表。二月、五島列島に旅行する。三月、「ローズの帰国」（「中央公論―文芸特集」）を発表。七月、「芝居見物」（「文學界」）を発表。九月、「アイ　ノウ　イッツ」（「中央公論―文芸特集」）を発表。同月、母が享年八九歳で逝去。
一九九二年（平成四年）　六二歳
一月、「溶岩」（「新潮」）を発表。八月、『瞬間の記憶』（新日本出版社）を刊行。一二月、「九月の太陽」（「新潮」）を発表。
一九九三年（平成五年）　六三歳
三月、「小雨に烟るキャプテン・クックの通り」（「中央公論―文芸特集」）を発表。九月、「還暦の花嫁」（「中央公論―文芸特集」）を発表。
一九九四年（平成六年）　六四歳
一月、「ご先祖さま」（「群像」）を発表。二月、『青春』（新潮社）を刊行。三月、「おばんざい」（「中央公論―文芸特集」）を発表。九月、「旅行」（「中央公論―文芸特集」）、「まち」（「群像」）を発表。
一九九五年（平成七年）　六五歳
五月、『老いた子が老いた親をみる時代』（講談社）を刊行。一〇月、「五〇年は平和の一節」（「中央公論」）を発表。同月七日、戯曲「フォアグラと公僕」がＮＨＫ／ＦＭでラジオドラマとして放送され、同ドラマが芸術作品賞を受賞する。
一九九六年（平成八年）　六六歳
三月、「フォアグラと公僕」（「群像」）を発表。五月、『樫の木のテーブル』（中央公論社）刊行。八月、「玩具箱」（「新潮」）を発表。夏、戦後二度目の上海旅行をする。自身の親しんだ黄浦江を遊覧すると同時に、芥川龍之介の『支那游記』にも思いを馳せた（「上海の旅で」、八月七日、読売新聞）。一〇月、『おさきに』（講談社）を刊行。
一九九七年（平成九年）　六七歳
一月、「夫人の部屋」（「文學界」）を発表。七月、「仮面」（「群像」）を発表。八月、「ブルースアレイ」（「文學界」）を発表。
一九九八年（平成一〇年）　六八歳
一月、「チチへの挽歌」（「文學界」）を発表。一〇月、「思うゆえに」（「新潮」）を発表。一一月、『予定時間』（講談社）を刊行。
一九九九年（平成一一年）　六九歳
人類初の原爆実験が行われた、アメリカ合衆国ニューメキシコ州の「トリニティ・サイト」を訪問する。一〇月、「長い時間をかけた人間の経験」（「群像」）を発表。一一月、「夏菊」（「新潮」）を発表。
二〇〇〇年（平成一二年）　七〇歳
九月、『長い時間をかけた人間の経験』（講談社）を刊行。一一月、同作品で第五三回野間文芸賞受賞。「二十五年次々と書いていくうちに視野が広がり、友人たちのあわれさや涙の中にあるものが人間全体の命の問題だと考えるようになりました」（受賞の記者会見でのことば）。
二〇〇一年（平成一三年）　七一歳
一月、講談社文芸文庫『上海・ミッシェルの口紅　林京子中国小説集』刊行される。一一月、「芸術至上主義文芸」（二七号）で「特集・林京子の世界」組まれる。そこに講演「八月九日からトリニティまで」と「鼎談・林京子さんを囲んで」掲載される。
二〇〇四年（平成一六年）　七四歳
二月、肥田舜太郎『ヒロシマを生きのびて――一被爆医師の戦後史――』（あけび書房）に「寄稿・肥田舜太郎先生のこと」を執筆する。
二〇〇五年（平成一七年）　七五歳
一月、「群像」に短編小説「幸せな日日」を発表。三月、『希望』（講談社）刊行。六月、『林京子全集』全八巻（日本図書センター）を刊行。
二〇〇六年（平成一八年）　七六歳
一月、『林京子全集』にいたる文学活動の業績で、朝日賞を受賞。
二〇一一年（平成二三年）　八一歳
七月、『被爆を生きて　作品と生涯を語る』（岩波ブックレット）を刊行。
二〇一二年（平成二四年）　八二歳
八月、講談社文芸文庫『希望』を刊行。
二〇一三年（平成二五年）　八三歳
四月、「再びルイへ。」（「群像」）を発表。
二〇一六年（平成二八年）　八五歳
二月、講談社文芸文庫スタンダード『やすらかに今はねむり給え　道』を刊行。一二月、講談社文芸文庫『谷間　再びルイへ。』刊行。

（金井景子編）

著書目録

林京子

【単行本】

祭りの場　昭50・8　講談社
ギヤマン　ビードロ　昭53・5　講談社
ミッシェルの口紅　昭55・2　中央公論社
無きが如き　昭56・6　講談社
自然を恋う　昭56・8　中央公論社
上海　昭58・5　中央公論社
三界の家　昭59・11　新潮社
道　昭60・5　文藝春秋
谷間　昭63・1　講談社
ヴァージニアの蒼い空　昭63・5　中央公論社
輪舞　平1・2　新潮社
ドッグウッドの花咲く町　平1・5　影書房
やすらかに今はねむり給え　平2・6　講談社
瞬間の記憶　平4・8　新日本出版社
青春　平6・2　新潮社
老いた子が老いた親をみる時代　平7・5　講談社
樫の木のテーブル　平8・5　中央公論社
おさきに　平8・10　講談社
予定時間　平10・11　講談社
長い時間をかけた人間の経験　平12・9　講談社
希望　平17・3　講談社

被爆を生きて　作品と生涯を語る　平23・7　岩波書店
ヒロシマ・ナガサキからフクシマへ　「核」時代を考える（黒古一夫　編）　平23・12　勉誠出版

【全集】

林京子全集　全8巻　平17・6　日本図書センター
芥川賞全集10　昭57　文藝春秋
日本の原爆文学3　昭58　ほるぷ出版
女性作家シリーズ15　平11　角川書店
ヒロシマ・ナガサキ（コレクション戦争×文学19）　平23　集英社

【文庫】

祭りの場・ギヤマン ビードロ（解＝川西政明　案＝金井景子　著）　昭63　文芸文庫
上海・ミッシェルの口紅（解＝川西政明　年＝金井景子　著）　平13　文芸文庫
長い時間をかけた人間の経験（解＝川西政明　年＝金井景子　著）　平17　文芸文庫
希望（解＝外岡秀俊　年＝金井景子　著）　平24　文芸文庫
やすらかに今はねむり給え・道（解＝青来有一　年＝金井景子　著）　平28　文芸文庫
谷間・再びルイへ。（解＝黒古一夫　年＝金井景子　著）　平28　文芸文庫

「著書目録」は著者の校閲を経た。／【文庫】の（　）内の略号は、解＝解説　案＝作家案内　年＝年譜　著＝著書目録を示す。

（作成・金井景子）

本書は、『林京子全集3』(二〇〇五年六月　日本図書センター刊)及び「再びルイへ。」(「群像」二〇一三年四月号)を底本として、多少ふりがなの調整を行い、明らかな誤植を直しました。初出は、「三界の家」(「新潮」一九八三年一〇月号)、「谷間」(「群像」一九八六年一月号)、「残照」(「文學界」一九八五年五月号)です。

谷間(たにま) 再(ふたた)びルイへ。

林(はやし) 京子(きょうこ)

二〇一六年一二月九日第一刷発行

発行者――鈴木 哲
発行所――株式会社 講談社
東京都文京区音羽2・12・21 〒112-8001
電話 編集(03)5395・3513
販売(03)5395・5817
業務(03)5395・3615

デザイン――菊地信義
印刷――豊国印刷株式会社
製本――株式会社国宝社
本文データ制作――講談社デジタル製作

定価はカバーに表示してあります。

講談社
文芸文庫

ISBN978-4-06-290332-5

講談社文芸文庫

著者	作品	解説等
青柳瑞穂	ささやかな日本発掘	高山鉄男—人／青柳いづみこ—年
青山光二	青春の賭け 小説織田作之助	高橋英夫—解／久米 勲—年
青山二郎	眼の哲学｜利休伝ノート	森 孝一—人／森 孝一—年
阿川弘之	舷燈	岡田 睦—解／進藤純孝—案
阿川弘之	鮎の宿	岡田 睦—年
阿川弘之	桃の宿	半藤一利—解／岡田 睦—年
阿川弘之	論語知らずの論語読み	高島俊男—解／岡田 睦—年
阿川弘之	森の宿	岡田 睦—年
阿川弘之	亡き母や	小山鉄郎—解／岡田 睦—年
秋山駿	内部の人間の犯罪 秋山駿評論集	井口時男—解／著者—年
芥川比呂志	ハムレット役者 芥川比呂志エッセイ選 丸谷才一編	芥川瑠璃子—年
芥川龍之介	上海游記｜江南游記	伊藤桂一—解／藤本寿彦—年
阿部昭	未成年｜桃 阿部昭短篇選	坂上 弘—解／阿部玉枝他—年
安部公房	砂漠の思想	沼野充義—人／谷 真介—年
安部公房	終りし道の標べに	リービ英雄—解／谷 真介—案
阿部知二	冬の宿	黒井千次—解／森本 穫—年
安部ヨリミ	スフィンクスは笑う	三浦雅士—解
鮎川信夫 吉本隆明	対談 文学の戦後	高橋源一郎—解
有吉佐和子	地唄｜三婆 有吉佐和子作品集	宮内淳子—解／宮内淳子—年
有吉佐和子	有田川	半田美永—解／宮内淳子—年
安藤礼二	光の曼陀羅 日本文学論	大江健三郎賞選評—解／著者—年
李良枝	由煕｜ナビ・タリョン	渡部直己—解／編集部—年
李良枝	刻	リービ英雄—解／編集部—年
伊井直行	さして重要でない一日	柴田元幸—解／著者—年
生島遼一	春夏秋冬	山田 稔—解／柿谷浩一—年
石川淳	紫苑物語	立石 伯—解／鈴木貞美—案
石川淳	安吾のいる風景｜敗荷落日	立石 伯—人／立石 伯—年
石川淳	黄金伝説｜雪のイヴ	立石 伯—解／日高昭二—案
石川淳	普賢｜佳人	立石 伯—解／石和 鷹—案
石川淳	焼跡のイエス｜善財	立石 伯—解／立石 伯—年
石川淳	文林通言	池内 紀—解／立石 伯—年
石川淳	鷹	菅野昭正—解／立石 伯—解
石川啄木	石川啄木歌文集	樋口 覚—解／佐藤清文—年

▶解=解説 案=作家案内 人=人と作品 年=年譜を示す。 2016年12月現在

講談社文芸文庫

江藤 淳 ——考えるよろこび	田中和生—解／武藤康史—年
江藤 淳 ——旅の話・犬の夢	富岡幸一郎-解／武藤康史—年
円地文子—朱を奪うもの	中沢けい—解／宮内淳子—年
円地文子—傷ある翼	岩橋邦枝—解
円地文子—虹と修羅	宮内淳子—年
遠藤周作—青い小さな葡萄	上総英郎—解／古屋健三—案
遠藤周作—白い人｜黄色い人	若林 真——解／広石廉二—年
遠藤周作—遠藤周作短篇名作選	加藤宗哉—解／加藤宗哉—年
遠藤周作—『深い河』創作日記	加藤宗哉—解／加藤宗哉—年
遠藤周作—[ワイド版]哀歌	上総英郎—解／高山鉄男—案
大江健三郎-万延元年のフットボール	加藤典洋—解／古林 尚—案
大江健三郎-叫び声	新井敏記—解／井口時男—案
大江健三郎-みずから我が涙をぬぐいたまう日	渡辺広士—解／高田知波—案
大江健三郎-懐かしい年への手紙	小森陽一—解／黒古一夫—案
大江健三郎-静かな生活	伊丹十三—解／栗坪良樹—案
大江健三郎-僕が本当に若かった頃	井口時男—解／中島国彦—案
大江健三郎-新しい人よ眼ざめよ	リービ英雄-解／編集部——年
大岡昇平—中原中也	粟津則雄—解／佐々木幹郎-案
大岡昇平—幼年	高橋英夫—解／渡辺正彦—案
大岡昇平—花影	小谷野 敦—解／吉田凞生—年
大岡昇平—常識的文学論	樋口 覚——解／吉田凞生—年
大岡 信 ——私の万葉集一	東 直子——解
大岡 信 ——私の万葉集二	丸谷才一—解
大岡 信 ——私の万葉集三	嵐山光三郎-解
大岡 信 ——私の万葉集四	正岡子規—附
大岡 信 ——私の万葉集五	高橋順子—解
大西巨人—地獄変相奏鳴曲 第一楽章・第二楽章・第三楽章	
大西巨人—地獄変相奏鳴曲 第四楽章	阿部和重—解／齋藤秀昭—年
大庭みな子-寂兮寥兮	水田宗子—解／著者———年
大原富枝—婉という女｜正妻	高橋英夫—解／福江泰太—年
岡部伊都子-鳴滝日記｜道 岡部伊都子随筆集	道浦母都子-解／佐藤清文—年
岡本かの子-食魔 岡本かの子食文学傑作選 大久保喬樹編	大久保喬樹-解／小松邦宏—年
岡本太郎—原色の呪文 現代の芸術精神	安藤礼二—解／岡本太郎記念館-年
小川国夫—アポロンの島	森川達也—解／山本恵一郎-年

講談社文芸文庫

小川国夫―あじさしの洲|骨王 小川国夫自選短篇集　富岡幸一郎-解／山本恵一郎-年

奥泉 光――石の来歴|浪漫的な行軍の記録　前田 塁――解／著者――年

奥泉 光――その言葉を|暴力の舟|三つ目の鯰　佐々木敦――解／著者――年

奥泉 光
群像編集部 編-戦後文学を読む

尾崎一雄―美しい墓地からの眺め　宮内 豊――解／紅野敏郎――年

大佛次郎―旅の誘い 大佛次郎随筆集　福島行一――解／福島行一――年

織田作之助-夫婦善哉　種村季弘――解／矢島道弘――年

織田作之助-世相|競馬　稲垣眞美――解／矢島道弘――年

小田 実――オモニ太平記　金 石 範――解／編集部――年

小沼 丹――懐中時計　秋山 駿――解／中村 明――案

小沼 丹――小さな手袋　中村 明――人／中村 明――年

小沼 丹――埴輪の馬　佐飛通俊――解／中村 明――年

小沼 丹――村のエトランジェ　長谷川郁夫-解／中村 明――年

小沼 丹――銀色の鈴　清水良典――解／中村 明――年

小沼 丹――更紗の絵　清水良典――解／中村 明――年

小沼 丹――珈琲挽き　清水良典――解／中村 明――年

小沼 丹――木菟燈籠　堀江敏幸――解／中村 明――年

折口信夫―折口信夫文芸論集 安藤礼二編　安藤礼二――解／著者――年

折口信夫―折口信夫天皇論集 安藤礼二編　安藤礼二――解

折口信夫―折口信夫芸能論集 安藤礼二編　安藤礼二――解

折口信夫―折口信夫対話集 安藤礼二編　安藤礼二――解／著者――年

開高 健――戦場の博物誌 開高健短篇集　角田光代――解／浦西和彦――年

加賀乙彦―帰らざる夏　リービ英雄-解／金子昌夫――案

加賀乙彦―錨のない船 上・下　リービ英雄-解／編集部――年

葛西善蔵―哀しき父|椎の若葉　水上 勉――解／鎌田 慧――案

葛西善蔵―贋物|父の葬式　鎌田 慧――解

加藤典洋―日本風景論　瀬尾育生――解／著者――年

加藤典洋―アメリカの影　田中和生――解／著者――年

加藤典洋―戦後的思考　東 浩紀――解／著者――年

金井美恵子-愛の生活|森のメリュジーヌ　芳川泰久――解／武藤康史――年

金井美恵子-ピクニック、その他の短篇　堀江敏幸――解／武藤康史――年

金井美恵子-砂の粒|孤独な場所で 金井美恵子自選短篇集　磯﨑憲一郎-解／前田晃一――年

金井美恵子-恋人たち|降誕祭の夜 金井美恵子自選短篇集　中原昌也――解／前田晃一――年

著者	書名	解説・年譜等
金井美恵子	エオンタ｜自然の子供 金井美恵子自選短篇集	野田康文―解／前田晃――年
金子光晴	絶望の精神史	伊藤信吉―人／中島可一郎―年
嘉村礒多	業苦｜崖の下	秋山 駿――解／太田静――年
柄谷行人	意味という病	絓 秀実――解／曾根博義――案
柄谷行人	畏怖する人間	井口時男―解／三浦雅士――案
柄谷行人編	近代日本の批評 Ⅰ 昭和篇上	
柄谷行人編	近代日本の批評 Ⅱ 昭和篇下	
柄谷行人編	近代日本の批評 Ⅲ 明治・大正篇	
柄谷行人	坂口安吾と中上健次	井口時男―解／関井光男――年
柄谷行人	日本近代文学の起源 原本	関井光男――年
柄谷行人 中上健次	柄谷行人中上健次全対話	高澤秀次―解
柄谷行人	反文学論	池田雄一――解／関井光男――年
柄谷行人 蓮實重彥	柄谷行人蓮實重彥全対話	
柄谷行人	柄谷行人インタヴューズ1977-2001	
柄谷行人	柄谷行人インタヴューズ2002-2013	丸川哲史―解／関井光男――年
河井寬次郎	火の誓い	河井須也子―人／鷺 珠江――年
河井寬次郎	蝶が飛ぶ 葉っぱが飛ぶ	河井須也子―解／鷺 珠江――年
河上徹太郎	吉田松陰 武と儒による人間像	松本健一――解／大平和登他―年
川喜田半泥子	随筆 泥仏堂日録	森 孝―――解／森 孝―――年
川崎長太郎	抹香町｜路傍	秋山 駿――解／保昌正夫――年
川崎長太郎	鳳仙花	川村二郎―解／保昌正夫――年
川崎長太郎	もぐら随筆	平出 隆――解／保昌正夫――年
川崎長太郎	老残｜死に近く 川崎長太郎老境小説集	いしいしんじ―解／齋藤秀昭――年
川崎長太郎	泡｜裸木 川崎長太郎花街小説集	齋藤秀昭―解／齋藤秀昭――年
川崎長太郎	ひかげの宿｜山桜 川崎長太郎「抹香町」小説集	齋藤秀昭―解／齋藤秀昭――年
河竹登志夫	黙阿弥	松井今朝子―解／著者―――年
川端康成	一草一花	勝又 浩――人／川端香男里―年
川端康成	水晶幻想｜禽獣	高橋英夫―解／羽鳥徹哉――案
川端康成	反橋｜しぐれ｜たまゆら	竹西寛子―解／原 善―――案
川端康成	浅草紅団｜浅草祭	増田みず子―解／栗坪良樹――案
川端康成	非常｜寒風｜雪国抄 川端康成傑作短篇再発見	富岡幸一郎―解／川端香男里―年
川村二郎	アレゴリーの織物	三島憲一――解／著者―――年

講談社文芸文庫

著者	書名	解説等
講談社文芸文庫編	「現代の文学」月報集	
講談社文芸文庫編	明治深刻悲惨小説集 齋藤秀昭選	齋藤秀昭——解
講談社文芸文庫編	個人全集月報集 武田百合子全作品・森茉莉全集	
河野多惠子	骨の肉|最後の時|砂の檻	川村二郎——解／与那覇恵子-案
小島信夫	抱擁家族	大橋健三郎-解／保昌正夫——案
小島信夫	うるわしき日々	千石英世——解／岡田 啓——年
小島信夫	美濃	保坂和志——解／柿谷浩一——年
小島信夫	公園|卒業式 小島信夫初期作品集	佐々木 敦——解／柿谷浩一——年
小島信夫	靴の話|眼 小島信夫家族小説集	青木淳悟——解／柿谷浩一——年
小島信夫	城壁|星 小島信夫戦争小説集	大澤信亮——解／柿谷浩一——年
小島信夫	[ワイド版]抱擁家族	大橋健三郎-解／保昌正夫——案
後藤明生	挾み撃ち	武田信明——解／著者——年
後藤明生	首塚の上のアドバルーン	芳川泰久——解／著者——年
小林勇	惜櫟荘主人 一つの岩波茂雄伝	高田 宏——人／小林堯彦他-年
小林信彦	[ワイド版]袋小路の休日	坪内祐三——解／著者——年
小林秀雄	栗の樹	秋山 駿——人／吉田凞生——年
小林秀雄	小林秀雄対話集	秋山 駿——解／吉田凞生——年
小林秀雄	小林秀雄全文芸時評集 上・下	山城むつみ-解／吉田凞生——年
小堀杏奴	朽葉色のショール	小尾俊人——解／小尾俊人——年
小山清	日日の麵麭|風貌 小山清作品集	田中良彦——解／田中良彦——年
佐伯一麦	ショート・サーキット 佐伯一麦初期作品集	福田和也——解／二瓶浩明——年
佐伯一麦	日和山 佐伯一麦自選短篇集	阿部公彦——解／著者——年
佐伯一麦	ノルゲ Norge	三浦雅士——解／著者——年
坂上弘	田園風景	佐伯一麦——解／田谷良一——年
坂上弘	故人	若松英輔——解／田谷良一、吉原洋一-年
坂口安吾	風と光と二十の私と	川村 湊——解／関井光男——案
坂口安吾	桜の森の満開の下	川村 湊——解／和田博文——案
坂口安吾	白痴|青鬼の褌を洗う女	川村 湊——解／原 子朗——案
坂口安吾	信長|イノチガケ	川村 湊——解／神谷忠孝——案
坂口安吾	オモチャ箱|狂人遺書	川村 湊——解／荻野アンナ-案
坂口安吾	日本文化私観 坂口安吾エッセイ選	川村 湊——解／若月忠信——年
坂口安吾	教祖の文学|不良少年とキリスト 坂口安吾エッセイ選	川村 湊——解／若月忠信——年
阪田寛夫	うるわしきあさも 阪田寛夫短篇集	高橋英夫——解／伊藤英治——年
佐々木邦	凡人伝	岡崎武志——解

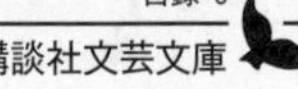

講談社文芸文庫

佐々木邦 ―苦心の学友 少年倶楽部名作選　松井和男―解

佐多稲子 ―樹影　小田切秀雄-解／林 淑 美―案

佐多稲子 ―月の宴　佐々木基一―人／佐多稲子研究会-年

佐多稲子 ―夏の栞 ―中野重治をおくる―　山城むつみ-解／佐多稲子研究会-年

佐多稲子 ―私の東京地図　川本三郎―解／佐多稲子研究会-年

佐多稲子 ―私の長崎地図　長谷川 啓―解／佐多稲子研究会-年

佐藤紅緑 ―ああ玉杯に花うけて 少年倶楽部名作選　紀田順一郎-解

佐藤春夫 ―わんぱく時代　佐藤洋二郎-解／牛山百合子-年

里見弴 ―恋ごころ 里見弴短篇集　丸谷才一―解／武藤康史―年

里見弴 ―朝夕 感想・随筆集　伊藤玄二郎-解／武藤康史―年

里見弴 ―荊棘の冠　伊藤玄二郎-解／武藤康史―年

澤田謙 ―プリューターク英雄伝　中村伸二―年

椎名麟三 ―自由の彼方で　宮内 豊―解／斎藤末弘―案

椎名麟三 ―神の道化師｜媒妁人 椎名麟三短篇集　井口時男―解／斎藤末弘―年

椎名麟三 ―深夜の酒宴｜美しい女　井口時男―解／斎藤末弘―年

島尾敏雄 ―その夏の今は｜夢の中での日常　吉本隆明―解／紅野敏郎―案

島尾敏雄 ―はまべのうた｜ロング・ロング・アゴウ　川村 湊―解／柘植光彦―案

島尾敏雄 ―夢屑　富岡幸一郎-解／柿谷浩一―年

島田雅彦 ―ミイラになるまで 島田雅彦初期短篇集　青山七恵―解／佐藤康智―年

志村ふくみ-一色一生　高橋 巖―人／著者―年

庄野英二 ―ロッテルダムの灯　著者―年

庄野潤三 ―夕べの雲　阪田寛夫―解／助川徳是―案

庄野潤三 ―絵合せ　饗庭孝男―解／鷺 只雄―案

庄野潤三 ―インド綿の服　齋藤礎英―解／助川徳是―年

庄野潤三 ―ピアノの音　齋藤礎英―解／助川徳是―年

庄野潤三 ―野菜讃歌　佐伯一麦―解／助川徳是―年

庄野潤三 ―野鴨　小池昌代―解／助川徳是―年

庄野潤三 ―陽気なクラウン・オフィス・ロウ　井内雄四郎-解／助川徳是―年

庄野潤三 ―ザボンの花　富岡幸一郎-解／助川徳是―年

庄野潤三 ―鳥の水浴び　田村 文―解／助川徳是―年

庄野潤三 ―星に願いを　富岡幸一郎-解／助川徳是―年

笙野頼子 ―幽界森娘異聞　金井美恵子-解／山﨑眞紀子-年

白洲正子 ―かくれ里　青柳恵介―人／森 孝一―年

白洲正子 ―明恵上人　河合隼雄―人／森 孝一―年

講談社文芸文庫

著者	書名	解説等
白洲正子	十一面観音巡礼	小川光三──人／森 孝一──年
白洲正子	お能|老木の花	渡辺 保──人／森 孝一──年
白洲正子	近江山河抄	前 登志夫──人／森 孝一──年
白洲正子	古典の細道	勝又 浩──人／森 孝一──年
白洲正子	能の物語	松本 徹──人／森 孝一──年
白洲正子	心に残る人々	中沢けい──人／森 孝一──年
白洲正子	世阿弥──花と幽玄の世界	水原紫苑──人／森 孝一──年
白洲正子	謡曲平家物語	水原紫苑──解／森 孝一──年
白洲正子	西国巡礼	多田富雄──解／森 孝一──年
白洲正子	私の古寺巡礼	高橋睦郎──解／森 孝一──年
杉浦明平	夜逃げ町長	小嵐九八郎─解／若杉美智子─年
鈴木大拙訳	天界と地獄 スエデンボルグ著	安藤礼二──解／編集部──年
鈴木大拙	スエデンボルグ	安藤礼二──解／編集部──年
青鞜社編	青鞜小説集	森 まゆみ──解
曽野綾子	雪あかり 曽野綾子初期作品集	武藤康史──解／武藤康史──年
高井有一	時の潮	松田哲夫──解／武藤康史──年
高橋源一郎	さようなら、ギャングたち	加藤典洋──解／栗坪良樹──年
高橋源一郎	ジョン・レノン対火星人	内田 樹──解／栗坪良樹──年
高橋源一郎	虹の彼方に(オーヴァー・ザ・レインボウ)	矢作俊彦──解／栗坪良樹──年
高橋源一郎	ゴーストバスターズ 冒険小説	奥泉 光──解／若杉美智子─年
高橋たか子	誘惑者	山内由紀人─解／著者──年
高橋たか子	人形愛|秘儀|甦りの家	富岡幸一郎─解／著者──年
高橋英夫	新編 疾走するモーツァルト	清水 徹──解／著者──年
高見順	如何なる星の下に	坪内祐三──解／宮内淳子──年
高見順	死の淵より	井坂洋子──解／宮内淳子──年
高見順	わが胸の底のここには	荒川洋治──解／宮内淳子──年
高見沢潤子	兄 小林秀雄との対話 人生について	
武田泰淳	蝮のすえ|「愛」のかたち	川西政明──解／立石 伯──案
武田泰淳	司馬遷─史記の世界	宮内 豊──解／古林 尚──年
武田泰淳	風媒花	山城むつみ─解／編集部──年
竹西寛子	式子内親王|永福門院	雨宮雅子──人／著者──年
太宰治	男性作家が選ぶ太宰治	編集部──年
太宰治	女性作家が選ぶ太宰治	
太宰治	30代作家が選ぶ太宰治	編集部──年

多田道太郎-転々私小説論		山田 稔——解/中村伸二——年
田中英光——桜|愛と青春と生活		川村 湊——解/島田昭男——案
谷川俊太郎-沈黙のまわり	谷川俊太郎エッセイ選	佐々木幹郎-解/佐藤清文——年
谷崎潤一郎-金色の死	谷崎潤一郎大正期短篇集	清水良典——解/千葉俊二——年
種田山頭火-山頭火随筆集		村上 護——解/村上 護——年
田宮虎彦——足摺岬	田宮虎彦作品集	小笠原賢二-解/森本昭三郎-年
田村隆一——腐敗性物質		平出 隆——人/建畠 晢——年
多和田葉子-ゴットハルト鉄道		室井光広——解/谷口幸代——年
多和田葉子-飛魂		沼野充義——解/谷口幸代——年
多和田葉子-かかとを失くして|三人関係|文字移植		谷口幸代——解/谷口幸代——年
近松秋江——黒髪|別れたる妻に送る手紙		勝又 浩——解/柳沢孝子——案
塚本邦雄——定家百首|雪月花(抄)		島内景二——解/島内景二——年
塚本邦雄——百句燦燦	現代俳諧頌	橋本 治——解/島内景二——年
塚本邦雄——王朝百首		橋本 治——解/島内景二——年
塚本邦雄——西行百首		島内景二——解/島内景二——年
塚本邦雄——花月五百年	新古今天才論	島内景二——解/島内景二——年
塚本邦雄——秀吟百趣		島内景二——解
塚本邦雄——珠玉百歌仙		島内景二——解
塚本邦雄——新撰 小倉百人一首		島内景二——解
辻潤———絶望の書|ですぺら	辻潤エッセイ選	武田信明——解/高木 護——年
津島美知子-回想の太宰治		伊藤比呂美-解/編集部——年
津島佑子——光の領分		川村 湊——解/柳沢孝子——案
津島佑子——寵児		石原千秋——解/与那覇恵子-年
津島佑子——山を走る女		星野智幸——解/与那覇恵子-年
津島佑子——あまりに野蛮な 上・下		堀江敏幸——解/与那覇恵子-年
鶴見俊輔——埴谷雄高		加藤典洋——解/編集部——年
寺田寅彦——寺田寅彦セレクションⅠ	千葉俊二・細川光洋選	千葉俊二——解/永橋禎子——年
寺田寅彦——寺田寅彦セレクションⅡ	千葉俊二・細川光洋選	細川光洋——解
寺山修司——私という謎	寺山修司エッセイ選	川本三郎——解/白石 征——年
寺山修司——ロング・グッドバイ	寺山修司詩歌選	齋藤愼爾——解
寺山修司——戦後詩	ユリシーズの不在	小嵐九八郎-解
戸板康二——丸本歌舞伎		渡辺 保——解/犬丸 治——年
十返肇——「文壇」の崩壊	坪内祐三編	坪内祐三——解/編集部——年
戸川幸夫——猛犬 忠犬 ただの犬		平岩弓枝——解/中村伸二——年

講談社文芸文庫

林 京子
谷間 再びルイへ。
十四歳での長崎被爆。結婚・出産・育児・離婚を経て、常に命と向き合い、凜として生きてきた、齢八十余年の作家の回答「再びルイへ。」他、三作を含む中短篇集。
解説=黒古一夫、年譜=金井景子
978-4-06-290332-5 はA8

小沼 丹
木菟燈籠
日常のなかで関わってきた人々の思いがけない振る舞いや人情の機微を、井伏鱒二ゆずりの柔らかい眼差しと軽妙な筆致で描き出した、じわりと胸に沁みる作品集。
解説=堀江敏幸、年譜=中村明
978-4-06-290331-8 おD9

三好達治
諷詠十二月
万葉から西行、晶子の短歌、道真、白石、頼山陽の漢詩、芭蕉、蕪村、虚子の句、朔太郎、犀星の詩等々。古今の秀作を鑑賞し、詩歌の美と本質を綴った不朽の名著。
解説=高橋順子、年譜=安藤靖彦
978-4-06-290333-2 みD4

講談社文芸文庫ワイド

不朽の名作を一回り大きい活字と判型で

小島信夫
抱擁家族
鬼才の文名を決定づけた、時代を超え現代に迫る戦後文学の金字塔。
解説=大橋健三郎、作家案内=保昌正夫
978-4-06-295510-2 (ワ)こB1